抄自《她的城》

逢春本来是忍了又忍坚决不要哭的，听蜜姐说完这番话，忽然鼻子一酸，眼泪自己就排山倒海出来了。……蜜姐在一旁叼着烟，只扔过一包面巾纸给逢春。……而后人生在巨大的阔叶梧桐下，在门边，在汉口，在她们的城市她们的家，说话与哭泣。

池莉 2022.5.7.

打造

池莉 著

河北出版传媒集团
河北教育出版社

年轮典存丛书

编者荐言

中国当代文学已走过七十多年，每一次文学浪潮的奔腾翻涌，都有彪炳文学史的作家留下优秀作品。

回首20世纪七八十年代，改革开放开启了中国当代文学持续至今的繁盛，由于几百家文学刊物的存在，中短篇小说曾是浩荡文学洪流中的浪尖。然而，以1993年“陕军东征”为分水岭，长篇小说创作成为中国文坛中独立潮头的存在，衡量一个作家的创作成就及一个时期的文学成果，往往要看长篇小说的收获。中短篇小说的创作和读者关注度减弱，似乎文学作品非鸿篇巨制不足以铭记大时代车轮驶过的隆隆巨响。

进入21世纪，特别是党的十八大以来的新时代，我们乘着光纤体验世界的光速变迁，网络文学全面崛起，读图时代、视频时代甚至元宇宙时代的更迭，令人应接不暇，文学创作无论是体裁还是题材都呈现出一种扇面散播效应，中短篇小说创作也再度呈扇面式生长，精彩纷呈。

为此，我们特编辑了这套“年轮典存丛书”，以点带面地梳理生于不同年代的当代优秀作家的中短篇小说精品，呈现不同代际作家年轮般的生长样态。

我们不无感佩地看到，生于1940年前后的文学前辈，青年时已是文坛旗手，在当下依然保持着丰沛的创作力，他们笔耕不辍，使当代文学大树的根扎得更深。

“50后”一代作家已走过一个甲子，笔力越发苍劲。他们不断返回一代人的成长现场，返回村镇故乡、市井街巷；上承“40后”的宏大命运主题，下接烟火漫卷的无边地气；既广受外国文学的影响，又保有中国古典文学的高蹈气质。

在“60后”这一中坚力量的年轮线上，我们能看到在城乡裂变、传统向现代过渡的进程中，一代人的身份确认、自我实现，以及精神成长的喜悦和焦虑。

“70后”作家因人生经验与改革开放四十年紧密相连而被称为“幸运的一代”和“夹缝中壮大的一代”，也是倍受前辈作家的成就影响而焦虑的一代。如今已与前辈并立潮头，表现不俗。

而作为“网生一代”的“80后”和“90后”，他们的写作得到更多赞誉的同时，也承受了更多挑剔和质疑。但经过岁月淘洗，我们欣喜地看到，曾经的文学小将已在文坛扎扎实实立稳脚跟，相继以立身之作进入而立和不惑之年。

六代作家七十年，接力写下人世间。宏阔进程中的21世纪中国当代文学，正在形成新的文学山峰的山脊线。短经典历久弥新，存文脉山高水长。

目　录

CONTENTS

打　造　· 001

爱恨情仇　· 110

她的城　· 215

打　造

在所有描绘悲伤的词语中，

最悲伤的莫过于“本来可以”。

——约翰·格林里夫·惠蒂埃

一

2015年到了！

2015年将是伟大的一年。伟大意义在乎人，在乎对谁。时间总是冷冰冰的，但在这个冷冰冰的时间里，你做了什么，你成就了什么，那就是你的好日子了。

钟俞两家家长，处心积虑，花了几年时间磨嘴皮子，软硬兼施，终于让子女统一了思想，统一了认识，统一了步调，决定在今年生第二胎，并且按照生男孩儿的秘方去实施这个计划。2015年对于钟俞两家家长，那就是绝不平凡的、充满人生新期待的一年，仅仅只是瞅一眼2015这四个阿拉伯数字，都觉得四个数字热乎乎且充满温度。

而对于钟鑫涛俞思语小两口，不用说，要做大事了。大事来临，压倒一切的大事，他们要生第二胎了，不仅二胎还必须是儿子。2015，意义非凡。

元旦，新年，节日，假日。江边金观澜公馆。

钟鑫涛俞思语小两口，在这个不平凡的日子里，新年开启模式还是平凡的习惯：早上睁开眼睛就刷手机，边刷边去过早。过早就是电梯下楼，在楼下背街的早点铺子吃一碗热干面，配一碗蛋酒。热干面四块钱一碗，蛋酒一块五毛钱，便宜极了。再有钱的人，得了便宜，还是舒服。最关键是自豪感，国际国内五湖四海出差吃货有得吹，但是过早能够既吃饱又吃好还大清早就香香地打开你胃口，随便哪个过千万人口的大城市，都不可能——而且这是从祖辈延续到父辈再延续到子辈三代人的自豪感，感觉得到的是那种树大根深的饮食文化传承。钟鑫涛俞思语在吃货流行、舌尖走红的当下，一不小心就会冒出源于热干面的文化自豪和文化自信，一冒出就会令他们犯贱，他们会分别端一碗热干面，一次性纸杯的那种劣质碗，骄奢地倚靠着自己闪亮的豪车，做大肆贪吃状，拍图立即发朋友圈：这图是不是完爆？当然完爆！这种自豪感相当于精神味精，热干面就越吃越香。然后小两口边刷朋友圈边上电梯回家。回家开始收拾打扮，边刷手机边收拾打扮。俞思语贴个面膜都贴了好久，每一次都被朋友圈的羡慕嫉妒恨笑得花枝乱颤，面膜总贴不服帖。真好玩。笑死人。小伙伴们新年快乐！

钟鑫涛俞思语的午饭，回父母家吃，父母家是大本营。全家老少欢聚一堂，当然小孩子本来就在那边带。午饭将会是真正的节日盛宴，以此庆贺钟家绝不平凡的2015年的到来。盛宴结束后，钟鑫涛俞思语开始“封山育林”，尤其钟鑫涛，必须禁烟禁酒禁垃圾食品禁大油大荤。总之管住嘴，迈开腿，钟鑫涛太不爱运动了。

在这个不平凡的节日里，钟家决定不吃餐馆。餐馆真是吃厌了，餐馆那种物流配送的大棚菜吃够了。大家要求老阿姨李雨青下厨，做传统家常菜。家常菜还是传统的好吃，启用砂锅大铫子，煨汤，经典的排骨藕汤——排骨是野猪的，莲藕是野藕。菜市场满世界谋，也还是谋得到，只要舍得花钱。老阿姨李雨青还是有点儿名堂的，又还是忠心耿耿的。红烧鲷子鱼——长江野生鲷或者梁子湖红尾鲷，总有一样谋得到。现在都要吃野生的，到处谋求野生的，不惜高价买野生的！随便什么，还是野的好。

在这个不平凡的元旦里，计划是吃好了，午睡一觉。睡饱了，下午带钟宇涵小朋友出去游玩、拍照、买礼物。2015年第一天，钟永胜高红夫妇要求儿女们：带自己小孩子出去玩玩，做一次模范父母。平时都是老人给带小孩儿，四时八节那还是要强化一下年轻父母在孩子心目中的良好形象。为紧接着的第二胎，进行一次慈父慈母的演习，习惯成自然。2015年，说不定很快，钟鑫涛俞思语将会是一对儿女的父母了。

带小孩儿出去玩，钟鑫涛的妹妹钟欣婷也不例外，只是父母不对女儿强求。钟欣婷是离婚单亲妈妈，碰到邻居熟人，还是有点儿不体面。钟欣婷大大咧咧不要脸，钟永胜高红还是要脸的。

钟家的香火钟家的传承，当然在钟鑫涛身上。

突然，门外有人砍门。砍的是防盗门，使用的是斧头之类利器，砍得哐哐乱响，这可不是一般普通的声音。紧急危险状况发生了！钟鑫涛俞思语一听就变了脸色，面面相觑，好怕，这是出啥事了呢？！

情急之中，刻不容缓，二人同时动作——钟鑫涛第一个动作就是往后一缩，飞快躲进卫生间，躲开之前只来得及小嗓子对俞思语说一声："别说真话！"俞思语莫名其妙。但俞思语的第一个动作是往前冲。她还穿着睡袍，还敷着面膜，还趿着拖鞋。家庭女主人俞思语，一个箭步冲出卧室，奔向客厅大门。这一瞬间，俞思语啥都没想。本能就有主人翁精神：这是她的家啊！

俞思语把大门一打开，门外二男生倒吓了一大跳，不禁往后一退，原来是俞思语面膜太白，又披下来一头丰厚的黑色长发。

俞思语赶紧解释：“面膜，面膜。”

俞思语首先这么一解释，门外二男生说“噢”，就愣了。

隔着一道防盗门，俞思语与外面二男生大眼瞪小眼。二男生戴着夹克连兜帽，鼻梁上架着黑眼镜，手提一只小斧头，还有撬棍从双肩挎的拉链处露出来。二男生一看，感觉不对，赶紧掏手机出来，核对照片，果然不对。他们追债的女生，是个白骨精，瘦小个子，彩染短发。

“喂，你谁？”二男问。

“喂，你们谁？！”俞思语反问。

“我们找这家住的女生。”

“我就是这家住的女生。”

俞思语嫌这个防盗门太土了，过新年发勤快，昨天把以前结婚剩下的红双喜又贴了一张。这一次她倒是随机应变挺快。她瞅了一眼红双喜，说：“这是我的婚房看到没？”

“噢，是的呀——婚房——你是新娘子？”

“是的呀。吃喜糖不？”

“结婚买的二手房？”

“是的呀，二手房。”

“前面那家人呢？”

“这还用问，搬走了吵。”

几个回合问答，俞思语已经听出了对方的夹生半吊子普通话，是武汉人。俞思语立即改说武汉话。说武汉话就可以像是与街坊邻居说话那样亲切随意了：“你们等哈子，我去给你们找点儿喜糖。”

俞思语武汉话一出口，地地道道。二男一听，立刻也就换了满口武汉腔，说普通话蛮累人。武汉的舌头武汉的嘴，没有卷舌音没有后鼻音，普通话完全说不准确，只是讨债业务要求说普通话，要使外地欠债人听得懂嘛。武汉人之间，一换成武汉话，关系随和得就像街坊邻居了。

“糖就不吃了不吃了，现在都不喜欢吃糖了。哎呀肯定是他们资料没来得及更新，搞错了，好咧把你红双喜砍坏了咧。”

俞思语说：“这有么关系咧，纸的吵，家里还剩很多。”

“不好意思，门也砍坏了一点儿，莫见怪啊，这一行必须要给下马威。”

俞思语说：“冇事冇事，砍了好，免得花钱拆。这种鬼防盗门，土死了。人家高档社区根本不让装。”

二男一见俞思语好脾气，容易说上话，就与她打个商量拜个托，把欠债人的手机照片在俞思语面前晃了一下，说：“看哈子啊，你们办过户什么的说不定还会碰到以前的人家，方便给传一句话过去，告诉他们‘跑得了和尚跑不了庙！’‘出来混早晚要还！’”

俞思语很负责地问：“传哪一句？你说了两句。”

二男就笑喷了。俞思语也笑喷了。然后双方说再见。二男忍不住多嘴，说哪个男的好有福气，娶到这好性格的新姑娘。还不免好奇，电梯都按了，回头又问了一句：“你家新郎呢？”

俞思语还是实话实说：“唉，斧头一响，躲卫生间了。”

二男再次笑喷。俞思语也笑喷。

俞思语笑着笑着，突然笑不出来了。哦，真的啊！万一真是歹徒呢？万一真是开门就是一斧头呢？钟鑫涛危急时刻，居然闪人。

欠债人照片，当然是钟欣婷，钟鑫涛的亲妹妹。他自己亲妹妹他还闪人？！

见人走了，钟鑫涛嘻嘻哈哈跑出来，笑得直捂肚子。搂住俞思语倒在沙发上，又亲又夸：“啊我老婆太好了！了不起啊了不起！临危不惧，啊大智大勇，啊真没有想到我福气这么大，原来娶了个巾帼英雄！最精彩的是喜感——哇老婆你好有喜感，一下子就把两个男的感染得喜气洋洋稀里糊涂。哎吃不吃喜糖？这一幕实在太精彩了，完胜央视春晚喜剧小品！”

钟鑫涛甜言蜜语、油嘴滑舌又欢天喜地。俞思语看着老公模样，只是目瞪口呆。俞思语两条腿都在抽筋，她越想越后怕，瘫倒在沙发上。

一场讨债的惊险剧情，变成了说说笑笑的喜剧，完美大逆转，全凭俞思语这个人。

回家吃饭。钟鑫涛一进门就迫不及待了。一边脱皮鞋换拖鞋，一边兴高采烈地嚷嚷他有一个特大新闻要播报，就当给全家的新年献礼。钟永胜高红都赶紧问儿子媳妇是什么是什么，俞思语笑而不答，钟欣婷不屑，懒问。

钟欣婷总归是走自己的冷艳路线。离婚了带宝宝跑回娘家的女儿，不冷艳还能咋的？

今天新年元旦，钟欣婷已经暗中备好送给这个重男轻女家庭的大礼包。为此钟欣婷今天刻意打扮了一番：深紫色口红、同色系指甲油、同色挑染头发，宽松超长带兜黑色 T 恤、黑色紧身裤、黑色牛皮长筒靴。

黑色 T 恤前胸后背都印有白色大字：有情欠揍，无情不老。

如果有得选，钟欣婷肯定还是要鲁迅的诗句：“月光如水照缁衣”，可惜网上制售 T 恤的好像都不懂鲁迅，和她的家人一样。所有没文化的人啊，咱们走着瞧！

全家人坐上餐桌，保姆小张带钟宇涵董超博两个小孩子一边单独喂饭。李雨青上菜，俞思语帮忙——大碗排骨藕汤！大盘红烧鲷子鱼！还有红烧猪蹄……李雨青做了一大桌子菜。端出一道菜，喝彩一道菜。热气腾腾，喜气洋洋。这是李雨青承诺送给全家的新年礼物，她一张老脸，兴奋得红扑扑，油光满面。

稍等，钟鑫涛要新年献礼了。钟鑫涛把筷子当惊堂木一拍，开始播报今天俞思语勇退斧头帮的惊险故事。

高红只听到第一句“哐哐哐，斧头砍门声突然爆响”，就惊叫一声，两只大巴掌吃惊地捂住了嘴巴，眼睛直勾勾望着儿子。钟鑫涛是极其善于互动的互动型人格，只要有听众一惊一乍，钟鑫涛口才就会更加出色。钟鑫涛连编带演，手舞足蹈。故事情节也大大渲染一番，噱头也大大卖弄一番，最后对俞思语的夸赞也大大升级一番。“善行无疆，舍己为人，恪尽职守，大爱无声”——钟鑫涛对央视主持人用词与口吻的模仿，以假乱真，乐得家人不停鼓掌。

钟永胜高红对媳妇俞思语立刻刮目相看，说：“啊呀，想不到你这么温和文静的女生原来还是一个巾帼英雄啊！”

俞思语呢，哪里有想到钟鑫涛这么会夸人啊！他完全像是全国道德模范表彰大会的央视播报人。俞思语顿时就被吹捧得轻飘飘的，于是不知不觉地，她的坐姿神情，也就随之挺拔庄重起来，令她重温曾经被选为街道道德模范的荣光，大词加身这感觉还是很好的。

唯有钟欣婷双臂交叉，冷眼旁观，那神态就像看马戏。高红狠狠盯女儿几眼，钟欣婷也洋洋不睬。高红就要发恼，毕竟全家心里都有数，俞思语这是当了钟欣婷的替死鬼，在外面社会上拉债扯债的都是钟欣婷。

李雨青见势不妙，赶紧扯开话题，拿过两杯白开水，一杯递给俞思语，一杯递给钟鑫涛，笑嘻嘻说："来来来，今天就启动'封山育林'啦——"话题一下子就给扯开了。钟鑫涛蛮不乐意地嚷嚷起来："这也太突然了嘛，元旦是节日啊，这大过节的，不让喝酒，还不让喝点儿可乐、雪碧或红牛饮料？"俞思语也正在兴头上，就帮腔老公，说："是啊是啊，今天还是可以放开喝一次吧，以后就不喝了。新年元旦嘛。好吧，难得元旦！"俞思语一边说一边用笑盈盈的眼睛求公公婆婆。

钟永胜就同意了："好吧好吧元旦嘛。"

高红也就同意了："好吧好吧也不差这一天。"

"来，上酒！上饮料！"李雨青又给俞思语递过一杯可乐，给钟鑫涛递过白酒、啤酒、红牛，钟鑫涛习惯喝"三中全会"。"来来来，全家举杯——婷婷，举杯呀！"高红还是忍不住要管教一下女儿钟欣婷。一个人再任性，也得分个时候。钟欣婷再年轻任性"90后"，也是结过婚、离过婚、生过孩子的成年人了。"婷婷还不赶快举杯感谢一下你嫂子，要不是她，你今天就被斧头砍了！”

“好的老妈——”钟欣婷忽然甩甩头发，郑重地站起身来，大家少安毋躁，她这里还有新年献礼呢。

钟欣婷神秘兮兮地开腔了：“大家不急，让我先感谢一下嫂嫂今天的救命之恩。我同意老妈说的，要不是嫂子，钟欣婷我今天就被斧头帮砍了。俞思语同学真不简单，庄重起来硬是像倪萍，年轻时候的倪萍啊。哥哥钟鑫涛呢，我就一并感谢了。2015 年，我祝你们备孕成功，早生贵子——只是压力不要太大了，生男生女是老天爷安排，人算不如天算，这一点老爸老妈应该是有深切体会的——本人不就是一个不准出生的二胎吗？不也是想生男结果生女了吗？所以大家都不要着急，安心等候命运的给予。”

这不，钟欣婷话中有话，扎人尖刺从话里到处冒出来。高红脸一沉，就要打断女儿。“等等！”钟欣婷说，她的献礼这才是刚刚开始，马上大礼物来了！

高红看钟永胜一眼，只好再次忍耐。

钟欣婷桌子一敲：“李雨青，给我一杯白酒！”全家就都“哦”了一声，都拉直了脖子看着钟欣婷。从来不喝白酒的小女子今天居然端白酒了，女中豪杰嘛！钟欣婷端起一杯白酒，身板子站得笔直，吭吭两声，说：“我算是搞个新年献词吧。”

高红只是催促："献吧献吧快献吧。"

钟永胜生怕高红惹恼了女儿这位小姑奶奶，赶紧往回找，说："新年献词好！'高大上'！反正如今都不饿，不急吃，在这不平凡一年开始的第一天，婷婷献个词也蛮好的。"

"谢谢！"钟欣婷向她老爸致了个意。话题被钟欣婷成功转移到自己身上了。

"钟欣婷首先要感谢的，是老爸老妈。过去的 2014 年，是她人生大起大落大喜大悲的一年，最后抱着儿子回到家里居住，全靠老爸老妈的大力支持、切实帮助、无私奉献、不计前嫌和宽容厚爱。以前钟欣婷不懂事，火暴急躁，对老爸老妈多有得罪，对不起你们的养育之恩。2015 年了，新的一年开始了，也是孩子他妈的钟欣婷，将会知恩图报，老爸老妈对钟欣婷母子，该教育教育，该打打，该骂骂，该说说，钟欣婷不会有任何意见。请老爸老妈哥哥嫂嫂理解和原谅以前的钟欣婷，她的确嘴巴比较翻，大小姐脾气，但是毕竟血浓于水，钟欣婷从 2015 年开始保证懂事！"

钟欣婷一席话讲得怪正式的，突破了钟家多年来嘻嘻哈哈就吃论吃的吃饭习惯，全家人个个都听得有点儿不好意思起来。没有料到，钟欣婷还没完。

"再必须感谢的，是两个小宝宝：过去的一年，给钟家增添了无穷的幸福和快乐。没有他们就没有钟家的香火传人。2015 年希望两个宝宝健康成长。

“再等哈子，还要感谢李雨青。

“再等哈子，还要感谢一下小张。

“再等哈子，还要感谢一下过去的苦难——”

高红已经在频频皱眉，女儿的话太多了，这就蛮无聊了。钟永胜也要维护一下老婆，他插话打断了女儿，说：“婷婷你献词也太长了吧？菜要凉了——”钟欣婷笑了，笑得阴险。她得过渡一下，让全家有点儿心理准备。

钟欣婷说：“正是为了感谢全家所有人，下面报告两个重大喜讯。2015年新年第一号喜讯——这是我们家的户口本。钟欣婷好不容易在派出所办妥了所有事宜，她的儿子，小宝宝董超博，改名换姓，增补到钟家户口簿上了。请大家都传递看一看瞧一瞧，董超博姓名改为钟宇博！

“2015年新年伊始，钟家已经有自己的嫡亲孙子了！他叫钟宇博，和姐姐钟宇涵，姓名辈分都顺排着，是不是特大喜讯啊！钟欣婷不声不响，为钟家成功打造了一个孙子。老爸老妈可以不要太急逼哥哥嫂嫂生儿子，万一他们不成你们也不用崩溃，现在钟宇博就是你们亲孙子，不是外孙了，这可是法律都认定的呢！”

大家的神都还没有回过来，2015年新年第二号喜讯接踵而至：钟欣婷找到工作了！钟欣婷被武汉市女子监狱正式聘为警察，当然，是辅警。不过，现在的辅警与警察一样，待遇各方面都不错。钟欣婷在多次自主创业失败以后，终于进入社会主流工作了，而且还算是接了老妈的班。

“今后女狱警钟欣婷会很忙，请大家多多担待。好在钟欣婷今后不会在家发火了。她有的是地方发火、训人、耍脾气、耍威风——监狱嘛——那正好就是工作需要。钟欣婷在家里，有望做一个贤妻良母了。

“哦，对了，以后再遇到放高利贷的上门逼债，请转告他们：直接去宝丰路监狱。”

钟欣婷说完，自己举杯，说“我敬全家了啊”，一杯茅台酒，仰起脖子就一饮而尽了。

钟永胜高红老两口，钟鑫涛俞思语小两口，站在厨房门口的老用人李雨青，那边喂小孩子吃饭的保姆小张，一时间，全都变成木头人了。好像钟欣婷并不是在做新年献词，而是和家人在做“木头人”游戏，“我们都是木头人，拿起枪来打敌人”——她是这个“木头人”游戏的主持人，只要她把这句咒语一念，大家都得僵化在各自的姿态上，变成木头人。即便大家心里想要互相看一眼，都转动不了眼珠子——都是木头人了嘛。钟欣婷太狠了，两件事情都做得挺狠的。小小年纪的钟欣婷，连改户口这种天大的难事，都被她做到了！天啦！简直是后生可畏，可怕。

父亲钟永胜，作为一家之主，关键时刻，挺身而出，率先打破僵局。“哈哈！”钟永胜干笑，“有趣有趣！还是婷婷有趣啊！顽皮啊！这个新年礼物挺好！挺好挺好！来来来，婷婷都先喝了，大家碰个杯，喝喝喝，新年快乐！”

“新年快乐！”附和声仅仅是嗡嗡了一下。

“来来来，动筷子，吃饭吃饭吃饭！”

排骨藕汤——野猪、野藕。红烧鲴子鱼——长江野生鲴子鱼。好吃，还是野生的好吃。

可是，怎么就没有想象的那么好吃呢？钟鑫涛俞思语低下头闷吃，再也没有抬起头。钟鑫涛也讲不出笑话了。

唯有钟欣婷，吃得最香，还连连夸李雨青：“李雨青，香！”

李雨青不时瞅瞅高红，替她揪心和犯愁，有口无心地应付钟欣婷：“香就好香就好。”

二

2015年新年第一天，元旦，钟家没有过好。钟永胜高红夫妇彻夜难眠。女儿钟欣婷太有心机了。高红知道女儿鬼心眼儿多，但是实在想不到她鬼心眼儿这么多，鬼心眼儿还这么大。钟永胜高红被女儿的咄咄逼人搞到有点儿害怕了。

钟家的万贯家财，来之不易，钟永胜高红夫妇半辈子艰苦奋斗，流血流汗甚至差点儿丢掉性命。本来钟永胜高红夫妇的如意算盘是：由儿子钟鑫涛继承和接管家族企业。钟鑫涛呢，将负责父母的养老送终，也将负责妹妹一辈子有吃有喝温饱不愁。这不是一个蛮好的钟家未来吗？亲朋好友无论谁，都十分认可，都说合情合理。没有想到女儿钟欣婷，居然不认可。不认可且不说，还当仁不让，一副抢班夺权的姿态。这么老早，她就把她儿子董超博改叫了钟宇博，这明摆着叫板父母兄长，明摆着要求家产平分。至少是平分的意思，鬼晓得她还有什么花脚乌龟？！

午饭后高红就进房间躺了，血压高，人很不舒服。是夜，高红焦躁不安，血压也下不来，就擅自改户口的事情，翻来覆去问钟永胜："钟欣婷有没有搞错？！钟欣婷有没有搞错？！"钟永胜再三给高红分析："钟欣婷没有搞错。户口簿就是可以增删的，只要手续到堂，理由充足，符合法律规定，法律就是一视同仁的，不分儿子女儿，继承权平等。"高红就恼火得要死。女儿真是一盏不省油的灯啊！指不定她连平分都是不满足的，指不定是想将来让她儿子执掌家族公司的。高红又急又愁，又咒又骂，不住气抹眼泪。高红这么一乱，把钟永胜也搞乱了。两口子都睡不着，就在床上声讨女儿：当初在乡下偷生这个孩子的时候，随农户家取的第一个姓名陶再桂，真是有灵，谐音就是讨债鬼！一直和父母唱反调，一直让父母破财，婚前给她找的工作她不做，热衷于什么自主创业，社会上高利贷都敢借，扯一屁股债，都是父母还的。突然就闪婚。闪婚就闪婚吧，嫁妆给出去一大堆，她又闪离，背一小宝宝哭回娘家。钟欣婷这女孩子真是不知好歹臭不懂事！她这一辈子，钟家肯定是养了，保证她吃喝不愁，她还要什么呢？还早早就开始排挤兄长！钟鑫涛俞思语这一对人，枉大钟欣婷好几岁，好像还没有睡醒。俞思语更是一个迟钝又厚道的，被钟欣婷欺负到头上来也不知道吭气。父母会让钟欣婷为所欲为吗？！简直太气人了！早晓得有这一天，当初生下来就丢茅坑淹死算了，还避免了后来因违反计划生育法遭受处分。一旦想起当年为生育钟欣婷夫妻所承受双开的严重处分，高红就抑制不住号啕了。钟永胜赶紧捂住高红嘴巴说："钟欣婷就住在家里呢，别让她听见了！理智一点儿理智一点儿！"

到底是男人，钟永胜有泪不轻弹。不过他也没有泪。这算什么事情就有泪吗？！别看高红平日再厉害，遇到这种事，还是心乱如麻，感情用事，还是得靠着钟永胜。钟永胜的理性也就凸显了，当家做主的感觉也上来了，平日被高红修埋时候的窝囊气，也就趁机发泄出来了。钟永胜强势地发表了他的意见："别哭了！现在哭个屁呀！根本还不到着急的时候！咱们夫妻还没有老到做不动，公司都还是咱们自己执掌，钟欣婷还翻得了天？！涛涛是儿子，当之无愧的钟家男嗣，又快到而立之年，让他在外面磨炼最多还有年把两年，就回家接手公司，先让咱俩带着涛涛玩熟生意。做生意是容易的事情？！就婷婷那种小打小闹自主创业开个小门面都屡屡失败，还能够驾驭大公司？！好了！够了！现在完全可以不把婷婷当回事！改户口簿就改呗，姓钟就姓钟呗，咱们钟家多一个男丁，怎么看，都是好事。2015年的头等大事，根本不变，就还是钟鑫涛俞思语得赶紧生养！这次只要生了男孩儿，以后就好办，老祖宗的规矩，顺理成章，中国的社会习惯，女孩子连名字都不上家谱的，何谈继承祖业？抓紧当下！”钟永胜叮嘱高红：“你要赶紧做的不是哭，是抓紧当下啊！全力以赴去办鑫涛的生养二胎的事，别的什么都不要多想！清楚没有？”高红乖乖回答：“清楚了。”钟永胜心里那个爽啊。他紧接着又吩咐：“不等了，不排队了，明天你就去拿方子，加急给钱，社会不都有加急费这一说嘛，知道不？”高红少有的温顺，说：“知道了。”钟永胜是公公，儿媳生养的事情，说话不方便，具体就不参与了，但是过程中出现任何问题，高红随时告诉两人随时商量。高红继续少有的顺服：“嗯嗯。”钟永胜更是豪迈起来：“要银子花银子，要金子花金子。总之，咱们这个儿子，就是必须给咱们生个孙子！有了嫡亲孙子，改名换姓的孙子，自然就靠后排了，要金子花金子，秘方一定得是真的！”高红已经从泼妇退化成应声虫了，不住气地跟在钟永胜后面嗯嗯。最后钟永胜用命令口吻说：“睡吧！天都亮了，人总是应该睡觉的！”

钟永胜说完自己一摊，放松了身体，呼噜随之而起。高红也闭上了眼睛，努力睡觉，心里的眼睛却闭不上。

2015年新年第一天，元旦，钟鑫涛俞思语也没有睡好。夜晚两人回到自己小家金观澜公馆这边，进门也都没有说话。带孩子玩了一个下午，两人都蛮累，都歪在沙发上，刷手机上网玩游戏，就这样休息了一会儿。又打开电视，瞎看了一会儿，电视节目越来越没有意思了，不是广告就是卖东西就是唱歌选秀，电视剧吧都太雷人了，他俩智商似乎没那么低吧。两人就洗澡上床，躺床上都睁着眼。今天午饭，钟欣婷上演一出“我们都是木头人”，现在还在脑海里翻滚。但小两口都不知道说什么才好。本来嘛，钟鑫涛头男长子，进步快，学历高，大公司做到中层，一直都是家里主角。2015年，那钟鑫涛两口子更是主角。钟欣婷今天特意发难，是想要翻天的样子，真是蛮气人的。但是，钟欣婷是钟鑫涛亲妹妹，俞思语不能在老公面前妄议。做嫂子的在老公面前妄议小姑子，此乃大忌——俞奶奶再三再四告诫过俞思语的。钟鑫涛嘛，在老婆面前更不能说自己亲妹妹不好，钟欣婷再不好，做哥哥的也不能够在老婆面前贬低她——这是公司那些知心姐姐再三再四教他的。于是，钟鑫涛俞思语各怀心思，久久不说话。可是实在睡不着，又忽然说上几句话，都是不咸不淡的网上八卦。很晚很晚了，睡眠它就是不肯来，这也是钟鑫涛俞思语极其少有的情况，从来都是睡不够睡不醒的一对年轻人啊！偶尔夜店喝了咖啡才会这样。今夜无人喝咖啡。长江上早班渡轮的汽笛都响了。窗帘也开始发白了。钟鑫涛俞思语小两口不知怎么就突然激动地做出了决定："生吧生吧！抓紧生！坚决生个儿子！不就是儿子吗？不就是有了儿子就比别人气粗吗？咱们生！"

一块石头落地。一块怎么样的石头，哪里来的石头，就不用说穿了。反正就是钟鑫涛俞思语同时心照不宣地，感觉一块石头落了地。可以睡觉了。俞思语本来还是蛮反感什么生子秘方的，钟鑫涛也半信半疑，更是嫌烦，据说秘方名堂很多。这一刻，都放下了，不管了，秘方就秘方，再烦琐也忍着。钟鑫涛说："太好了老婆！真是我的好老婆！"钟鑫涛伸出胳膊，把俞思语揽入怀中，两人亲了个嘴，闭上了疲倦的眼皮。进入钟鑫涛怀中之前，俞思语把自己的长发一再地理了理顺，免得刺人。晚安。睡了。2015年元旦，已经悄然过去。

次日晚上，高红就来到了江边金观澜公馆。本来是都在花桥小区大家庭一起吃的晚饭，还假装各走各的，生怕钟欣婷多心。钟鑫涛俞思语先回到金观澜。一会儿高红也来到了金观澜。母亲、儿子、媳妇，三个人，点个头，明知道要说什么，可是面对面一时间又说不出口，三个人的眼睛就都东张西望乱看。一会儿，俞思语开口了，说："妈喝点儿什么？"高红不喝。"吃点儿网红饼干？"高红不吃。

高红说："哎呀，你们坐下坐下行不行？""行。"俞思语带头立刻坐在沙发上。高红就是中意这个媳妇，不仅是自己挑选的自己喜欢，还真是因为俞思语老实厚道性格面，昨天被小姑子大抢风头不说，还被小姑子锋芒所伤，今天一句抱怨没有，伤在哪里也不投诉给婆婆，不就是只会生女儿不会生儿子嘛，人家就是不说钟欣婷一个字。高红前后左右怎么看怎么中意这个憨媳妇，替她出头的心劲儿，自然就出来了。再把钟永胜昨夜的叮嘱吩咐一想，她的脸皮就厚实了，不就是一桩生育的事吗？高红就开门见山了。

世上无难事，只怕有心人。幸福不会从天降。如今什么不靠打造？！高红做事情一向雷厉风行高效率，警察出身的人嘛。今天该找的人，高红都找了。该拿的东西，明天就拿得到。"这位中医大师的家传生子秘方，是已经被千千万万夫妻证明了是十拿九稳的，所以很贵很贵的啊！贵没有关系！还是要再一次警告你们的是：必须严格按方子实施，不要怕琐碎，不得偷懒将就。对你们年轻人来说，改变生活习惯，难度肯定是有的，但是，有人一个月就见效了。钟鑫涛俞思语你们就不要畏惧艰难了！备孕开始了啊！不要瞎吃瞎喝了啊！网红饼丁什么的都给我丢出去！思思例假几号来？"俞思语脸一红，头低下了。"涛涛？！"钟鑫涛也一脸蒙："我怎么会记得她的事？！"高红严训儿子："什么叫作她的事？！是你们的事！从今天开始你就得记得！"俞思语赶紧插嘴解救老公："22 号。"高红知道了。"22 号！每月 22 号！准吗？"俞思语蚊子一样细声嗡嗡："基本准。"高红很高兴，准就好！中医大师说了只要女方月经准时，没有月经不调，那就是很好的受孕条件了。高红再次要儿子记住："思思 22 号月经啊！千万不要忘记！事情如果顺利，老天爷保佑，说不定这个月就能怀上。"钟鑫涛俞思语态度明显比以前是积极了许多，也不再有抵触情绪，不再回嘴质疑这个那个的。只是与长辈说这些，还是不好意思，还是面无表情，手指抠沙发，眼睛盯地上。高红够了。儿子媳妇态度由消极变积极了，高红就够了。高红眼睛也看别处，也错开儿子媳妇的眼神。"事情说完了，走了啊。拜拜！拜拜！"

钟鑫涛俞思语心里也踏实了。元旦次日，2 号夜晚睡得很好。

2015 年 1 月 3 号，钟鑫涛俞思语开始正式实施中医大师的家传秘方。钟鑫涛的男药，24 小时这样服药：第一次在晚上，夜里十点钟，入睡前服用；次日清晨八点，再服用一次。晚早各一次。

俞思语的女药正好相反：第一次是早八点服用，晚十点再服用一次，早晚各一次。

夫妻夜晚睡觉：头东脚西。夫妻床上位置：男左女右。饮食禁忌：烟酒茶、辛辣食物、油腻食品。不宜在服药期间同时服用其他滋补性中成药以及膏方。

行房时间与时辰，见表格。秘方又叫作送子包。送子包里头配有一只自制的轮盘表格，得按月盈月亏时间和女方月经时间具体操作。

高红取来送子包，与儿子媳妇躲在金观澜，进行了认真的学习与研究。经过高红一再确认儿子媳妇弄懂弄通了，她才不很放心地离去。钟鑫涛对高红说："哎呀，你就放心吧放心吧。我们都是重点大学毕业的，未必这都弄不懂？"俞思语在一旁只是点头。

"拜拜！拜拜！"

1 月 22 号，俞思语准时见红，第一个月，没有怀上。

三

1 月份行动才开始，没怀上，不意外。凡事总有过程，有磨合期。

2 月份继续。

遗憾的是，2 月份太难了。2 月份过年。春节，总是中国最大节日。过大年，放长假。铁定的，大年三十，除夕夜，必须全家团聚吃年饭。

钟鑫涛俞思语在这一天得两边吃。俞家把团年饭提前到中午，俞思语钟鑫涛带着女儿钟宇涵，回到俞家吃一顿团年饭。晚饭一家三口再赶回钟家。钟家是儿子媳妇孙女，是自家人，得回家一起吃更加正规的团年饭。入夜，钟鑫涛俞思语还得赶出去参加格瑞丝的派对。

保罗格瑞丝在他们的保罗木梳品酒屋举办新春派对。保罗格瑞丝他们每年除夕夜邀请的中国人并不多，基本都是在武汉的国际友人，隆重热烈，一起守岁，通宵达旦，演唱歌手都是老外他们自己，十分放松和狂欢。格瑞丝这么好的闺密，国际友人保罗也是钟家的好朋友，俞思语钟鑫涛不可以不参加。而且档次很高啊，连续举办了几年，现在口碑在外，很多年轻人高价求购邀请函啊。

参加派对就不可能不喝点儿有酒精的饮料，不可能按时服用中医大师的药。过年就是过年，没有什么理由搪塞亲朋好友。

大年初一，各处拜年。武汉的过年，风俗习惯总还是在着。钟宇涵小朋友，早上起床穿得簇新，打扮得漂漂亮亮，由她的父母带着，首先在家里给爷爷钟永胜拜年，给奶奶高红拜年，给姑姑钟欣婷拜年，各位长辈就一一给红包，这叫“开门大发财，元宝滚进来”。再就是钟鑫涛俞思语带着女儿，驱车前往俞家拜年。俞家又是更为隆重的事情，尽管被称为外孙，却是四世同堂，更加喜气。钟宇涵小朋友一进门，按老礼数，是要给俞爷爷俞奶奶下拜磕头，现在是新风气，只口头说说就行了，两老就给红包了。

今年的新鲜事，是俞思语的父母大变样。用钟鑫涛偷偷笑话俞思语说的：“这是我的岳父岳母吗？‘三观’刷新哎！”俞思语说：“去！”心里却是特别高兴。此前俞思语担心的就是爷爷奶奶，生怕今年过年缺了伯伯婶婶俞洋一家三口，老人心里会难受。哪里知道，俞思语父母这个春节的表现，让她不敢相信自己的眼睛。以前每年春节，都是伯伯俞非洲主持，由他预订餐馆的年夜饭、大年初一拜年、初五迎财神之类。俞非洲去年移民美国了，春节他自己全家在美国团聚，回不来中国。

今年俞亚洲出面主办了。厅级官员俞亚洲，放下身段，作为俞家二儿子，有史以来第一次主持操办全家的团年过春节。俞亚洲妻子任菲菲也挺身而出，不顾病体，临时出院，协助丈夫操持油盐酱醋茶。他俩今年主办得蛮有亮点，办出了新意，也更加符合老人的心愿。俞亚洲请了一个厨子，来家里做团年饭。虽说现在的厨艺学校毕业的年轻人，学的都是大路菜、套路菜、模式化菜，满足不了俞爷爷的传统口味，做不出沔阳年饭的菜肴，但毕竟是厨师，会做手工鱼圆。更毕竟是俞亚洲俞厅长亲自伺候副处级退休才得到正处级待遇的老爹啊！俞爷爷俞奶奶老两口那个高兴，那个惊喜，那个自豪，那个受宠若惊，都让他们喜笑颜开，容光焕发，笑眯眯看什么都满意，哪道菜都好吃。特别是俞爷爷，还生怕儿子受累，一会儿过来递杯茶，一会儿过来要儿子歇一会儿，那神情，完全就像看一个忠实和敬爱自己上司的勤务兵。俞家呈现出从来不曾有的父慈子孝图景，身在其中人人都开心。

除夕的团年饭，俞家全家十几口人，围着厨子，观看鱼圆子的制作过程：一条新鲜大青鱼，剖背打开，去鱼骨，刮鱼茸，剁成鱼参，手打，打着打着就上劲了——上劲是一个神秘奇妙的手势——上劲了就有鱼参从手的虎口轻轻一挤，就挤出一枚圆润光滑的雪白鱼圆。紧接着，一枚一枚地，飞快地挤出来，漂浮在一大盆清水水面上，一只只，轻轻荡漾，像是魔术一般——好看好看好看——钟宇涵小朋友喜欢得不行，蹦蹦跳跳，老想把小手也伸进去做鱼圆。俞思语也倍感新鲜和神奇，钟鑫涛也是。他俩都还没有见过这般场景呢。手工鱼圆就是特别好吃！他俩带着钟宇涵小朋友，这就很像一堂亲子教育课了。这感觉真是特别好，特别有意思，也特别有意义。钟宇涵小朋友吃了很多鱼圆。俞爷爷也吃了不少。一老一少，吃得最多，最开心。全家十几口人，频频举杯，钟鑫涛不喝酒肯定是不行的了，更加上俞思语和她父母关系有所改善，这是更要喝酒祝贺的，喝！

大年三十的这顿团年饭，俞亚洲主持任菲菲协助，前所未有的成功。俞爷爷俞奶奶脾气好得出奇，俞美洲平日的那一副苦相也换成了笑脸。俞家很多年没有这样和谐热闹了。大年初一的拜年，钟宇涵小朋友心不在焉急急匆匆地拜了自己的爷爷奶奶，就很积极地要求去太爷爷太奶奶家。俞家有许多红包。除了太爷爷太奶奶的红包之外，外公俞亚洲给了红包，外婆任菲菲也给了红包。以前他俩都是两人共同给一只红包。以前俞亚洲认为这种旧风俗不可取，太刺激孩子的金钱物质感，红包一般也就两百块钱，两张红钞票，图个好事成双的吉利。而今年红包的厚度，俞思语一看，就忍不住瞟了钟鑫涛一眼。钟鑫涛没回应，但他俩心里都有数。果然后来打开一看：俞思语父母两个人各封了两千元整红包，都还是崭新的连号的红钞票，很有收藏价值。很显然，俞亚洲任菲菲夫妇是大费心思了。2015 年，这画风真是完全变了。

俞思语拍着胸口说："妈呀，吓坏宝宝了！"

钟宇涵也跟着妈妈的动作学，憨态可掬。钟鑫涛开玩笑："原来你父母才是真土豪啊！"

皆大欢喜。皆大欢喜。俞思语终于与父母和解了。奇怪，这么快，和解的感觉突然就被大家感受到了。原来子女与父母，还是心连心的。俞亚洲任菲菲看在眼里，喜在心头：以往俞思语在家吃年饭，就是应个景，板凳都坐不热就要离开，刷手机，写信息，打电话，玩游戏，看电视，就是爱理不睬的。今年好啊，除夕的团年饭吃得不愿意离开。大年初一的拜年，又一起吃午饭了，钟鑫涛主动给岳父岳母敬酒，俞思语教钟宇涵小朋友给太爷爷太奶奶夹菜。

看来俞思语现在才是真长大了。女儿长大了，还是懂得体恤父母的。俞亚洲看任菲菲，任菲菲看俞亚洲。两人交换了多少眼神，都是亮亮的，都是从来没有的惊喜。

前所未有。前所未有。俞家在俞亚洲主持下，2015年春节，迎来了一个新的春天。

俞家都知道俞思语今年要生二胎。钟俞两家要添丁加口了。俞家吃年饭也都纷纷举杯祝福钟鑫涛俞思语了，祝福他们小两口今年得个健康壮实的小宝宝。俞亚洲亲自发话："年轻人事业前途为重，不要担心你们工作被耽误，俞家现在带孩子的人多着呢！"最重要的是，俞亚洲任菲菲他们家附近开办美式幼儿园和学校了，步行可达。这么好的教育资源，俞家肯定要为自家小宝宝们努力提供。名额有限，得提前预约。任菲菲也很贤惠，说她已经在联系学校的董事长。管他呢，先预约，先拿到名额再说。钟鑫涛一感激，就只得频频举杯敬酒，并且年轻一辈要先干为敬。俞思语也喝了不少。人在这种场合这种环境，就顾不了那么许多了。秘方说不定没有那么严格呢。钟鑫涛俞思语交换的眼神里，都是同样的想法。

接下来几天，春节长假，到处玩、聚会，亲朋好友之间互相拜年。聚会拜年必有饭局。饭局必有大吃大喝。喝酒抽烟吃饭打麻将必不可少。钟鑫涛公司上有领导下有同事，中间还有很多朋友、朋友的朋友、同学的同学。俞思语朋友同学也不算少。春节是一年一次的大节日，都不可以得罪的。那就春节例外吧。春节就是吃喝玩乐。不然，别人还以为你们犯了什么毛病呢。

在春节长假的情况下，钟鑫涛俞思语不可能严格执行送子包医嘱。所以，2 月 21 号，俞思语来了月经。2 月份没有怀上。

四

新春来了。长江一江春水变黄，两岸植物现蕾吐绿。金观澜公馆小区院子里的小鸟大清早就钻出窝来，振奋精神，整理羽毛，叽叽啾啾，纵情歌唱。一件不寻常的事，悄然发生。此前谁都没有料到。钟鑫涛俞思语两人也都是浑然不觉。

这一天是 3 月 5 号，农历惊蛰。两千多年前中国古代先贤研究并标注出来的物候现象，直至 2015 年，依然精准。2015 年 3 月 5 号深夜。当室内日历上面的 5 号转换成 6 号的刹那间，户外高空一声雷，这是惊蛰的第一声雷，紧接着，惊蛰神力显现：云层骤起风波，闪电道道密集发射，一声声雷鸣犹如野马奔腾，大地随之抖动，地热随之发生，暖意随之灌注，冬眠动物都被唤醒，干枯植物悄然复苏，所有有性繁殖的动植物生殖器，无一例外开始蠢蠢欲动，各种各样的激素开始分泌，发情交配期到来，一部恢宏无比的性爱交响曲，开篇就是排山倒海的激昂快板，以人脑难以想象的磅礴气势，奏响了新春旋律。

相形之下，人间城郭不过是苍穹之下的微缩景观。武汉这个拥有两条大江无数湖泊高楼林立千万人口的庞然大物，当然也不例外。惊蛰之雷在苍穹来回驰骋，阵阵翻滚，轻而易举冲击着满城酣睡的人。

而在表面形式上，人们依然是在酣睡，一如密集蚁穴拥挤的蚂蚁。最多有人翻了个身，最多有人似乎听到雷声，也只当是飘然而逝的梦的碎片，对于自己肉体深处的苏醒，人们早已与自己隔膜得浑然不觉。

浑然不觉是浑然不觉，内在苏醒的万钧之力还是会突破重重隔膜，来到人间。大树小虫齐齐被震撼，惊蛰之时，俞思语醒了。

惊蛰来临，俞思语醒了。这或许是一个巧合，或许不是巧合。这就无法猜测和揣度了。事实就是：俞思语醒了。与所有深度熟睡的人一样，俞思语的醒，不能够算是真醒，是迷迷糊糊的那种醒。是俞思语的尿液满了，她身体的排尿机能率先醒来，起夜撒尿。3月的夜，乍暖还寒，被窝里好温和。俞思语就有点儿赖床，一直赖到再也赖不过去了，俞思语这才起床去卫生间，自然还是迷迷糊糊的。

撒尿的时候，更加直接的异乎寻常的事情发生了：坐在卫生间马桶上撒尿的俞思语，依然还是迷迷糊糊的状态，眼睛依然没有完全睁开，全靠日常生活的习惯使然。这是一泡长长的热尿，由于故意被憋，最初瞬间尿道口有点儿紧，接着，就撒得酣畅淋漓了。尿到最后，一个愉悦的尿噤袭来，类似于肉体的欢呼，让俞思语浑身打了个愉快的哆嗦。就在这个哆嗦的末梢，俞思语用一团手纸去擦干尿液，触碰到了阴蒂。这次的触碰与往常不一样，她忽然觉得，体内有一种兴奋怦然而动。是俞思语的身体要求她自己爱抚她自己！是俞思语的身体要求她自己与自己谈谈爱情！俞思语根本还是迷迷糊糊的状态，只是她身体里头的另一个自己、没有社会姓名的另一个女人、一个纯粹的女人，和自己闹恋爱了！就如户外新春的大树小虫一样，爆发出强烈的生命力——很快，变得肿胀肥沃，温暖湿润，生机勃勃。

异乎寻常的事情，就这样发生了。生命中从来不曾发生的事，就这样发生了。从来不曾见过的旗帜鲜明，斗志昂扬，欲罢不能。俞思语的灵魂，被她自己的肉体彻底惊呆！

现实意识唰唰唰地疾驰而来，让俞思语刹那间清醒了许多。社会教育灌输的道德感是非观身心健康观等种种观念，一起涌上来，心惊肉跳，血往上涌。幸亏光线暗淡，幸亏全世界都是黑暗，幸亏钟鑫涛睡得死沉死沉，幸亏女儿住在她爷爷奶奶家。天啦！幸亏没有被任何人发现。

俞思语返回床上，黑暗中脸也羞得赤红。轻手轻脚，钻进被窝，背对老公钟鑫涛，尽量挂在床的边缘。然而，钟鑫涛身体的热气，阵阵袭来。两个微胖小夫妻睡在才一米五宽的床上——金观澜建筑商为了方便看江景，主卧室就放不下一米八的床。其实尺寸都是废话，女人一想要，宇宙都变小。床在发抖，被子在发烫。四肢扭动，身体实在躺不住睡不着。一个翻身，俞思语与钟鑫涛面对面了。男人，此时此刻，是一个多么亲密无间的归属。这是俞思语的男人。平时老公老公叫习惯了，想都没有想到老公就是一个公的、雄性、雌性的一体二面，她会需要他，突然，是如此如此迫切地需要。

钟鑫涛即便睡梦中，也无时无刻不在与老婆互动。婚后的睡眠是两个人的习惯与自觉。俞思语身体扭扭的，钟鑫涛也就搂搂的了。但是！钟鑫涛的手，男人的手，也有自己的独立意志，它不会与身体一起沉睡，当它一摸到俞思语的私处，突然，触电了！触电了！发抖了！并且立即，男人的武器，立刻亮剑，毫不犹豫，冲锋陷阵——社会姓名叫作钟鑫涛的男人，也是连眼睛都还不曾完全睁开。

可见男女都有另外一个自己，躲藏在本人身体深处，从来不睡觉，只按季节过：有情与无情两个季节。

有情季节一到，男女都很自觉。钟鑫涛扬鞭跃马，俞思语积极迎合，床铺活色生香，小两口一句语言无须，一个眼神没有，无见无想，彻底关闭视线，灵魂冲出九霄，进入忘我境界，在想象中尽情遨游，劲儿往一处使，汗往一处流，如有神助，冲进天堂。

所有关于性高潮的表述文字，都因为词不达意而作废。唯有性高潮本身，闪闪发光、通体透亮、光焰夺目、灿烂辉煌，成功光临了钟鑫涛俞思语的肉体一次。发射成功之后，肉体才像彗星那样，拖着一只渐渐完成了使命的尾巴，自然而然地进入尘埃，归入它的宿命。

男女重返人间，寂静美不可言。

翌日醒来，时间已经是上午十点。睡过头了，大师的药也没按时吃呢！钟鑫涛俞思语都吓一大跳。看看钟，看看手机，都不敢相信自己的眼睛。当然，不相信不行。俗世就是有时间的规定。

男女都不好意思地笑了。俞思语把长发披下来，用手捧一大把，遮住脸。

男问："夜里怎么回事啊？！"

女答："不知道。"

男问："那你好不好呢？"

女答："好。你呢？"

钟鑫涛忽然想要飞翔，他振臂高呼："太好了！太好了！老天爷啊！太好了！”

小两口猛然又一个拥抱，亲嘴到很久很久很久。

春天啊春天，亲爱的三月。钟鑫涛俞思语都以为这个月肯定会受孕的，他俩都有预感，这是如此绝妙的一次情爱啊。仅仅只是没有按送子包医嘱来做。

他俩这个月做早了。他俩这个月也做多了——多次想要重温绝妙美梦，多次想要3月5号凌晨的美景再现一次，哪怕半次，哪怕一点点——没有。最美好的东西总归是转瞬即逝，仙踪难觅。

3月20号，俞思语月经来了。没怀上。

五

从头说起，头发的头。

俞思语拥有一头完美的长发，完美到各项指数都超标，的确是举世瞩目与实属罕见。钟鑫涛对少女的长发，也是情有独钟。两人在汉口西北湖边一见钟情，也多亏了俞思语那天的飘飘美发。“待我长发及腰，少年娶我可好？”——就这一句诗，其实算是一句网络顺口溜，迷死人了。钟鑫涛俞思语一见钟情的前几天，正好开始在网络流行。他们俩都看到了，也都有心醉情迷之感。待到钟鑫涛一见俞思语，好一位长发及腰的“美眉”！

好了！够了！就想谈恋爱了！少男少女谈恋爱，还需要更多吗？

婚后。一到夜晚，清纯女神秒变贞子女鬼——这是俞思语所在的网聊长发部落的互相调侃。但，人人都以为调侃的是别人。俞思语自己从来、从来、从来都不曾意识到她自己的头发会变鬼。从来不可能意识到她的头发会有什么问题，意识到每到夜晚，当她入睡，头发就不再听她使唤。就是一堆乱发，乱发就是满床流窜。

钟鑫涛既然享受了美发之美，也得忍受发丝之乱了。世界上没有什么东西，只有优点，没有缺点。成也萧何，败也萧何。

入夜。上床。关灯。睡觉。俞思语往枕头上一倒，在熟睡以后忘形地翻几个身，那一头长发乱得好生了得。乱发的发梢，翻翻翘翘，钻钻营营，脱落的发丝似小蛇那样活的，四处游走，无孔不入。它们会沾上和刺痒钟鑫涛的嘴角、眼皮、鼻孔、下巴、耳洞、耳根以及任意一处，甚至大腿窝、蛋蛋，等等，任意一处，无一幸免。

有时候钟鑫涛半夜下身忽然瘙痒，搔着搔着，会从自己阴毛里拉出长长、长长的一根粗壮发丝。钟鑫涛的理智告诉他，把手伸到床沿，悄悄丢到地上就是了，继续睡觉。而钟鑫涛的本能，就是睡到迷糊了的脾气，奋起反抗，手会去拨开俞思语的头发，动作很不客气，很果断。不停地弄开，拨开、抓开、甩开。一再地，一再地，身体也会往床沿挪，一点点，一点点地，尽量拉开与俞思语的距离，单单只恨床不够宽，被子也不够宽。钟鑫涛俞思语结婚了，是夫妻了，必须睡一起。人也得每天必须睡觉，这就是一个无法回避的严峻事实。

同时另一个严峻事实是：俞思语睡觉的时候头发总是乱七八糟，自由散漫，每根发丝长达70厘米左右，总数达12万根左右，每根都又粗又硬又油又韧，直径达90微米，超过白种人的一倍还不止。自然，每一根发梢刺痒皮肤的能力，理论上说，的确不容小觑。钟鑫涛又习惯只穿男士背心和短裤头睡觉，遮住的地方少，赤裸的地方多。

钟鑫涛俞思语小两口，正是能睡的年纪，一旦睡死，就稀里糊涂。两个人，四只胳膊四只手，在他们婚床上空打架，舞动，相遇，撞到，躲开。睡熟忘形，再次舞动，撞到，躲开。可是，躲不开。

这几天钟鑫涛上火，嘴唇上下有几颗青春痘正欲爆出脓头，牙龈红肿，嘴角烂了。

这一夜，睡到深处，俞思语的一丝头发或者两丝，总是拧成一股，先是夹在钟鑫涛嘴角，钟鑫涛一个转身，勒紧了，有点儿刺痛，他睡梦中偏偏头，迁就了一下，肉体自己知道怎样缓解疼痛。继续睡。忽然，熟睡的俞思语一个大翻身。是那种突然的、果断又勇猛的、一个熟睡中无知无畏的大翻身。猛然一下子，绞紧了钟鑫涛嘴角的头发。钟鑫涛嘴角又是烂的，溃疡有渗出液，渗出液还是稠的，已经粘住头发，这样出其不意地不知轻重地一拽，割肉一般，钟鑫涛发出了一声惨叫。俞思语没有被钟鑫涛的惨叫惊醒。钟鑫涛以为很大声的惨叫其实没有发出声，就跟梦中的许多惊叫一样，只是一种精神呐喊。懵懂的钟鑫涛手指头按住嘴角，还不知道发生了什么情况。感觉一下，嘴里竟有咸腥的鲜血味。出血了！钟鑫涛大吃一惊，警觉地坐起来，专注做了一个吞咽动作，鲜血味更浓了。是的，钟鑫涛在出血！是更大的吃惊了。顾不上熟睡的俞思语了。钟鑫涛打开了床头灯，一看手指头，真有血，还不算少，“哎哟哎哟”就真叫唤起来了。台灯一亮，光线刺醒了俞思语，她眼皮颤颤抖抖，眨眨着不肯睁开，模模糊糊看见钟鑫涛坐着，口齿不清地吱吱呀呀，意思是你在搞什么搞。

“我出血了。”

俞思语惊醒了一点儿，也坐起来，到处看。

“什么？哪里？”

“嘴巴！”

“嘴巴？嘴巴里头外头？”

“不知道啊！”

俞思语赶紧查看，原来是嘴角。

钟鑫涛吃东西还是太重口味了！看看，还是上火的原因嘛！钟鑫涛说：“是你头发！”俞思语从钟鑫涛嘴角抽出自己的发丝，笑起来：“对不起啊！”俞思语忍不住笑。钟鑫涛的嘴角也太脆弱了吧。俞思语的发丝割裂了钟鑫涛的嘴角，说出去谁信？笑死人了！钟鑫涛不觉得好笑。烦了，就像弄开意外撞上脸的蜘蛛网那样，一把一把摸脸，将俞思语缠在他身上的头发丝，捋到俞思语那边，有点儿厌烦和赌气的意思了。

俞思语也只是笑。不笑能够咋的？

好吧，睡觉吧。半夜三更的。两人重新睡下，一会儿也就重新进入梦乡。钟鑫涛溃疡的嘴角，凝聚起一粒粉色的滴状痂皮，是淡淡的血与浓浓的渗出液以及部分口水，封闭了毛细血管创口。

哪里料到，正睡到烂熟，俞思语的发丝，发生了再一次的割裂。刺痛惊醒，钟鑫涛大叫。再次开灯。一线血流，沿着钟鑫涛侧睡的嘴角，一直流到耳根，就像一只血盆大口。

俞思语一看，也慌乱了。怎么可能？！

钟鑫涛俞思语两人的胳膊，一通慌乱。睡梦初醒的不精准，导致钟鑫涛的胳膊肘子不慎一拐，撞到俞思语鼻子。俞思语顿时鼻血涌流出来，十分澎湃。

啊啊啊——太多血了。弄床上了。赶紧起床。怎么弄？手纸塞住。塞不住，手纸已经又红了。往后仰。不行不行，鼻血咕噜咕噜都吞进去了。一吐一大口鲜血，一吐一大口鲜血。钟鑫涛慌死了，赶紧用手机百度，看流鼻血怎么处理。却乱七八糟说法一大堆，都是网友胡乱写的，有的说仰头，有的说不可以仰头，有的说直接送医院，有的说主要得看流血程度。

钟鑫涛干脆拨通了父母电话。钟永胜一听，说："你这小子！现在几点？凌晨四点哎！也太没生活经验了吧？自己老婆流鼻血，把父母叫醒。"高红倒是心疼儿子："别听你爸的！我来告诉你怎么办——"

天亮了。这个清晨，是有使命的清晨。原本计划，一是：六点十分响闹钟，测基础体温，然后做那事，一两分钟足够。程序完毕，俞思语继续平躺半个小时一个小时，或者又睡着了，都很好。钟鑫涛自己出去吃热干面蛋酒，很幸运热干面是中医大师送子包秘方上的食物。再记住：八点，吃药。

由于头发引发了一场血案，钟鑫涛俞思语都很困、很困、很困，都对闹钟置之不理。都没有做该做的事情，没在吃药的时间点吃那必须吃的药。都不顾使命在身了。

随后几天，小两口发生了几次口角，为俞思语的头发。钟鑫涛建议俞思语换个发型。俞思语问："为什么？不喜欢了？！看腻了？！"钟鑫涛断然否定。钟鑫涛当然还是认为俞思语的头发是世界上最美的头发。

"那为什么？就因为偶尔把你嘴角扯流血了一次？"

"本来嘛。就是扯破了嘛。"

"那是你爱吃重口味，嘴角本来就烂了。你自觉点儿，不吃重口味不就 OK 了？"

"那还是你头发太厉害了吧。"

"那你胳膊还把我鼻子碰了一大盆血，你是否应该换个胳膊？"

"你这个人，完全不讲道理！"

"你才完全不讲道理！"

4 月 22 号，俞思语月经又来了。4 月份，没怀上。那就下个月努力呗。

六

5月气候好，出差增多。钟鑫涛是公司业务骨干，升职也不算慢，被重用是大好的事情。也是没办法的事情，你得多干活儿。公司老总开会讲话总是说：“你们年轻人打得死老虎，要多多出差多跑跑，搞矿的，不跑怎么行！”

钟鑫涛打得死老虎吗？就他这开始脂肪淤积的小胖子？但他就是公司的年轻人。他就是得出差。

钟鑫涛出差多，也没有关系。俞思语闲着，那就计划一下，去北京怀孕吧。想想也是很浪漫的事，天安门广场清晨看升旗，回酒店实施造人计划，在首都植树造林，养育祖国花朵。挺有趣的，将来还有纪念意义。而且，也算弥补了一下蜜月没有旅行没有到北京玩的遗憾。

钟鑫涛俞思语查对了一下大师表格上的日子以及排卵期，这样安排：钟鑫涛头一天先到北京，第二天有整天的重要的不得请假的会议，动不了。第二天，俞思语可以前往北京。第二天晚上，小两口聚会北京，吃点儿全聚德烤鸭什么的，因为正在服药备孕期间不能够泡吧，到北京不能够夜里出去泡吧，那就吃烤鸭算了。吃了烤鸭，当晚静养、休整，不做，以逸待劳。第三天清晨，实施造人计划。在去北京之前的两个星期，小两口按兵不动，不得同房，养精蓄锐，以免精子量不够，影响受孕概率。

就这样。计划不错。说好了。两边父母，也都放心，别多问了。钟鑫涛出差是出差，但是俞思语灵活机动。神州大地，哪里受孕都一样。

到了那日，钟鑫涛出差了。

武汉去北京，现在都坐高铁。高铁准时、方便、舒适、快捷，一个下午就到。车上玩玩手机，打打盹，就到了，挺好的。钟鑫涛是高铁 G518，武汉站至北京西站，992 公里，近 5 个小时。

钟鑫涛上车就是老一套，和每次一样。坐定之后，玩电脑，玩手机，上厕所，打瞌睡，吃一次盒饭，再加一点儿零食小吃——刷手机的时候习惯性往口里塞，咀嚼和吞咽，喝瓶装水。火车上的睡眠，和车厢一样，是一节一节的。在驻马店昏昏睡去，到漯河突然醒了；在郑州又昏昏睡去，到石家庄突然醒了。

怪异发生在石家庄。石家庄至北京这一段，火车在石家庄站停靠，上下乘客以后，开足马力奔向北京西站。这个停站，有人上下，钟鑫涛在睡没醒。倒是突然开车，一个启动，钟鑫涛醒了。火车的突然启动，不知道从哪个通道进入钟鑫涛身体，给钟鑫涛造成了一个悸动。

钟鑫涛醒来，嘴角挂着半干的唾沫渣子，眼睛视而不见地瞪着其他乘客。满车厢乘客，在钟鑫涛视线里等同于无物。可是可是可是，就在这些无物的背景里，却凉飕飕地浮现出来一幅超级高清的画面，有情有景有人物：这是一个半明半暗的夜晚，钟鑫涛被俞思语头发刺痒，抓挠，醒来，努力再睡，怎么都睡不着。钟鑫涛爬了起来，是慢动作。只见钟鑫涛慢慢地，从床上爬起来，一步一步，蹑手蹑脚，走出卧室，来到客厅——钟鑫涛本来没有觉察到自己昨夜有梦。今天是毫不经意。今天就是正常出差的一天。

可是，却在火车睡眠的初醒之中，朦朦胧胧又清清晰晰，夜梦复活，钟鑫涛可以看见自己昨夜的一举一动：钟鑫涛来到客厅，俞思语在客厅墙壁上的巨幅婚纱照里，朝他发出蒙娜丽莎般的微笑。奇怪的是俞思语的长发，只有半边，另外半边，已经被剃掉，头皮泛着青光。钟鑫涛大吃一惊，正待细看，俞思语又变成了秃子，嘴唇发紫，笑容变形。噢，原来是户外的激光灯，武汉的城市亮化工程正在升级，居民公寓高楼也都开始披挂花花绿绿的景观灯了，客厅落地玻璃门的帘子又忘了拉上，喜剧效果就这样产生了。喜剧效果中的秃头女子俞思语，让钟鑫涛既好笑又深受启发。秃头有秃头的明朗，长发有长发的阴森。钟鑫涛转转悠悠进入厨房，东看看西摸摸，碰到刀架，抽出一把厨房料理剪刀，又蹑手蹑脚，转回卧室，俯身细看俞思语。俞思语侧身睡着，只剩半侧脸，搁枕头上，相貌也是一种死相，眼睛紧闭，没表情，没活力，只是头发还是很多，一大堆，需要理发才好，是时候应该修剪修剪了——就在钟鑫涛动剪刀的关键时刻——和所有梦一样，具体行动总是一事无成——俞思语忽然翻身了。

俞思语翻了个身，发出一声重重的呼吸，又发出一声嘘嘘的呼吸，好像远处起风了，也好像远处有提醒——钟鑫涛一个吃惊，发现了自己提着一把剪刀。这一下子，钟鑫涛真把自己吓着了，赶紧溜出卧室，还了厨房的剪刀。记得好像还打开了冰箱，喝了几口水——这是他妈高红送来的水。说是一种碱性养生水，浸泡过能量石的。高红已经四方奔走，听过了很多备孕的专家讲座，深信“酸生女碱生男”理论，购买了专卖的饮水机和能量石。高红为监督儿子媳妇坚持饮用碱性能量水，就会亲自把水制好，过几天就送一提过来。可怜天下父母心。钟鑫涛俞思语都很领情，表示他们会尽量饮用妈妈制作的水——这是题外话，总之钟鑫涛做梦，也都知道喝冰箱的碱性能量水。

剧情结束，好比突然停电，画面突然变黑，后面就是迷迷糊糊的记忆碎片了。好像是钟鑫涛回到床上，躺下，睡着了。

然后就是天亮了，太阳出来了。太阳底下，真相大白，没有黑暗梦境，连残片都没有。俞思语赶紧按时测量自己的基础体温。钟鑫涛一骨碌起床，忙碌清晨的洗漱、穿衣、排泄与进食，都必须一一完成。再驾车上路，还要祈祷不塞车。一切就如昨天，正常工作日到来。今天出差，收拾行李箱。资料、电脑、手机、充电器，掐着时间，赶火车。拥挤的候车室，候车室怎么会有这么多人？！都出差吗？不像啊！都要东奔西忙地干吗？！搞得候车室很拥挤，人撞人，看到人脸就腻味，心情都无喜悦。上车，坐下，各就各位，终于有了一点儿秩序，人与人之间终于有了一点儿被强行规定的距离。谢天谢地！高铁开了。

出差老一套开始——没有梦。完全、丝毫、根本，就没有昨夜的梦。

然而！然而！然而！好像是为了佐证钟鑫涛在高铁石家庄段的重访梦境，俞思语微信来了："冰箱怎么是开的呀？！"

发来图片：敞开的冰箱门。

冰箱怎么是开的？

没有别的解释，肯定是昨夜钟鑫涛做梦了，梦游了，喝过冰箱的水，梦游人不知道关门——这也太恐怖了！好可怕！钟鑫涛梦游？他从来没有的呀！女人的完美长发太压抑男人了？笑话！

钟鑫涛回复微信："冰箱门开了有什么奇怪的，关上就是。"

好在现在的火车乘客都只顾自己。身边人都玩手机或者睡觉，对钟鑫涛蛮有催眠效果，很快就打断了钟鑫涛关于梦游的噩梦，重新进入一个昏昏沉沉的打盹。

幸喜石家庄是最后一站。北京西站就要到了。有几个小孩子憋不住了，开始在走廊乱跑，吵闹哭叫，年轻妈妈紧追其后，以文明礼貌的腔调，大声呵斥教训自己的小孩子，要注意文明低声。也有年轻妈妈不管不顾的，乘客就大声责问："这是谁家小孩子在走廊撒尿了？太不文明了！"钟鑫涛打盹儿结束，保洁阿姨过来了，有节奏地对乘客说："来，垃圾，谢谢。来，垃圾，谢谢。垃圾，谢谢。谢谢，垃圾。垃圾吗？来，腿抬抬。"漫长的4小时55分钟，终于过去了。再快的交通工具，人们的适应能力比它更快，一旦适应就不觉得它快了，总还是嫌它慢。其实快慢是个心情，都只注意建设高速列车，就是没谁注意建设良好心态，肯定心态更重要，花再多钱火车也不可能建成火箭。再说还有副作用，比如电磁波的强辐射之类，啊呀呀，不管那么多了。坐得好累，漫长的4小时55分钟，终于过去了。

车厢立刻人声鼎沸，人们纷纷提前拿行李，乘客们好像被催眠以后又都重新回到现实中，前后左右都有人拥挤和碰撞到钟鑫涛，令钟鑫涛视线聚焦，不再目中无物了。把火车上的怪异残梦留在火车上吧，就跟垃圾一样，丢给收垃圾的阿姨。

冷不丁地，一个清亮甜美女声响起，就在钟鑫涛脑后，明确就是对他在说话："帅哥，帮我拿下箱子好不好？"

钟鑫涛听到就动手了，就帮脑后那个清亮甜美女声的主人从行李架上拿下一只旅行箱。小巧新颖的旅行箱，肯定是她的。就在转身交行李箱的时刻，怪异再次发生，钟鑫涛顷刻之间，咕咚一声，又跌入梦境。是的这是大白天，钟鑫涛睁着眼睛，信不信他就是大有恍然若梦之感：就在他背后，几乎贴着他身，站着那位清亮甜美女。由于人多拥挤，他俩面对面的距离，最多只有 18 厘米，钟鑫涛还得稍微后仰一点儿，视线才能够聚焦：她一头俏丽的短发，簇拥着一张光滑小脸蛋儿，头发染成时髦的酒红色，刘海齐眉，这一头俏皮的短发，显得眼睛格外黑亮有神，脖子也格外直挺优美。钟鑫涛恨不得架子上所有旅行箱都是她的。

"嘿，嘿嘿，那不是我的，我就这一只！"清亮甜美女赶紧提醒钟鑫涛。

钟鑫涛脸一红，赶紧放开了别人的行李箱，别人也就对钟鑫涛嗤之以鼻。清亮甜美女也就对钟鑫涛的心思洞若观火。钟鑫涛也就发现了清亮甜美女对自己的心思洞若观火。

就这一瞬间，这对素不相识的男女青年，在洞若观火这一点上，完全知根知底贴心贴肺眼神精准地对接眼神了，火花啪啪直冒，钟鑫涛都听见了啪啪的声音。清亮甜美女对钟鑫涛抿嘴一笑，眼波送了一个流盼，用唇语对他说：“Thank you!（谢谢！）”便兀自飘然出门。天啦，还是一个飙英语的，好配她那一头时尚酒红色短发！

钟鑫涛一个错愕，面红耳赤了。他这一羞涩与迟钝，就被其他乘客挤到了一边。人人都在奋力抢先出门。待钟鑫涛终于从狭窄的火车门争抢出来，举目四顾，站台已是红尘滚滚人头攒动，哪里还有什么酒红色短发的清亮甜美女？钟鑫涛不由自主紧追几步，又明知徒劳，就停下，落寞地待到站台边缘去了。

钟鑫涛呆呆立在站台边缘，让急躁的乘客走完。钟鑫涛在想象中，用他娴熟的电脑技术，把刚才摄人魂魄的图片，做了一个处理：将其他闲杂人等都排除开去，框住钟鑫涛与清亮甜美女合影的局部，剪裁、放大、亮化、旋转 90 度、人物横放（等于是人物躺下了）、保存。那么他们两人，相当于就是睡在一起了。钟鑫涛细细端详睡在他眼前的清亮甜美女，短发，哦，如此俏丽的一头短发，谁规定的一定是黑头发好看？酒红色——上好的法国干红葡萄酒的颜色——多谢格瑞丝的“格瑞丝木梳品酒屋”，多谢保罗的言传身教，让钟鑫涛学会鉴赏法国干红——何等醉人的宝石红啊——从四周簇拥着一张光滑小脸蛋儿，刘海齐眉，眼睛被衬托得这么亮，脖子也被衬托得这么修长，脖子优美扭动——相比之下，长发是那么芜杂，埋没了优美的颈子，看上去好像是一个没有脖子的人。

怎么钟鑫涛的心窝窝里头还有小鹿乱撞呢？怎么猝不及防地忽然冲出一只健壮小鹿，在他胸口撞啊撞啊，猛烈地，都隐隐作痛了。这是钟鑫涛从未出现的症状啊，就连与俞思语一见钟情，那时刻也没有这种症状啊。

关键恨死人的是，这份奇遇竟然发生在 4 小时 55 分钟的最后几秒。什么都来不及！真是揪心！真是揪心！真是揪心！

人生真他妈的揪心！

钟鑫涛在站台边缘静静站立，心里却波浪翻卷，呼天抢地，这都算怎么回事啊？！直至铁路工作人员都生疑了，十分谨慎，与钟鑫涛保持一定距离，大声喝叫："喂，你干吗的？！干吗不出站？！"

哦，忘了！钟鑫涛赶紧出站。

钟鑫涛彻底蒙圈，魂不守舍。他哪一回出差，快到目的地，都是火车还没有停稳就迫不及待打电话。约三朋，邀四友，还拖着旅行箱就直接奔餐馆。哪一次的饭局，不都是人叫人，不停加椅子，滚雪球一般十几人了又二十人了，许多新面孔，坐下就吃，举杯就干，名片撒满桌子，兄弟们一回生二回熟，都是朋友了。有去过非洲的没有？！讲讲刚果金的矿业！讲讲刚果金的矿业！钟鑫涛正处于渴望交朋交友的年纪和状态，在外面做事情，特别需要人缘人脉，多个朋友多条路，朋友越多越好，况且善于交际、天南海北都玩得开，无疑是男人特有面子的一桩事，算大本事啊。这是人生头一回，钟鑫涛人还在北京西站的站台上，就已经丧魂失魄。一个电话没打出去，打进来的，一个也不接。郁闷地去到酒店，进门，一脚踢开旅行箱，把身体单单只往大床上一倒，双手枕着后脑勺，两眼发直，直瞪天花板，嘴巴松弛，呈半开状，唾沫渣子干枯在嘴角，泛白，脏兮兮，钟鑫涛自己一点儿没觉察。钟鑫涛有心思了。

钟鑫涛有心思了：

“嘿，嘿嘿，那不是我的，我就这一只！”

“嘿，嘿嘿，那不是我的，我就这一只！”

“嘿，嘿嘿，那不是我的，我就这一只！”

就这主旋律，发自清亮甜美女声，唱歌一样在钟鑫涛耳边余音袅袅，挥之不去。酒红色短发，就是特别俏皮，眼波流转，就是这么电闪雷鸣。钟鑫涛仰望星空——他感觉他发直的目光锐利地穿透了酒店房间多层天花板，在仰望星空。若不是星空不足以舒展他浓烈的郁闷与他浓烈的人生质问，北京的星空啊，请你告诉钟鑫涛，世界上究竟发生了什么事情？

于是北京的这个夜晚，钟鑫涛做了一件前所未有的事情。钟鑫涛冲澡很久，把自己身体洗得干干净净，溜进了酒店的大被子。大尺寸的洁白的被子，盖住了钟鑫涛的全身、钟鑫涛的想象、钟鑫涛虚构的电脑。钟鑫涛闭上眼睛，流利地操作了想象力，把那一头俏皮短发的清亮甜美女生，轻轻抱到床上，亲密躺进他怀里。钟鑫涛抚摸她的短发，爱不释手，抚摸她那修长优美的脖子，爱不释手。虚拟变成真实，火花点燃，焰火冲天而起，射出，怒放，五彩缤纷。

钟鑫涛情不自禁，纵情欢呼——钟鑫涛做了三次。

一夜三次，又爽又嗨又野之感受，前所未有，史无前例，登峰造极，无以复加，无论质还是量，都首创他雄性生理功能的最高纪录。钟鑫涛想起了在哪里看到过的一句名言，是伍迪·艾伦或者别的谁？似乎是那次出差香港，站在街边，一本杂志上翻到的。名言这么说：“不要谴责手淫，那是我和我爱人之间的性。”以前没有看懂这句话，以为自己忽略过去了。上帝啊！没有忽略，今夜钟鑫涛发现这句话一直在心里。

至少有一个名人，试图帮助钟鑫涛卸下道德重负。

第二天晚上，俞思语到了。俞思语也是乘坐高铁G518。一切按计划进行。晚饭钟鑫涛带俞思语去吃了烤鸭，他昨天已经预订了。夜里，两人各自休息，很快入睡。俞思语喜欢酒店的大床，够宽，随便滚。她的发丝，扯破钟鑫涛嘴角的小概率意外事件，在酒店阔大的双人床上可以杜绝。真好。

第三天清晨，天刚蒙蒙亮，钟鑫涛叫醒俞思语。赶紧赶紧，我们去看天安门广场升旗仪式。俞思语愣了："还真看？！"

"真看！"

为什么不真看？！好不容易来一次北京，天气又不错，全国人民哪个不想看？好有国威好自豪啊！

俞思语莫名其妙。她来北京，不是来怀孕的吗？今天原定计划，是按照大师秘方，早上八点之前得做那事啊。钟鑫涛竭力鼓动怂恿俞思语，说："嘿，先玩北京再说！正好我可以挤出一天时间。咱们看完升旗再玩故宫。人生在世，吃喝玩乐，管他三七二十一。将在外君令有所不受，只要你不告诉家里就行了。咱们还年轻得很，时间大把，不在乎这一次。"

俞思语很快就被鼓动起来了，放下了受孕包袱，在大床上弹跳，欢呼雀跃："咱们到北京来玩了——耶——！"

因为钟鑫涛已经囊中空空，他没法做那事了。做了也没用。心情也不在。

三天后，小两口一起乘坐高铁回武汉。一路相安无事，只是钟鑫涛突然无聊地放出了一个承诺。他也不知道自己为什么要放出这种无聊的承诺。

钟鑫涛说："你要是为我生个儿子，我送你一个大礼物。"

俞思语说："生得先怀。怀就不送？先送后怀。"

钟鑫涛说："好吧，我买你选。免得买了不满意白浪费。"

俞思语说："那我选了啊？"

钟鑫涛说："你只管选！"

俞思语说："要送就送削骨瘦脸。"

"噢买尬！"钟鑫涛悔恨不已，只能自打嘴巴。

5 月 25 号，俞思语月经来了。只是推迟了几天，让钟俞两家的家长们空欢喜一场。

七

5 月没怀上。5 月还是生活不规律，钟鑫涛出差太多。那就把握好 6 月的时间。俞思语要按时地严谨地做好基础体温测量，并在图表上标出曲线，让排卵期清晰可见。贴在他们卧室的墙上，一目了然，准时在排卵期同房。其他时间严格不做，确保养精蓄锐。俞思语太马虎了，走进药铺，随便买早孕试纸。高红还是特意去买了“大卫”和“秀儿”，这两种牌子的早孕试纸口碑最好，精确度高。俞思语随便买，容易出现意念水印。误导，误事，害得婆家娘家全家跟着瞎忙。喂喂，年轻人，莫稀里糊涂的啊！拜托你们好好做事啊！

高红嘴皮子都磨破了。钟鑫涛“嗯嗯嗯”。俞思语也“嗯嗯嗯”。钟欣婷哈哈大笑，或者阴阳怪气地嘿嘿笑。

其实钟鑫涛俞思语是有苦说不出，也有话不好说，毕竟是那事。实际上他们已经认真起来了，平时基本都不敢随意同房了。很想同，也不同，尽量克制自发激情，尽量遵守大师秘方的时间和时辰。还主动增加了许多科技知识的支持，什么基础体温、排卵试纸、早孕试纸、排卵曲线。然后结合两者，在排卵期前后每隔一天同房一次，然后再保持 2 个星期乃至 3 个星期不同房，建立有规律的同房节奏。

高红送的碱性能量水，他俩也喝。小两口从网上看到的女方吃黑豆偏方，他俩也采纳了，俞思语也吃。在月经走了以后第一天开始，每天吃 47 颗黑豆，连续吃 6 天。难道这样吃黑豆不辛苦吗？俞思语还是很能吃苦的。

钟鑫涛俞思语已经做得很好了。家长就喜欢瞎操心。

5 月 31 号这一天，就算 5 月份已经过去了。六一儿童节即将来临，钟鑫涛俞思语还互相预祝了六一儿童节快乐！这是有深意的祝福。

只是，生活还是生活，还有更多别的内容，也都在按部就班环环相扣地进行，钟鑫涛还是得做一些他应该做的其他事情。钟鑫涛总公司副老总来武汉了。该老总马上接管非洲刚果金矿产开发这一块，是现阶段钟鑫涛最渴望巴结的人。该老总，四川人，酷爱吃四川老油火锅。武汉就有很地道的四川老油火锅，说实话钟鑫涛也酷爱这一口。当然，肯定，钟鑫涛必须请老总吃火锅去。事先给火锅店老板打过招呼了，价钱好说！

钟鑫涛的这种工作应酬，违反了“封山育苗”原则，他在家里是绝对不会说的。下午下班，还是回家点个卯，随便吃了两口东西，说晚上有资料要看，就赶紧回金观澜了。没有料到，俞思语也说一起回去，她今晚也要看点儿资料。

钟鑫涛无奈了。

刚刚入夜，交通高峰过去，大街上不再塞车。钟鑫涛俞思语一前一后，缓缓行驶，一如往常——往常这个时段，他们回自己小家，都会缓缓行驶。只因他俩的小车，都属于高档豪华车，摇下车窗，缓缓行驶，让车载音响摇滚轰鸣，一路博人眼球，真是好感觉。尤其钟鑫涛，一手夹香烟，一只胳膊肘架车窗窗框上，无忧无虑，满不在乎，哼哼唱唱，这画面只能是美国娱乐大片中才有的酷。俞思语亦然，画面也很不错的，年轻女子开豪车，妆容艳丽，美瞳天真，乌黑油亮的一头及腰长发，无忧无虑，满不在乎，哼哼唱唱，讲真这就是幸福。讲真俞思语还是不张扬的，她完全可以随时随地随手自拍，随时晒出去，那些画面还不得亮瞎小伙伴们的眼睛。俞思语还算低调，只偶尔晒晒。

在现代生活中，画面真是一个好东西。

钟鑫涛俞思语的美满生活，在手机自拍功能的辅助下，得以大面积延伸。

金观澜公馆地库入口已在眼前，画风突变。眼皮子上头的美好与幸福，眨个眼睛，就变了。眼皮子的确太浅。

开车在前的钟鑫涛，没有进入金观澜地库，直接开过去了。钟鑫涛打开手机语音，在车载音乐的混响中大声告诉俞思语："你先回家，兄弟们喊我吃火锅。"

俞思语大惊："还去吃火锅？"

不用说的，俞思语就知道还是那种四川老油火锅！

传统大铁锅子的那种，麻辣重口味，十几个人围着开涮。涮一涮，酒一喝，兴头就上来了，热血沸腾，敞胸露怀，推杯换盏，割头换颈："哥俩好啊，六六六啊！"涮涮就吃鸭舌、黄喉、毛肚、牛鞭、猪脑花、猪大肠、雄鸡睾丸、雄鸭睾丸、猪血鸭血、鸡肠鸭肠。所有猪下水，所有鸡零狗碎，五花八门乱七八糟的东西，都吃，都好吃，都好吃极了！因为吃出了东道，因为长期熟客，老板还会给他们优惠。

钟鑫涛就酷爱这一口。谈恋爱的时候一点儿没有表现出来。婚后也偷偷去吃，使劲遮掩，但是猛撮一顿这种老油火锅，遮掩不住。钟鑫涛只要吃了老油火锅，哪怕嚼掉一盒绿箭口香糖，都不管用。半夜人回家，一进门活像直接进来一口大锅子，每个毛孔都散发出浓烈的麻辣气味，充满房间。然后整夜床上不停地打嗝放屁，臭气熏天。然后隔一两天，钟鑫涛一准儿上火，嘴角烂了、牙龈肿胀、风火牙痛、扁桃体发炎、口腔黏膜溃疡。武汉人很容易上火，武汉人也很怕上火。武汉人烧鹅都不敢吃，只敢吃鸭。历来武汉人都知道，千万不要碰“发物”。可是，武汉人当中又有一支流派，好重口味。钟鑫涛不幸就属于这种人。

俞思语属于武汉人的清流一派，吃东西喜欢原味，喜欢原味不加糖的那种甜津津。两派冲突很严重。婚后这方面一直有争吵。只不过俞思语性格温，语言少，吵不厉害。更主要原因是小两口都回家吃饭。家里李雨青烧菜，总归兼顾两种流派。如果餐桌上有一道麻辣红烧臭鳜鱼，就会另外有一道清蒸鳜鱼。这样的“一国两制”，和谐社会还是比较容易得到保证。

但是现在是 2015 年 6 月了，一年过半了，本年度头等大事是备孕怀孕。早就开始“封山育苗”了，钟鑫涛俞思语都在禁口忌嘴，过于辛辣油腻，一概不食，只吃健康食品。全家都在为此辛勤劳动，包括李雨青烧菜的菜谱，都得提前一个星期拿出构思，由高红钟永胜审定。钟鑫涛怎么能够这么没心没肺？！就为自己酷爱一口老油火锅？！5月份没怀上，6月份了还打算虚度吗？新一轮努力和新一轮期盼，已经一次又一次了，两家家长都眼巴巴瞅着，钟鑫涛就不觉得有压力吗？反正俞思语压力很大。

可是钟鑫涛那北京来的老总，四川人，就是酷爱四川老油火锅。武汉就是有很地道的四川老油火锅，比北京地道得多，只因食料和花椒原料海椒之类的来源比较顺路顺水。所以该老总早就风闻，才特别乐意来武汉的。而该老总现在正是钟鑫涛的命中贵人，难道钟鑫涛能够不请命中贵人老总吃一顿老油火锅？对老总说我在备孕？这顿老油火锅就等于是挖金矿的工作机会啊！就是前途和命运啊！难道你不想我在刚果金一铲子挖个金矿？！

俞思语不管。俞思语就不信。钟鑫涛就编吧。钟鑫涛就装吧。

俞思语一踩油门，超车，别住了钟鑫涛。

钟鑫涛差点儿撞到一辆飞驰而过的电动车，亏得他技术娴熟，刹车及时。急得钟鑫涛大喊一声：“你疯了，干什么吗？！”

俞思语说："其实就是你自己憋不住了！其实禁嘴禁得太寡淡了！其实你根本不把什么备孕放在心上！其实你肯定是有上瘾！"

四个"其实"一连串说出来，在俞思语也是很少有的犀利了。因为，俞思语备孕有多辛苦，钟鑫涛知道吗？每天早晨测体温，标图表，每个月连续六天每天都必须吃他妈的黑豆47颗。晚饭后一个小时跳绳300下，据说能够防止宫外孕。木瓜炖雪蛤这道俞思语最爱的菜，都坚决不能吃。据说木瓜转基因，雪蛤是发物。就因为无数的据说，全家都宁可信其有不肯信其无，害得俞思语好辛苦，还几个月都没有怀上。哦，钟鑫涛倒一点儿禁不住嘴。还扯什么工作应酬？怎么会有这样的老公？！就好意思吗？

"什么叫作'一只大火锅，充满中国梦'，俞思语，你老公有梦想你懂不懂？"

俞思语不懂！也不想懂！只想发狠和威胁！俞思语声音也大起来："钟鑫涛，我告诉你——"

钟鑫涛当街叫喊起来："你妈 × 够了！"

再加一句："你妈 × 少管闲事好不好？！"

钟鑫涛恼了！他时间到了。要来不及了！只要是领导，必须提前迎候！俞思语他妈 × 哪里懂江湖规矩！未必就他妈的吃一口老油火锅就怀不上孕。四川人酷爱吃火锅，却是全国人口最多，多到过亿的省份之一，你他妈知道不知道啊！钟鑫涛急速倒车，猛打方向盘，拐弯了。钟鑫涛大街小巷熟悉得很。单车道走了，回头钟欣婷有本事消掉罚单，亲妹妹是警察了哈哈。

你妈 × 够了——这句粗话，一剑封喉，俞思语噎住了。

钟鑫涛急眼了。这是婚后第一次，钟鑫涛这么下流地骂俞思语，俞思语目瞪口呆。就这被噎的一下子，漫漫长街都已经是别人的车。钟鑫涛已拐入街道不见踪影，请老总吃老油火锅去了？扯什么老总不老总，就是自己嘴巴图那一口快活。俞思语把驾驶室里头的所有小装饰，统统扯了、打了、撕了、摔了，拳打脚踢一番。特别是钟鑫涛送的那些纯金小坠子——“一路顺风”小玩意儿，丢大街，最好让穷人捡去：“去你妈的！”

好吧，俞思语也不是好惹的。咱们走着瞧！晚上就把金观澜房门关死了，就是不开门。任凭钟鑫涛怎么求饶和赔礼道歉，就是不开门，也不说话。俞思语本来就是一个不多话的人，没有什么好说的了。小两口吵架了。俞思语不吵的这种吵架，反而更容易陷入死局。钟鑫涛只得回到他父母家。车进花桥小区了，钟鑫涛一想不对，父母定会问个究竟。高红什么人？火眼金睛啊！我的妈啊！这次准是俞思语有理。钟鑫涛麻烦就大了，又要惹出父亲钟永胜的雄才大略战略思想了：什么接手家族生意的事，要提上议事日程了！家族生意再大，有多大？！是父亲钟永胜自我感觉良好而已！钟鑫涛要去非洲刚果金开发矿产好不好！

钟鑫涛就掉转车头，找酒店住去了。

次日，六一儿童节。晚上，俞思语家里出了大事。

俞思语的外婆外公，参加上海协和旅行社的夕阳红旅行团游三峡。本意说是老两口辛苦了一辈子，这次一起出去，轻松轻松，好好玩玩。就是他们乘坐的这艘游轮“东方之星”，哪里会想到“东方之星”在湖北监利水域遭遇狂风暴雨，忽然就翻船了，倾覆了。全团都是五十岁以上七老八十的老人们，都没了。出事就短短几分钟，船上应急措施都来不及施展，根本无法抢救。

俞思语的妈妈任菲菲，此时人在上海住院治病。也正是她和她的哥哥姐姐，三个子女一起买的单，热情张罗，送给父母一个礼物：游三峡。当晚九点，任菲菲还和自己父母通了一个电话。母亲问：“上海热吗？”

任菲菲说：“上海热，今天 31℃。你们呢？”

母亲最后一句话是：“我们到监利了，这里狂风暴雨，船在风雨中行驶呢。”

随后，手机突然没有声音了。再拨打，就不通了。母亲从此，此生，就再也不会与子女们说话了！老天爷啊！任菲菲一听到消息就昏过去了。

船一倾覆，下沉很快，全船的人全部落水，半个小时不到，江面就没有人声了——这是事后了解到的情况。

六一儿童节晚上九点多，俞思语讲电话讲得哇哇大哭，泪流满面。钟家，俞家，所有人，都慌乱了。这可怎么得了啊！怎么会出这样的事情啊！大家都赶紧打开电视机，守在跟前，看现场救援新闻。

结果是：俞思语的外婆外公双双罹难。

任菲菲和她的哥哥姐姐，三个人在上海捶胸顿足，死去活来，悔恨不该大力支持父母出去旅游，他们的良心备受煎熬。这怎么说得出去啊，子女亲手把父母送上了黄泉路啊！受不了啊！俞爷爷俞奶奶也深情回忆亲家——血防专家，人都是很好的人，很有涵养的学者，也很风趣，他们四个人曾经一起唱过《红灯记》，亲家公亲家母在中国消灭血吸虫的伟大战役中，那是立下了丰功伟绩的，这个应该写进追悼词。“思思要记住啊！到上海以后，注意看看追悼词，不要漏掉外公外婆的丰功伟绩，做人最重要的是盖棺论定！”俞思语连连点头，也不与钟鑫涛说话和商量，就跟随她父亲俞亚洲飞上海了。

也许，俞思语可以不去上海。俞思语和母亲那边的亲戚，一直都不亲，平时少有走动，路上碰到都不会认识。对外公外婆的记忆，也都停留在儿时。俞思语主要生气钟鑫涛，还是倍感自己的爸爸妈妈亲；很生气武汉老油火锅，就倍感上海那边亲。

假如钟鑫涛昨夜没有骂她“你妈 ×”。

假如钟鑫涛主动陪俞思语一块儿去上海。

情况很可能不一样。

但俞思语就是这样，是个闷人，倔脾气，死活就是不睬钟鑫涛。电话也不接，一点儿消息都不漏。在这种非常时刻，钟鑫涛能够说什么呢？钟家哪能责怪俞思语呢？人家里发生了这种天大不幸。尽孝老人，最后一刻，去送一程，怎么都是应该的。

俞思语一去上海，就是十好几天。

6 月份，没怀上。这就不用说了。

八

夏天到了。夏天在武汉人口语中，不说夏天，都说热天。

热天了，主题是热。一下子，气温冲上去，暴热，酷热，持续热。又是两条大江千湖之省，水面湿气被毒辣的太阳蒸腾起来，上面又有一道叫作副热带高压的气流，铁板一块，偏偏压在武汉的天空。所以武汉人口语中说的武汉，其实读作“捂汗”。

人是多么脆弱的动物啊，只是自己不知。

自己健康的时候无知，一旦生病，就慌乱了。看病、吃药、打针，总归是这样的一套老三篇。不这样，又能怎么样？人真的是脆弱，无知还愚昧，还是可劲儿建筑那些高楼大厦啊！水泥钢筋玻璃幕墙啊！景观灯密密麻麻热爆了居民阳台都不关啊！俞思语是城市人，居住在最好地段，汉口市中心，高楼林立的“热带森林”之中，热死了，又潮又闷，呼吸困难，跑到长江边深呼吸。俞思语哪里懂得发洪季节的江水，上游溺水而死的动物，就漂浮在江面上，长江沿岸无数排污口的污水，污染气体都被高温蒸发出来，滚滚流动着的，是满江的瘴气。俞思语深呼吸了几次，人就不舒服了。不敢去江边了，只能关在家里吹空调。

一天到晚吹空调，俞思语很怕自己感冒。问题就是怕什么来什么：俞思语感冒了。

开始挺住，不吃药。备孕期间，特别不能够使用抗生素。大师早就有言在先，假如备孕期间吃抗生素，后果自负。一感冒，就咳嗽，咳嗽得无法睡觉，无法躺下，眼睛都暴血丝了，吐出一泡泡粉红色的痰。

李雨青照顾两天，效果不佳。高红亲自上阵，照顾备孕的儿媳妇，熬姜汤，煮金银花，熬薏米粥。俞思语有了好转。高红自己却感冒了。症状一上来，就很重，本来又是高血压，人就倒下了。隔一天，又把钟永胜传染了。再隔一天，家里两个小宝宝都开始咳嗽流涕。俞思语只得赶紧撤离大家，躲到金观澜公馆他们自己的小家。小家还是热，前后左右都是几十层高楼，玻璃幕墙，白天太阳一出，反射到家里有几个太阳。夜晚，居民楼都挂满景观灯，就像挂满通红的火炉，都不敢出去阳台纳凉。热死了，还是得龟缩在室内吹空调。吃饭就只好随便，多是叫外卖算了。结果，俞思语病情一个大反复。

俞思语感冒急转直下，突然发高烧，咳嗽变得肺部有啸声，痰里头血丝增多，有肺炎危险了——还是先救命吧，只好住院了。

住院当然就是挂水，挂水当然是吊抗生素。不然肺部炎症消除不了。

俞思语住院一周。钟鑫涛开始感冒。

生病就不谈了，同房绝对停止。生病的好处也不是完全没有：日常生活恢复了。为吃老油火锅的吵架生气，自动过去了。钟鑫涛俞思语小两口有一搭没一搭说话了，互相端个茶递个水了，互相查看图标商量下个月的备孕事宜了。都 8

月份了，时间有点儿着急起来。他俩得一起时刻关注女儿钟宇涵感冒好了没有。一起叫外卖，一起吃外卖。外卖不好吃，还是得吃李雨青做的饭。两口子哪个身体感觉好一点儿，哪个驾车回家，拿点儿饭菜过来吃。

七月流火，感冒发烧挂水，抗生素灌进去满血管都是，不怀了不怀了，简直烦死人了。

自然，结果就是：2015 年 7 月，没怀上。

九

中医大师使用的日历，是两套：公历辅佐农历。公历的 8 月，是农历的夏至，这才真正进入三伏。热在三伏，冷在三九，老话说就是一年之中最热和最冷的那么几十天。中医大师的观念是：三伏天最适合治疗三九的痼疾。比如阴虚体寒啦，脊椎发凉酸痛啦，颈椎病啦，老寒腿啦，三伏天就贴三伏贴、拔火罐。中医大师家里也有家传秘方，能够用得上他们真正的秘方三伏贴，那还是真有效果，贴几天身体就会感觉通泰舒服。

但是！但是！三伏天不能够服用某些中药。用中药，禁忌多。比如送子秘方的中成药，就不得继续服用。

进入 8 月份，中医大师主动打来电话，指挥高红停药。

大师讲："三伏天吃药也没有用，都被汗水流走了。就算不流汗，40 多度的气温，皮肤也会主动散热，养分都会跑掉，养分一跑掉，坐胎就很不容易。"

既然大师发话了，那有什么可说的，停药呗。

8 月 23 号，俞思语月经来临。没怀上。

其实钟鑫涛俞思语小两口心里还真有点儿不服，觉得怀孕没有大师说得这么一是一二是二，有时候，一个兴之所至做一做，说不定就意外怀孕了。这个月，小两口还是擅自同过房。在停药之前，在感冒好转之后。大热天俞思语衣衫单薄，几乎就是比基尼，腰间只挂一只超短裙，里头内裤也不穿。俞思语进门换鞋，稍微一弯腰，就向身后的钟鑫涛撅起了半个大肥屁股。女人露肉太多了，怪不得男人冲动。钟鑫涛就没有克制住，把眼前的大肥屁股一搂，就做了一回。这样做，别有意趣，怪不得小两口又做了几回。他俩私下议论，感觉无须大师，说不定自己就怀上了。结果俞思语生理期如期而至，小两口也未免有点儿不自信了。不谈。下个月还是严格遵守大师要求吧。

十

炎热的日子，熬过去了。立秋一到，知了嗓子就嘶哑了。藏在地缝里头、树根底下的小虫虫、蛐蛐儿，后半夜里就开口叫了。尽管大白天天气还热着，夜里的虫叫，还是带来了凉丝丝的秋意。气候适宜了，备孕须知再一次提上议事日程。钟俞两家家长都有点儿怀疑小两口没有严格遵守纪律。年纪太轻，就是容易把事不当事。其实如果当初不是钟俞两家家长心照不宣，密切配合，精心打造，加上格瑞丝穿针引线，钟鑫涛俞思语哪里还有一见钟情？当今中国14亿人口，婚配的优质资源简直大海捞针，难道真的就凭你们瞎猫碰死老鼠碰得上？恰好正当婚龄，正当风和日丽好气候，正当好气候那一天，正好打扮入时的一对男女青年，就在浪漫的湖边面对面碰上了，且还双方家庭条件也都匹配，钱权相宜。这怎么可能呢？！哪里有这么凑巧的事？！打造的呗！说穿了，现如今打造一桩优质资源的婚配，好比打造原子弹，这么说都不为过。不过这个秘密，是祖辈父辈的秘密，是绝对不可以对钟鑫涛俞思语说破的。为了儿女一辈子幸福，钟俞两家矛盾再多，关系再差，也将守口如瓶，让永远的秘密化成自然而然的年轻人一见钟情的事实。因此，还真没有办法讲清楚现如今打造的重要性，以便钟鑫涛俞思语高度提高备孕认识。怀孕这事呢，当面也还不好意思多说。毕竟怀孕涉及的是男女床笫之事，就靠电话了。

电话会议。钟俞两家家长不停电话查问和监督。

钟家打电话，都是说这事。俞家打电话，也都是说这事。

说来说去，家里其他事情都往后靠了，就是这件事最重要。

不同阶段，一个家庭里总有最重要的事。现在就是钟鑫涛俞思语的受孕，是头等大事。电话打多了，钟鑫涛俞思语应该感觉到了全家的高度重视和紧迫感。

恢复体力的季节，终于盼到。不过当心啊，还有秋老虎等在后面，要吞噬舒服的日子。人这个东西，就没有几天舒服日子的。俞思语每天穿衣吃饭都小心翼翼，加倍当心秋老虎扑倒自己。

高红最忙。恢复身体靠吃啊！高红得张罗吃的。俞思语身体太虚了，得滋补，得喝汤——武汉人的滋补，一定是喝汤。得是那种土陶的砂铫子，文火煨几小时的汤。高红问了中医大师。中医大师认为俞思语肺虚，食疗嘛，喝心肺汤最好——吃什么补什么。现在大城市，都是物流配送，动物都是按部位分割，买鸡腿都是鸡腿，买排骨都是排骨。

怎么办啊？得找人！设法弄到整副猪心肺，那样的一挂心肺，还要新鲜的，还要健康猪。“高红我的姐姐，你饶了我吧，哪里谋得到？！”“不急嘛，秋凉以后。”“别说秋凉，到冬至也难搞到啊！”冬至杀猪的多，因为大家开始要腌腊肉了。“那就冬至，冬至喝汤最好了。兄弟别叫苦，再托人，人托人，只要有了人，什么人间奇迹都可以做出来——钱我一点儿不含糊，多贵我都信你。”

那么，俞思语就先喝雪梨川贝老鸭汤了，就仔鸡炖红枣了。

那么，送子包的中成药，就可以重新开始服用了。

好在俞思语性子温，也还算有耐性，基础体温一直坚持每天有测量，所以排卵期也就一直有监控。

9月份还得办一件大事。这事吧，一直就搁在心里。所有家长们的心里，钟鑫涛俞思语心里没有。以前没有，办过了，倒心里有了。那就是驱邪祈福仪式。

俞思语这种咳嗽，还有三岁之前不长头发，都有点儿邪门。钟俞两家家长私下一轮研究，估计还是有邪气跟着俞思语。头发的事，多亏俞奶奶拥有惊人的毅力，艰苦奋斗，战胜了邪气。这肺虚、咳嗽，可能根子上还是要找到源头：沔阳那幢老宅子，据说一直都还在。居住进去的人，都不利，前前后后都生病，没人再敢买。正好现在政府需要明清老建筑，修旧还旧，恢复老街文化。这老宅子，就等着政府收购了。沔阳老人都知道当年彭厨子被杀的事，都传说就在老宅子附近。那大屋本来就是彭家的，彭厨子当然一直就在他们自己家了，当然就是冤魂不散了。俞思语小时候，俞奶奶多次带她回到沔阳，都是居住在那幢老宅子里。因为那时候食品匮乏，看守老宅子的彭家亲戚，在屋后的院子里养了鸡种了菜，每天都有吃不完的新鲜鸡蛋和新鲜蔬菜。彭家的一个寡妇带一个生白化病的儿子住在那里，门面开一个小超市，母子俩倒是过得不错，贫贱人嘛，彭厨子肯定是护佑的。当地人都有说，显然是彭厨子在护佑他们自己家的孤儿寡母。彭厨子本来就是彭菩萨嘛。

现在回想一下，历史上发生的事情，一定还是冤有头债有主的，俞爷爷于彭厨子的死，还是脱不了干系的。

两家家长就商量好了，决定去沔阳老宅子做一场法事，为俞思语辟邪消灾。这种事情，信则有，不信则无。总之，把礼数做到堂了，对俞思语只有好处没有坏处。

再不济，就当旅游一趟呗。

去沔阳的路上，钟鑫涛俞思语都笑笑嘻嘻的，钟欣婷更是兴高采烈，尖酸刻薄话说个不停，不住手地与高红嬉闹，总想用指尖戳她妈的发型。因为高红这天十分隆重，特意去美发店，做出了一个古典发型。前额斜斜梳了一弯刘海，刘海上面一个陡坡上去，是耸立高高的鬅发，倒是高红发福的大脸、双层的下巴还挺压得住。为了匹配发型，高红穿了一件丝绸旗袍，旗袍绣一只飞天凤凰。高红这身，与包括俞爷爷俞奶奶在内的全车休闲衫完全是不同时代。钟欣婷沿路取笑，说："我的妈，你好像旧社会姨太太啊。"高红嗤之以鼻，教训女儿说："你这'90后'小屁孩儿，无知无识的，你几时见过旧社会？又几时见过姨太太？"钟欣婷回敬道："电影啊！看电影就好啊！下江那边的姨太太都时兴髾发的。”高红讲：“现在电影是放屁，历史是胡乱编造。哪里是什么下江时兴？那边都是楚国属地，从前穷得扎头发都用草绳子。是咱们楚国大将军一路横扫过去，大将军夫人的这发型就带了过去，人人看到人人羡慕，就流行开了，一直流行到如今，只要是正式场合，贵妇还就是合适梳这头——发胖的特别合适，咱这发型，真正咱楚国原创！”

俞思语忍不住说：“妈好厉害啊！好懂历史啊！”

钟欣婷立刻转向俞思语：“你更厉害，好懂拍马屁啊！”

车上男的都笑。男的就是俞爷爷、钟永胜和钟鑫涛。俞亚洲任菲菲没有到场。任菲菲还在上海住院治病。俞亚洲身为党的领导干部，信仰的是唯物主义，他肯定不可以参加。偷偷参加万一被人举报，就彻底完蛋。就当俞亚洲完全不知道家人们在搞这回事。他完全不知道，不就是了。

一旦俞思语受到攻击，俞奶奶就开腔了，她也用闲聊口气，说：“这发型的确是你们年轻人不懂的，从前只有官太太才梳髾头的，还要戴许多金银玉的首饰，金光闪闪，威仪肃然，你妈很配这发型，还亏她想得周到，这才是最堂皇的穿着打扮，为的是敬重鬼神，这是给你们后辈人积福积德啊。”钟永胜哈哈笑，朝俞奶奶直伸出大拇指：“说得好！老将出马！老将出马啊！”

就这么说说笑笑，一个多小时就到了沔阳。老宅子就在老街的市中心。

原本年轻人都没有把破旧老宅子当回事的。可是当他们亲眼看到了这幢老宅子，还是大有新鲜感。尽管老宅子陈旧颓败，依然可见磅礴大气，三进三板十一柱，雕龙画凤琉璃瓦，前厅屋梁上还有燕子窝，据说现在的每年春天，燕子依然都回来衔泥做窝。钟鑫涛俞思语还有钟欣婷，他们万万没有想到，从前俞奶奶家族居然还有这么高级、这么扎实、这么有艺术性的老宅子。他们来了兴趣，前前后后，跑来跑去看了够，玩了一个够。

家长率领子女们进行了种种仪式。高红主持并示范了上香、进供、磕头。法师作法、道士驱鬼、和尚念经、灵姑招魂。一场一场的，诚心实意地，都来过了一遍。请各路神仙都高抬贵手，保佑钟俞两家后代子嗣旺盛，孕产顺利。

经由据说已经一百多岁的灵姑，俞奶奶与彭厨子进行了低声细语的交谈。俞奶奶把俞思语这个孩子的由来以及前因后果都报告了一遍，包括思思的外公外婆，也因此付出了生命代价："彭厨子您就高抬贵手，息怒吧，保佑俞思语这个好孩子，让他们小夫妻顺利怀孕。"灵姑说彭厨子也想和俞爷爷说几句话，俞爷爷也就主动告知了他多年一直在为彭厨子跑平反昭雪的事。彭厨子放心，只要俞爷爷还有一口气，他就会把平反昭雪的事坚持到底的。彭厨子自己也应该知道，俞爷爷没有杀他，俞爷爷没有开枪。彭厨子是俞爷爷的恩人啦，他怎么会开枪呢！这是他们俩心里都知道的，这是一个历史事实，铁的事实。彭厨子也一声叹息，表示理解，随即时间到了，顿时被阴间收走——灵姑说："没办法，时间到了，他走了，我也看不见他了。"俞爷爷一说就激动起来，他还有许多话没说完。阴阳相隔，没有办法了。

事毕，钟永胜十分严肃地，再一次要求大家对外严格保密。害人之心不可有，防人之心不可无。假如被人们举报出来，毕竟还算是封建迷信活动吧。人家不想整你还罢，想要整你，分分钟可以拿这事当把柄。不开玩笑啊！

车内气氛低沉，与来的路上气氛两样。功德是做到堂了，结果咋样呢？不敢瞎猜，不敢乱说，生怕说破了什么，就沉默了。钟鑫涛和公司的司机换了一下座位，他来开车，他想练练高速公路开车。方向盘前面一坐，钟鑫涛就完全可以一句话都不说了。看到这幢老宅子，钟欣婷的创业野心又不可遏制地冒出来了。唯有她在那里自说自话，极力怂恿父母投资，让她在这里打造一个博物馆或者画廊或者书店，或者几者兼而有之的那种现代综合体。她感觉这地方对她有利，像她这种不准出生的人，又婚姻失败的人，又瘦弱又髋关节有问题的人，来这儿创业，一定会是没娘的孩子天照应。而且万一将来她儿子不好好读书呢？跟他妈一样考不上重点大学呢？让他来这儿历练，当馆长，不是挺好的嘛。她儿子这还不到一岁就这么顽皮，有多动症，就不是一个课堂上坐得住的人。她儿子，哦，忘了昨天的好消息：钟宇博小朋友能够站稳了，昨天自己站立了五分钟没扶东西！

世界就是有这种人，哪壶不开提哪壶，净说自己有别人无的。

高红抱胳膊肘打盹。钟永胜对钟欣婷“嗯嗯啊啊”的，眼睛也半闭半睁地应付。

俞思语伏在奶奶怀里，装睡。俞爷爷俞奶奶都闭眼养神。

司机乖乖蜷缩在商务车的最后一排，睡觉，司机是真睡，间或还飙出一两声鼾来。

现在钟俞两家的头等大事是钟鑫涛俞思语受孕生子，今天奔了大老远，也就是这么一个目的，其他人，请闲话少说。钟欣婷不懂。

该做的，都做了。心里疑惑的事，口里该进的食，中医大师的药。但是9月22号，俞思语月经还是照样准时光临。还是没怀上。

十一

“金秋十月，丹桂飘香，在这美丽的收获季节，我们迎来了新的学期。”——俞思语纯属无聊，想起了她在小学写的作文。

这篇作文的开头很奇怪，总是能够得到老师高度评价，总是被运用在各种秋季举办的活动上、会议中，总是各色主持人的开场白，总是每年一进入秋季武汉满城的桂花飘香，馥郁的香气上总是附着这句由文字组成的语言——俞思语可以发誓，这的确是俞思语写的作文，是俞思语的原创，此前她真的没有在哪里读到过。

作文有没有知识产权呢？俞思语极度无聊了。俞思语备孕期间无所事事但又暗自焦急。这种日常里，她有一份闲散的纯属无聊，还有一份不着边际的可爱的乱想。

金秋十月，丹桂飘香的这一天，俞思语把该做的事情都一一做了：该标记的图表，标记好了；该喝的碱性能量水，也喝了；该吃的“益生碱”小食，也吃了。益生碱是一种保健品，权当点心吃吃，高红买来了一大堆，俞思语不好意思不吃。

为生这个孙子，高红是两家家长中最上心、最投入、最不辞辛苦的。高红首先是被这产品的广告打动了，微信发给俞思语看：“亲，听到你家小王子的呼唤了吗？13年专注女性碱性体质备孕，科学调理祝你梦想成真！”俞思语还是暗中百度了产品商，是广州益生谷生物科技有限公司研发的。应该没有什么问题吧，反正人家也没有说是药品，开宗明义是保健品，说是有助于改善酸性体质。广告也是擦边球，又没有保证你吃了就怀小王子，只说你听到了你家小王子的呼唤没有。唉，现在做生意，都越来越聪明，都玩概念，都玩文字，都似琉璃球，四面八方滚动，就是不坐实。开始还有新鲜感，慢慢现在也觉得肉麻和无聊，只能哄骗高红那一辈中老年人了。

俞思语不忍心说高红。高红毕竟是上辈，毕竟是婆婆，毕竟是关心媳妇。当点心吃吃，就当点心吃吃呗。希望这个月，金秋十月，丹桂飘香，在这美丽的收获季节，让我们迎来了美丽的收获吧——怀了就好了。怀了家长们都安心了，怀了全家就清净了。赶紧怀吧怀吧！

俞思语坐在阳台上，江边金观澜小家。桂花的香气，一阵阵飘进阳台，飘进家里。武汉就是桂花好。俞思语喜欢武汉的感情里包括这一点，或许她自己并不明确知道。俞思语上班的时候出差去过别的城市，别的城市桂花就是没有武汉香。金观澜公馆对面就是江滩公园，十里江滩，桂树成片，秋季一到，真真香杀人。植物香气也是有巨大能量的，不由得让俞思语脑子里想入非非，自动开始写作文，写的是老天爷啊桂花仙子嫦娥姐姐啊请助我一臂之力，不好意思真写出来，就在脑子里，一遍又一遍虚拟地写。

手机突兀响了。一看来电显示：高红妈。俞思语立刻接听，一听，声音就不对。高红语气格外冷硬和急促，问俞思语在哪儿。

"在金观澜。"

"你有事没有？"

"没事啊，妈怎么啦？"

"没怎么！"

高红说是没什么，语气却是有什么。高红吩咐俞思语做的事情，也是有什么的感觉。

高红让俞思语赶紧驾车，到一医院来接她。不用找停车位，不停车，就在靠近天主教堂的那个后门口，马路边，高红上车。关键的关键的关键，高红严肃认真一点儿不开玩笑地叮嘱："你谁都别告诉啊！任何人！思思，你得确保做到这一点，才不枉我疼你一场！听清楚了？"

俞思语赶紧回答听清楚了！其实她没有听清楚。高红突然说出这种与日常迥异的话，又是劈头盖脑的，俞思语不仅不清楚，简直完全蒙圈。

高红在医院。俞思语想当然，就问："妈你生病了？"

俞思语一边穿外衣，一边接着问："妈你血压出问题了？妈你还需要我带上一点儿什么吗？吃的？喝的？"

高红的警察脾气就出来了："我没病！这么多废话？！要你来，你来就是！废话少说！"

俞思语看了看手机，不敢相信这个手机如此气势汹汹。也不敢相信自己的眼睛和耳朵。俞思语嫁到钟家几年，基本一团和气，这还是头一次领教婆婆高红的警察脾气。高红一般是不对俞思语发脾气的，媳妇嘛，婆媳关系嘛，能够忍让都忍让了。再说高红俞思语婆媳二人，也还是比较投缘。主要是俞思语话少，心机少，没是非，脑子慢，人单纯，高红看中这个媳妇的，就是这些优点。现在这一下子，倒是把俞思语给惊到了。俞思语脑子再慢，也能够想到肯定发生了什么重大事情。高红又没病，怎么在医院？高红自己有车，有专职司机，自己也会开车。钟永胜有车，也有司机，也自己会开车。他们儿子钟鑫涛有车，自己也随时可以驾车。为什么一家人当中高红偏偏要俞思语去接她，还严厉要求俞思语谁都不要告诉呢？

肯定发生了什么！金秋十月，不光是丹桂飘香，肯定还有许多臭事。俞思语的小心脏怦怦直跳，赶紧驾车去一医院。

一医院很近，从金观澜公馆驾车，踩一脚油门就到了。到了俞思语就打电话给高红。果然在靠近天主教堂的那个后门口，无须停车，靠近路边就上人。

人却不止高红一个，是三个人。高红和李雨青，她俩还左右搀扶一人，看得出是一个女的，只是看不清脸。此女戴了一只大口罩，夹克衫的兜头帽子也戴得紧紧，拉得低低。俞思语看李雨青，想看出一点儿什么。李雨青神情凝重，只是和俞思语对了一下眼睛，任何暗示都不给她，显然李雨青只是听命于高红的。

三人默默上车，都不出声。车门一关，高红吩咐俞思语："过二桥，去武昌，东湖附近，'鸟语花香－英伦香墅'。"

"'鸟语花香－英伦香墅'，好像是一生活小区？"

高红道："是的！怎么走会告诉你！哪儿来这么多废话！"

俞思语只得"嗯嗯"，遵嘱开车。车上二桥，开始塞车，慢慢动着，俞思语脑子开始转快，转着转着就异想天开了：我的妈！这可别是在搞绑架吧？犯法的事情，俞思语可不干！大是大非面前，俞思语还是很有主见：这种事情，不仅俞思语自己不想卷进去，她也不想高红做傻事。悬崖勒马回头是岸——警方通缉令上常见的词语，就浮现在俞思语眼前。

于是——

于是俞思语咬咬牙，就不顾高红保持沉默的要求，开口说话了。俞思语直接就说："妈你不要做傻事啊！你别吓唬我啊！这女的谁呀？我认识吗？你把她带哪儿去呀？带去干吗呀？妈妈妈，到底怎么回事啊？”

高红气得噗了一口气，眼睛往车窗外一扭，懒得理睬俞思语。李雨青当然也不吭气。被她们俩夹在中间那女的，显然口罩里头被塞住了嘴巴，无法说话，只能喉咙里头咳咳，但也还算老实，并没有手脚激烈反抗。

这不是一个事啊！俞思语一急，就急中生智了。俞思语威胁高红，她要停车了。假如俞思语就这样把车停在二桥中间，立马就会有警察赶来。

啧啧啧！高红又嫌憨人有憨的烦！俞思语只要绝对信任高红就好啊！这种架势还没有心领神会吗？笨死了——高红一把拉开了那女的口罩和帽子。

俞思语一看，乐了，原来是韦漪。

韦漪是格瑞丝的妹妹，丑丑的胖嘟嘟的小丫头，估计也才十五六岁，打从广西跑来武汉以后，成天在保罗木梳品酒屋进进出出，见人走过路过，都喊欢迎光临！乡野里喊人喊惯了的大喉咙，又说说笑笑，顽皮个不停，一下子大家都认识了她，倒是觉得她蛮村野可爱的。韦漪看到俞思语也乐了，一边大口喘气，一边喊：“思思姐姐你也会驾车啊，我也好想学车呢！”一边又用胳膊肘拐李雨青和高红，对高红嚷嚷：“阿姨你这是干吗呀？有没有搞错？！是我主动找你告诉的消息呀。不是说好大家一起谈谈嘛，不就是一个生意嘛，好说好商量啊！干吗搞得吓死人！我知道‘鸟语花香 - 英伦香墅’，这不就是你们自己家金屋藏娇的一处房子里吗？我也来过的哦——”恨得李雨青又把一团袜子塞进了韦漪嘴巴。高红只给了李雨青一个眼色。李雨青在高红调教下，好像也很有警察素质了。李雨青脸色严重地训斥韦漪：“你这小东西！就会乱说，话又多，嘴贱得很！”

韦漪的话，俞思语不懂，不仅不懂，还越听越糊涂。又在驾车，还是心无旁骛比较好。反正俞思语只要清楚一点儿就行了：这不是绑架。

俞思语还清楚了一点儿，有点儿小小吃惊和略带不满：以前钟家谁都没有告诉过她，在东湖这边还购置了房产，“鸟语花香 - 英伦香墅”可是很有名的高档楼盘。俞思语还以为自己是钟家的人了呢！还以为钟家什么都不瞒她呢！

算了，不计较。只要生个男孩子，将来都是他的。

车到了“鸟语花香 - 英伦香墅”，的确是很漂亮的高档生活小区，比汉口江边的房子又有不同风韵，湖水有湖水的秀美和绮丽。

高红有门禁卡，一行四人，顺利上电梯，到达八楼。高红却没有钥匙，低低吼韦漪，要她老老实实，正常敲门，说有急事找姐姐。姐姐？那不就是格瑞丝吗？这又是俞思语搞不懂的了。

韦漪敲了敲门。韦漪老老实实喊说姐姐开门，有点儿急事。里头有开门的动静，韦漪突然就不老实了，大喊大叫起来："高红来了！她们来了三个人！"

乱事、破事、臭事、荒诞事、糟糕透顶事——无论怎么描述都不过分的一桩故事，在这间房子里头，发生了——这是在俞思语眼里。

事实上，故事不稀奇，就是人间的一桩偷情公案。这种故事以前有过，以后、将来、未来的未来，人间还是会发生。

这套公寓，是钟永胜为格瑞丝购买的一处房产。几年来，这里就算是钟永胜与格瑞丝的香巢了。最初一两年，情热意浓，他俩过来得还比较多，后来渐渐来少了。格瑞丝在汉口也另有自己的公寓。钟永胜以为这事办得十分绝密，哪里料到，终于还是被高红侦探到了。这处房子，当初格瑞丝精心布置，很有法式文化氛围，窗帘布幔桌布，到处是大红香烛。客厅墙壁上挂满相框，大多数都是钟永胜与格瑞丝相依相偎的合影照片，还有格瑞丝仿油画的那种半卧裸体艺术照。一进屋来，只看一眼，啥都不言而喻了。

所以高红一行四人进屋以后，钟永胜也没话可说了。钟永胜也并不慌乱，只是最初有一点儿尴尬，然后就对高红摊了摊手，破罐子破摔的样子，意思是终于被高红发现了。高红本来就是警察出身，还是家里老婆，老婆的嗅觉又是远远超过警察的——钟永胜知道迟早会有这么一天的。

钟永胜厚着脸皮说："坐吧。"

高红说："把那个婊子叫出来！"

格瑞丝不在这里。

高红飞快在各个房间搜查一圈。主卧床铺没有凌乱或者香艳，捉奸在床的情节当然也就没有发生。但是，恶心的事实就已经是摆在面上的了。高红想要不难受，那也还是做不到。高红对钟永胜表态了："你今天必须把那婊子交出来！不交出来后果自负！"

高红明明知道媳妇俞思语就在当面，明明知道格瑞丝是俞思语最亲密的闺密，明明知道俞思语家教良好平常一句粗话都没有的。但是高红不能不一口一个婊子，否则高红这口恶气就出不来。

钟永胜回答："这里没有格瑞丝。"

"那婊子在哪里？要她赶过来！"

钟永胜交不出格瑞丝。钟永胜指天发誓，说："格瑞丝今天是来过的，但临时接到一个紧急电话就走了。现在人家手机也不接，不信你自己打她手机。"

高红暴跳如雷。高红才不会打格瑞丝手机！她从此再也不会打格瑞丝手机了！格瑞丝简直就不是个人，就在高红眼皮子底下，就在一声高红姐姐高红姐姐叫得亲亲热热的时候，却上了她丈夫的床！真正的婊子都比格瑞丝道德品质高尚，人家婊子就是婊子，开宗明义，不像格瑞丝，又当婊子又立牌坊。

高红已经暗中侦探好久了，就等这么一天，乌龟王八一起抓。今天高红的情报十分肯定，朋友报告说是亲眼看见格瑞丝进屋的。

高红今天是要算总账的，她特意把韦漪也带过来了。高红就是要让格瑞丝自己的亲妹妹打她自己脸的，看看她受不受得了自己亲人的欺骗。屋里没有找到格瑞丝，高红不无遗憾地骂骂咧咧，从墙上拽下格瑞丝那幅半裸体画，把画像扯了出来，吐了唾沫，用脚踹了，然后专审钟永胜。

“钟永胜你不觉得你欺人太甚吗？你就在老婆眼皮子底下搞三妻四妾，完全把老婆当个傻子！现在你老实告诉我：你为什么不离婚呢？几年来你为什么从来就不提离婚呢？你有外遇你离呀！你尊重我一点儿，你和我离呀！为什么不离？”

钟永胜不说话。

“为钱！是不是？你生怕破财是不是？你肯定私下还欺骗那婊子说你想离是我不同意，是不是？你妈个老 × 姓钟的，你烧成灰我都能够看透你！是不是啊——你给我坦白交代——”高红尖声吼叫，已经是非人的音调了。

钟永胜这才艰难地点了点头。

钟永胜又低声补充了一句：“不管怎样，我是一个最顾家的人。”

高红回敬：“呸！呸呸！顾家还欺骗我？简直大言不惭！”

高红一边说一边以迅雷不及掩耳之势，朝钟永胜脸上甩了一耳光，动作之稳准狠，钟永胜完全来不及躲闪，足以见得高红当警察时的好功夫。

俞思语在一旁目瞪口呆，眼睛睁得特别大。她既不敢相信自己的眼睛，也不敢相信自己的耳朵。她看看李雨青，李雨青倒是一点儿不愣，她凶神恶煞地紧紧抓住韦漪，一双眼睛爱憎分明，对钟永胜充满鄙视，对高红充满怜悯。日常里形象光辉的公公居然被婆婆当着媳妇和用人的面公然扇了耳光。公公钟永胜公司总裁的形象顷刻间在反复教诲子女：全家团结一条心，黄土变成金。说好的家丑不可外扬呢？说好的岁月静好呢？

这场激烈战斗，才刚刚开头。

紧接着高红要求钟永胜坦白和韦漪的事。

俞思语的脸忽然发烧了，她现在不敢相信的是整个自己了。她后退了好几步，恨不能躲到落地窗帘后面去。这还是自己平日那德高望重的公公和婆婆吗？

钟永胜一脸无辜，一脸茫然。

高红叫喊："你还无辜吗？你还茫然吗？我冤枉你了吗？我冤枉你了你申诉啊！"

钟永胜咳咳两声，试图否定，说："别听这孩子胡说！都知道这小孩子喜欢胡说八道，满口谎话，就算她胡诌些什么，也无非是要讹钱而已。"

高红抓起一只水晶烟缸，一只相框一只相框地砸。玻璃砸得屑子飞溅，把自己脸上手上都刺出了血，殷红的血，呈颗粒状的。俞思语叫了一声："妈——"她用了自己最大的力气，声音出来却像蚊子的嗡嗡，完全没有谁理会她。

高红过去一把扯掉韦漪嘴巴里头的袜子。果然韦漪不是一个好惹的，马上哇啦哇啦叫嚷开来，说："喂喂大叔，这我就不懂了，我们不是说好做生意的吗？我差钱，我得筹钱为我爸治腿病。我是卖处，你是买处，这是事先讲好的，不错，钱也付过了。"

钟永胜拍茶几喝止韦漪："小孩子怎么乱讲话呢？！"

"不错，"韦漪说，"我一直瞒着我姐姐，你封口费也付过了。"

钟永胜大摇其头，他简直无比悲伤了。

高红说："姓钟的！你就别演戏了！把这小婊子的话听完再说。"

韦漪说："我还要讲出来是因为我怀孕了。现在怎么办？我们得重新谈谈赔偿吧？"

高红把今天带韦漪在医院验血的妊娠阳性化验单往钟永胜脸上一丢。韦漪甚至还帮腔高红，说：“阿姨我这里还有证据的，只要你要。”韦漪人小心眼不小，每一次钟永胜做她，她都有偷拍并存档了。

俞思语的眼珠子都要暴出眼眶了，她手指也捂住了嘴巴，这是什么事啊？！信息太纷乱太意外太没有条理，她脑子轰轰响，一片混乱。

今天韦漪是大赢家，她看上去是鼻梁塌陷、蝌蚪小眼、眼距过宽的弱智面容，但却是最有智慧，简直都不像小孩子做的事情，阴谋实在太成熟了，其实她承认就是网上攻略，打游戏的套路：韦漪可以把孩子生下来，也可以不生人流掉。但是，价格都一样：一房一车一笔现款。因为韦漪还有撒手锏：她是未成年人！她可以告强奸罪的！比起钟永胜坐牢身败名裂，一房一车一笔现款对于钟家，应该不算什么吧？

钟永胜惨了。他跌坐在沙发上，下意识不停地抖腿。他脑袋也彻底垂了下来，不住地摇头、惨笑。

韦漪照样还是大口大嘴说话，叫嚷说：“喂喂，你们不要杀人灭口啊，那样太傻了，我敢跟你们来这里，我肯定有准备的。我可不像我姐姐那么蠢，白给他玩，还自己辛辛苦苦做生意养活自己，被玩这么多年就这一套房子？！”高红忍无可忍，左右开弓，扇了韦漪几个大嘴巴子，接着李雨青再一次愤怒地塞住了韦漪的嘴巴。

高红怒吼着，像发狂的母狮子，扑上去手撕钟永胜："为什么啊？你为什么这么不要脸啊！为什么这种小猪女孩儿，你都要去搞啊？你是公猪啊！"高红怒吼、哭喊、撕打。钟永胜满脸仓皇，面无人色，唯有抵挡，两手护住脸，老着脸皮，死不出声。韦漪的招供，已经彻底摧毁了钟永胜。

高红要求钟永胜回答她最后一个问题！就这么一个：钟永胜既然已经有情人，为什么还要搞情人的亲妹妹？！还是这种还未成年的又丑得像猪的小女孩儿？

钟永胜死活不肯回答，只是耷拉着脑袋看地面。高红逼不出钟永胜的回答，突然，她自己转身冲向阳台，说："好！好好！那我来了断！"说着就翻越栏杆，她要跳楼。紧急之间，俞思语忽然难得机敏了一回，她一个箭步上前，拦腰抱住高红。婆媳俩脚下不稳，一起滚到地上。高红终于放声痛哭。俞思语也终于放声痛哭，泣不成声道："妈啊妈啊，你可别这样啊！千万别这样啊！"高红哭喊道："思思啊思思啊，我哪里还有脸活啊！我这辈子是多骄傲多纯洁多高贵的一个人啊！怎么就落到这步田地啊！"俞思语紧紧抱住高红不松胳膊，朝钟永胜哭喊："爸你就回答妈啊，都这样了，还有什么不好说的，你回答啊，你知道妈这脾气的啊。你不能够让她跳楼啊！"李雨青也呜呜哭出声了，手里还是没有忘记抓紧韦澔。

在女人们汹涌澎湃的、痛心疾首的一片号啕中，钟永胜终于开了腔。他承认他就是想睡一次处女。作为男人，一辈子，没有破个处，总是不甘心，总得尝个鲜吧。

可是高红就是处女嫁给钟永胜的呀。仅仅只是高红做警察训练，强度太大了，处女膜自然破裂了。这不是职业关系吗？钟永胜悲伤地说："职业关系不职业关系有什么关系，那也总是一个破的呀！"

钟永胜天生一张能说会道的油嘴，只要开了口，似乎就得着了理由，还更厚颜无耻了，抱屈地辩解："男人就想破个处，中国男人哪个不想？千百年来，哪个不想？男人就这点儿隐秘心愿，又不是做什么天大的坏事。就算我犯了错，也是犯了全中国男人都会犯的错啊，难道就这么不好理解吗？"

突然，剧情剧变：格瑞丝推开一扇暗门，跑出来了。

格瑞丝眼睛瞪得血红，显然已经疯掉了。她手里握着一把水果刀，直接扑上去刺杀钟永胜。毫不犹豫，一刀就往腹部插进去——可是，那是电影、电视和游戏，以格瑞丝那细细的手腕之力，水果刀根本插不进一个壮实高胖男人的厚厚衣服和厚厚脂肪。水果刀歪斜了，当啷一声掉地上。行刺失败的格瑞丝，转身夺门而跑。在场所有人，面对这突发状况，都还没有反应过来，格瑞丝已经消失得无影无踪。

女人们的哭声，骤然停止，眼泪自己主动干涸了。几个女人面面相觑，张口结舌，除了韦漪。韦漪小眼睛骨碌骨碌转动，或许还在想着网上攻略，还有那些出奇制胜的高招。高红、俞思语婆媳俩互相搀扶着，从地上站了起来。忽然间，世界如此空旷，如此寂静。

真的，这一天，俞思语简直不敢相信自己的耳朵，不敢相信自己的眼睛，不敢相信整个她自己。

世界上的温馨美满家庭，要啥有啥的家庭，还会有这样龌龊的事情吗？为什么？

事实证明，高红还是一个很有克制能力的女人。当韦漪找她索赔，把证据都提供给高红的时候，高红震惊和愤怒的程度，怎么想象都不过分。高红却还是保留了一定理智，考虑也还算周全，还是给钟永胜和家庭留了后路的。要说真正顾家的，还是高红，还是做母亲的人。这种事情，她一个人肯定搞不定。助手不可以叫，儿子钟鑫涛不可以叫，女儿钟欣婷也不可以叫，以后子子孙孙还是要过下去的，钟永胜还是孙子辈的爷爷。也不可以叫公司任何人，司机、秘书、好朋友，都不可以，家丑不可外扬。当然，只能叫上这个憨厚的单纯的媳妇俞思语了。李雨青，是必须的，只有她对高红忠心耿耿，多年的时间已经证明了这一点。

过了几天，高红还是忍不住，跑回母亲家，在自己老妈那儿痛哭了一场，心里才好受了一点点。高红的妈，詹鄂湘，默默听完了女儿的哭诉。临走，詹鄂湘对女儿说："记得我当年的话吧？你会有哭回来的那一天。"

高红认输，点头了。眼睛又红了。

已经是耄耋之年的詹鄂湘，以她年迈的智慧，对高红说了一句智慧的话，也算是最能够宽慰人的劝慰了。老妪詹鄂湘岿然不动地说："你就当男人是条狗吧，你在家里备了世界上最好的狗粮，它出去还是要吃屎。"

高红居然扑哧笑出来了。

詹鄂湘接着说："你也总不能因此就不养这条狗了吧？"

高红就看着她妈，笑不出来了。

高红思谋着，哪一天要不要告诉俞思语呢，俞思语这个媳妇真不错，关键时刻坚定不移站她一边。一贯动作迟缓的人，在救高红命的时候，反应箭一般快。俞思语这次救了高红的命，她俩的感情程度，她俩心里有数了。无论是高红，还是俞思语，她们都还不曾与自己家人紧紧拥抱。可她俩这一次，这一刻，拥抱得紧紧的，贴心贴肺。只是老妈这句至理名言，说男人真的很准啊。不过，恐怕这种至理名言俞思语知道了对钟鑫涛没有什么好处吧，钟鑫涛可是高红的儿子啊，高红总是会更心疼自己儿子。不过高红也非常相信自己儿子，钟鑫涛受了高等教育，小两口又是一见钟情郎才女貌，他是绝对不会做出任何破坏夫妻关系的蠢事的。那一刻，俞思语是真的生怕高红跳楼了。高红也是真的要跳楼。那一刻，命已经无所谓。高红死的心，真有。特别是死在钟永胜面前，真有。当年高红跳二楼，是要嫁给钟永胜。现在高红跳八楼，是要摆脱钟永胜。高红其实应该早和钟永胜离婚的。她嫁到钟家，亲眼看到钟永胜他爸，把李雨青弄在家里当办公室干事，李雨青递杯茶，老头子连茶杯带手，一起握住不放。那时候，高红就应该毅然决然离婚，离开钟家。钟永胜遗传了他父亲的下流基因。

俞思语还年轻，不可能懂。最好不懂，最好钟鑫涛此生此世都能够忠实自己的婚姻和家庭，因为来之不易啊，是多少人的合力打造啊，尽管有些部分是绝对的秘密，公开的部分也显而易见，还是比一般人来之不易啊。一般人都是瞎猫碰死老鼠的婚配，钟鑫涛俞思语不是，他们的小家庭，两家的大家庭，都是多么般配啊。思思啊，好媳妇，争口气吧，赶快怀孕吧，生个男孩儿吧，让你家男人日后半点儿出轨的理由和借口都没有。从年轻开始就注意打造好自己的婚姻家庭，让羞辱远远离开自己。

至于钟欣婷，高红不担心她，她不会受男人欺负。她这个女儿，当儿子生的，还真是女生男相，刺棱子一个。只有她羞辱男人，没有男人羞辱她的。她的前夫，清华大学博士，还不是她的手下败将？家里防火防盗防钟欣婷，一切都必须死死瞒着她。这女孩子，野心太大，口头禅是一个都不饶恕，连自家父母兄长，都要抢班夺权的。但是小小年纪的女孩子，就一心图谋家产，也是万万要不得的。

事后，钟鑫涛自然是知道了一些情况的。只是故事版本都是节本，也都有所变动，大事化小，小事化了。总之他父亲钟永胜好像有点儿受骗了，在外面被女人讹了。钟鑫涛再三询问俞思语，俞思语就是不肯透露现场真相。总说没有什么可说的。不管钟鑫涛怎么问，俞思语好像对这件事情有点儿漫不经心。俞思语担心钟鑫涛觉得丢脸，可是钟鑫涛在俞思语面前，还是感觉非常丢脸，垂头丧气了很长时间。按中医大师的时间和排卵期的时间，到了该同房的时刻。钟鑫涛不知道为什么，突然十分紧张，始终硬不起来了。

俞思语也非常理解，也不过多劝慰。家里父母辈，出了这种事，钟鑫涛情绪肯定还是大受影响的。俞思语只有三缄其口为好。

当然，俞思语亲历了现场，她内心混乱到久久理不清头绪，也没有搞懂许多矛盾情节，更不理解其中某些逻辑。所以，还需要时间消化，也还是久久地，久久地，心情都无法平静。漫不经心，是装，就是怕钟鑫涛过分在意这件事。但也不是装，俞思语还能够怎么样？

每天全家还是一桌子吃饭，都当没有发生任何事情。照样李雨青烧饭。照样全家围桌吃饭说好吃好吃。照样钟宇涵钟宇博娇声娇气地赶着叫爷爷奶奶。钟永胜和高红也都甜甜蜜蜜地答应，抱着孙女和外孙亲个不停。格瑞丝就像空气一样，存在过，又不存在了，没人理会，再也没有人理会。

格瑞丝不知去向。随后的寻找，发现格瑞丝其实已经打点好了一切，是要离去的结局。她的两处房子，已经分别过户给弟弟韦千禧和妹妹韦漪，店铺也盘出去了。而保罗，早在九月份就彻底离开中国，返回法国了。用钟永胜过后对高红的解释：那一天，的确是他和格瑞丝约好要谈彻底分手的。

亲爱的格瑞丝啊！

影响了俞思语人生和婚姻的格瑞丝啊！格瑞丝人走了，涟漪却在俞思语这里久久荡漾，久久荡漾。俞思语也不知道会荡漾到什么时候。

金秋十月，转眼就是月底，俞思语月经照常来临。2015年10月，没怀上。

十二

俞爷爷病了。

一病，就很重。阿尔茨海默病，病情发展很快。住院没几天，俞思语一去，俞爷爷就喊她："小王同志是你吗？你是来看望我的吗？"

"爷爷！是我呀！思思呀！"

俞爷爷十分迷惘，思思是谁？又问隔壁病床的老头儿："谁是思思？"

隔壁病床也是一个更老的阿尔茨海默病患者，耳朵还聋了，就那样面无表情瞪着俞爷爷。两个人就像两只衰老又无知也无感的动物，看着就让人难受。

俞思语当场就撑不住了，转身跑出病房，跑到楼梯间就查百度。俞亚洲赶过来，俞思语就在楼梯间对她爸爸发急，很不客气地说："你什么儿子？！怎么早不带他看病？阿尔茨海默病是慢慢发展的呀！"

俞奶奶也赶了过来，讲了一下情况。早先俞亚洲带他父亲看过病了。由于俞爷爷记忆力明显减退、偏执和暴躁，俞奶奶就怀疑是不是阿尔茨海默病。俞亚洲带父亲先后看过两家三甲大医院，只是没有告诉俞思语。家里都知道钟鑫涛俞思语小两口在忙备孕啊！

每次看病，医生都是让俞爷爷画时钟。据说画时钟测试，是英国首先使用的，医学界实践证实，诊断相当准确。因为画时钟需要三种能力支持：一种是记忆，一种是执行力，一种是视觉空间能力。阿尔茨海默病是人类大脑额叶受损，正是这一块机能的退化，导致哪怕是早期，阿尔茨海默病患者也是无法画好完整的数字指针的。

而俞爷爷，每次都完整画出了医生给予指令的时钟和指针时间。几乎比一般人画得速度更快，更为熟练。所有医生都忽略了一点，也都没有问诊到一点，那就是俞爷爷的职业特点：俞爷爷曾经是铁路上管调度的。时间的精准，是俞爷爷的使命。那一只圆形的钟表盘，是融化在俞爷爷血液中，铭刻在他灵魂里了。他什么都可以忘记，就是不会忘记钟表盘。于是，就这样误诊了。

一直等到发现俞爷爷在卫生间抓自己的大便吃，俞奶奶才知道大事不好。

发现迟了。事情总是在发现之后，才知道发现迟了。明白误诊了，也总是在被误诊之后，才明白误诊了。这有什么办法？人生就是遗憾的艺术——俞奶奶还保持着相当的幽默感。俞思语还不是很懂幽默，就那么眨巴眨巴眼睛，毫无主意地看着俞奶奶。

钟鑫涛知道俞思语是爷爷奶奶一手抚养大的。俞爷爷一生病，备孕的事情，俞思语肯定有点儿分心。因此每天测量基础体温等种种琐事，钟鑫涛也就不再盯着俞思语做了。但是，也不能停顿懈怠呀，老人生病很正常呀，钟鑫涛有点儿暗暗着急，一方面自己还在偷偷看男科，他不知道上个月自己为什么有两次无法勃起。钟鑫涛还这么年轻，他不想戴“阳痿”这顶帽子。可是俞思语很直接，她习惯使用简单便利的词语，说：“你去看一下阳痿，我正好多去照顾爷爷。”如果不是俞思语的神态那么天真无邪，钟鑫涛劈面揍她一拳的心都有。钟鑫涛陪俞思语看过爷爷几次了。钟鑫涛言下之意，还是说：“够了，俞思语不要太过。老人生病很正常的，真的很正常。老病老病嘛，老了就会病嘛。”

俞思语眼睛一瞪，牛卵子大，生气了，斥责钟鑫涛：“什么话！我爷爷一直很健康！”

俞思语不太在意钟鑫涛的意思，自己驾车，三天两头跑医院陪爷爷。俞思语就是不服，不服她的爷爷会认不出他的小思思来！俞思语的倔劲又上来了：她就是不服！她就是要多跑几趟，来亲就爷爷，来照顾爷爷，给他剪指甲，说小时候爷爷给她讲过的故事，唤起爷爷的记忆和感觉。俞思语不服！俞思语不信她唤不回。

俞思语唤不回了。

有时候，俞爷爷偶尔会清醒，认出了俞思语。这不是思思吗？俞思语一听，就泪流满面。俞爷爷说：“还是好哭。哈哈，你从小就好哭，羞羞脸，羞羞脸。”爷孙俩就谈笑风生，一起唱革命歌曲《没有共产党就没有新中国》，爷爷却记得歌词。

然而，过一会儿，俞爷爷又糊涂了，顿时不认人了，什么歌都不唱了。身体里头有什么地方非常非常难受，只能“哎呀哎呀”叫唤。医生护士赶紧过来，面对面，却千呼万唤回不来，这种感觉很恐怖。

俞思语感觉好恐怖。

俞爷爷消瘦得很快，整个人明显缩小了一圈儿。两只手，就是两挂干枯的老藤。其他病也都发作了。有时候一连好几天，得挂氧气，只能躺着，最多摇起病床来坐坐，人不能站立，一站起来，血氧饱和度就会往下掉，从 90% 一下子掉到 80%，脑子顿时就不清楚了，说话就不能够维持字句。

爷爷清醒的时候，还是能够像干部一样讲话作报告，他也知道抓紧机会，说一些他最想说的话：“我这个人，一不怕死，二不想死。现在才过上好日子，改革开放经济腾飞，祖国形势一片大好，高楼大厦电灯电话，小康社会了我真舍不得死。我有工资有存款，你们要舍得给我用进口的好药。我级别不够公费使用进口胸腺素，你们给我用我自己的钱买，三天打一针。政治待遇方面，离休工资待遇是最满意的，没意见，丧葬费也不少。关键是追悼词怎么写，提法怎么提。忠诚的无产阶级革命战士，党的优秀干部，这是一定要的。亚洲美洲，特别是亚洲啊，你们要给我保证，与组织上好好谈谈，组织要给我盖棺论定：我是从来没有背叛过革命、背叛过党、背叛过祖国的，我亲戚都在美国，我和他们素无交往，就怕被人抓住小辫子说通敌叛国。我这人毅力非凡，坚决不交往，信都撕掉不看。现在俞非洲移民去了美国，我在考虑这算不算投敌叛国——”这已经算不上是清醒的话了。

俞亚洲、俞美洲姐弟俩，都向父亲保证会与组织谈要求。但是父亲只是暂时生病而已，才八十五岁，坚持配合治疗就会恢复健康的。

才八十五岁！俞思语听得迷惘。年轻人无法理解八十五岁这是一个什么概念，她只知道她要多多来陪爷爷。她只知道是爷爷把她从小带大的，她不能够让别人说她没良心。她在大学入党那天，爷爷参加她的入党宣誓大会，打了领带，那是爷爷生平第一次，也是唯一一次打领带，俞思语牢牢记得那一次。因为有不少同学居然嘲笑俞思语入党或者是嫉妒，她要报答爷爷对自己的大力支持。

住院治疗效果并不佳，恢复健康似乎遥不可及。俞爷爷病情很快发展到白天睡觉，天黑醒来。刚刚入夜，病房需要安静下来了，俞爷爷开始大喊大叫起来。

“妈妈！妈妈！妈妈啊——”

“兔子。俞兔子。”爷爷使劲拨弄他自己的鼻唇沟。

“彭厨子！血盆大口！大嘴巴。割割割到这里——都是血啊！彭厨子嘴巴都是血啊！

“是他们用刀子割的，不是我，我不知道。我进去就是血盆大口了。

“我吓死了。彭厨子，我对不起你！我向你请罪！磕头！我给你平反昭雪！朝鲜战争解密了。彭厨子没有造谣。我没有杀彭厨子啊——我没有开枪啊——我放的空枪啊！”

俞爷爷不知道什么时候，拿到了女护工的口红，对着病房的电视机屏幕，把自己嘴巴涂得血红，沿着两侧嘴角，一直画到耳根——自己又惊恐得大哭大叫喊救命：“这是彭厨子的嘴、嘴、嘴啊！”

护士长就急忙跑过来了，麻利且无情地指挥护士执行医嘱。医嘱是早就写好了：不得让俞爷爷彻夜叫喊！全病房都听够了彭厨子叫喊“血盆大口”！女护工负责把俞爷爷捆绑在病床上，防止深夜俞爷爷闹，溜下床。女护工也有打盹的时候啊，女护工也是人啊，不能彻夜不睡啊！对不起，俞爷爷裤子必须脱掉，只戴尿不湿，免得女护工夜里替他换裤子。

俞奶奶静静站立一边，就这样看着老伴儿。静静地，站立一边，没有表情。

俞爷爷也并不总是认识老伴儿。有时候还会问俞奶奶是不是女特务。女护工就大声强调：“这是你老伴儿！”

女护工是俞奶奶特意挑选的，一个特别壮实的乡下进城务工妇女，有一双格外肥硕的大腿，裤子总是绷紧到爆。女护工有时候忙完，坐在病床旁边嗑瓜子，俞爷爷就会公然地，把手搁在女护工大腿上。谁都说不清做这个举动的俞爷爷，是清醒是糊涂还是本能。

女护工厌恶，想拨开。俞奶奶不许，说：“他都快死的人了，你还不让他舒服一点儿？！”

女护工笑说：“奶奶啊，这可是额外服务啊。”

俞奶奶说：“我知道。加钱就是。”

俞奶奶没有丝毫表情。

这都是一些什么事啊？！这就是人有病吗？！这就是在治疗疾病吗？俞思语更不理解奶奶何以如此淡定。奶奶怎么不伤心？怎么不着急？怎么还允许自己丈夫摸护工大腿？难道爱情不是最自私的，也被双方要求专一的感情吗？俞思语简直有点儿无法面对，总是眼睛睁老大，她不敢相信自己的耳朵，也不敢相信自己的眼睛。

俞奶奶不要俞思语来医院了：“年轻人少看这些阴暗

面。”俞思语不听。

俞奶奶就背地里给高红打了电话，要高红想个办法让思思少来医院，爷爷这边情况看多了不好。思思这孩子真孝顺，是太好了。只是老人总是要走的，自然规律。思思得抓紧备孕。思思再生一个孩子，就是对他们老人最大的孝敬。高红完全同意。钟鑫涛也很感谢奶奶。高红钟鑫涛母子马上商量，密谋了一些似乎又比较重要的事情，让俞思语来料理。俞思语即刻就中了圈套。高红高血压犯了，审计的又来要求公司赶快做一份财务报表，俞思语去公司监督一下财务方面，好不好？这事不要告诉钟欣婷！俞思语说：“好的！”还是一副任重道远的样子。公司方面，高红也有吩咐，大家都对俞思语很好，言听计从，唯唯诺诺，俞思语一下子就自信心倍增，每天跑公司。俞思语就这样，被事业的成功感牵扯住了。

俞思语也没感觉，不知道是设计。但是，没有时间了，总归没有办法老跑医院。俞思语就给爷爷做了这样一件事情：把俞爷爷一天到晚吵着要吃的菜写了出来，配上手绘的菜肴图片，贴在病房墙上，让女护工指给爷爷看。当俞爷爷不肯吃饭的时候，女护工就对照菜单，哄俞爷爷说：“你看，这个菜，就是彭厨子做的什么什么，这个菜，也是彭厨子做的什么什么，不信尝一口。”

彭厨子的菜单，据说是沔阳 1950 年冬季，俞爷爷娶俞奶奶那天的婚宴酒席，因为当时状况特殊又急迫，菜单是因地制宜了，但菜肴非常美味。菜品如是：小尖元、笋衣炒肉、红烧牛脯、黄花菜炒肉、扣酥（鱼肚过油，再码进瓷碗，上蒸笼，蒸透，出笼就打卤浇汁，浇汁主要是香醋酱油小麻油，趁热吃）、鱼圆子（酸汤）、黑木耳笋片炒肉、红烧鸡块儿、甜汤（米酒桂花小汤圆）、大肉丸子、油炸枯鱼（刮过了鱼茸的大青鱼中段与头尾）。

结果病房人们都来看，还用手机拍照，发到网上。大家纷纷喝彩，说这个孙女真孝顺。俞爷爷清醒时候也很开心，又很自豪，还请医护也过来参观学习，蛮炫耀的。

俞思语知道了，更是开心。钟鑫涛当然也很开心。高红钟永胜俞亚洲任菲菲，双亲父母，都很开心，都说看到就想吃，也都没人搭腔，说真去做菜试试。唯有俞奶奶声色不动，淡然站立一边，仿佛局外人。俞奶奶就是局外人。患阿尔茨海默病的人的局外人，他们这一场婚姻的局外人。她知道，她这一辈子，终于要熬出头了。俞奶奶安静地等待着。她能够做的就是最后的人道主义：尽量让自己丈夫少受罪。

金观澜公馆这边，钟鑫涛俞思语也就还是在继续努力造人。钟鑫涛经过男科治疗，也恢复了勃起。又全家瞩目地熬到了深秋，小两口不免着急，也不顾那个什么情啦爱的了。直接上技术，打造嘛，技术很重要。差不多一年，把怀孕当功课，月月做作业，小两口脸皮厚到再没有磨不开的了。这边俞思语一旦观测到自己在排卵，就抓起手机立刻致电钟鑫涛。若是交通高峰，路上八成会塞车，钟鑫涛一急眼，便去借一电动车，疾驰回家，俞思语正等着门呢。但是11月20号，俞思语月经又来了。这个月，又没怀上。

十三

时间进入12月，一夜寒风，树叶纷纷黄了。再一夜寒风，黄叶纷纷掉落。

钟家俞家家长们走在路上，踩上枯叶，嚓嚓作响，大家突然觉得，好快呀，时间都快一整年了！

不成，有问题，不对劲。这么年轻小夫妻，哪有一整年积极努力，都还不怀孕的？如此尽心尽力，如此时时刻刻，严格按照大师规定的时辰与排卵期同房，哪有一年都不怀孕的，可能吗？大师的回答是："万事皆有可能，只要继续服药。据他观察，2015年，小夫妻的服药状态并不理想。"

钟俞两家家长，私下里来来回回商议几次，决定还是要撇开中医大师，不告诉他，去看看西医。还是得看看西医。

去医院一检查：钟鑫涛有问题。

钟家不信。再去一家医院。不信。再去一家医院。三家。事不过三。算了，只能信了。

钟鑫涛的问题出在精液方面。钟鑫涛精液分析的结果是：前向精子 15%，精子密度 1000 万。而总精子数至少得有 3900 万，其中前向精子至少得达到总数的 32% 以上，才能够正常受孕。

西医专家不愿意尴尬病人，很客气地开玩笑说："这位钟先生啦，你那些能够向前冲锋陷阵的小蝌蚪，太少了太少了。"

钟鑫涛、俞思语、高红都没有笑，都瞪眼看专家，专家倒尴尬了。

回家四处翻找，找出了四年前俞思语怀女儿钟宇涵之前钟鑫涛的检查单，结果写的是：前向精子 70%，精子密度 4000 万。

大跌眼镜！

才四年，钟鑫涛就暴跌了。还是父亲钟永胜比较懂得安慰儿子以及大家，不久拿回一张晚报，故意丢在茶几上让大家看。大标题写着：

40 年来全球男子精子数量暴跌六成 武汉男子精子质量 6 年降低 15%

现在媒体真是贴心，展示的数据也真是能够安慰老百姓，如此说来，全球都有问题，钟鑫涛也就不是个体了。再说，都有问题，或许也就不是什么问题了。至少钟鑫涛个人无须担责了。

没有受孕的真相大白。

好在，现在的人们生活在高科技时代，生育的问题，有许多办法，不难解决。钟家俞家肯定还是要孙子的，人丁兴旺总归是最重要的事情。中央也已经全面放开二胎了，一点儿政策风险都没有了，可以理直气壮生二胎了。不急，慢慢来，钟鑫涛俞思语小两口先调理身体，建立健康生活方式。钟鑫涛坚决戒烟戒酒，杜绝垃圾食品，尽量少吃外卖，加班不熬夜，打麻将不搞成整天不动窝，手机不放裤兜，穿宽松内裤。俞思语生活方式还比较健康，保持就好，只是可能要稍微减点儿肥。2015 年的备孕，好吃懒做的，让她胖了不少。

开始运动，动起来——慢跑、打球、游泳，都不错哦。

2015 年圣诞节就要到了，商城、广场到处都是圣诞老人了。钟鑫涛俞思语带女儿钟宇涵出去玩，钟宇涵特别喜欢气氛浓浓的圣诞节。自然了，与很多小孩子一样，钟宇涵也会问父母："真的有圣诞老人吗？"

俞思语不假思索回答："有啊。"

结果钟鑫涛同时回答："编的。"

"为了过节，就要编一些故事啊。"钟鑫涛认为自己的回答更加负责。

俞思语目瞪口呆了，一会儿，噗的一声，算了算了。说不清，不说了。

2015年最后一天，俞爷爷在医院病逝。

久病床前无孝子。大家认为俞爷爷走了，对他自己是最大的解脱。对大家也是解脱，就互相说了节哀、也好、解脱之类的话。丧事该怎么办怎么办，现在社会上都有丧葬公司，一条龙服务。追悼会追悼词，俞亚洲负责与有关方面交涉。他一位厅长，交涉到哪里哪里都还挺买账，就照网上革命老干部的悼词复制下来就成。一点儿都轮不到俞思语这孙子辈的人操心。只是听到"丧葬公司一条龙服务"这些话，俞思语心头一抽一抽地好生难受。以前在外面文化公司上班的情景重现，人再年轻，也有不堪往事在心头。俞奶奶却很知音，主动安慰俞思语，要她放心，别多想，他们会挑选公司的。俞思语好哭，闻声流出一行眼泪，随即自己擦掉了，花着眼妆，大熊猫一样，冲奶奶笑笑。

转眼就是 2016 年元旦了。俞思语想想都怕，又是任重道远的一年，谁知道将会发生什么。岁月可不管钟鑫涛俞思语压力山大，新年钟声一响，人类齐刷刷地，将他们的日历，翻开了新的一年、新的一页。

爱恨情仇

开　篇

一般说来，日常生活就是吃喝拉撒。日复一日，吃喝拉撒。爱恨情仇的事，即便有，也总是藏得深深，要叫别人看不出来。顾命大在武汉经济开发区隐居十二年了，十年如一日，都只吃喝拉撒，她好生喜欢。

一

武汉市经开区的最边缘，有一大片湖区，尚未开发。湖区深处有一个小村庄，当地人管它叫作无浪。无浪村，是经开区收购了土地之后，被原住渔民放弃的村子。村子四周都是垃圾，村前村后河塘干涸，地坎土坡到处散落死鱼、臭螺蛳、烂河蚌，却有一种被荒废的安静和被遗忘的安全，顾命大好生喜欢这里，这里生活很安逸。在顾命大嫁给河南老九之前，她养过猪，最多长到一百来斤。顾命大进了河南老九家门以后，她养的猪，能够长到三百多斤，这就充分说明了顾命大喜欢这种生活的程度。

无浪村近二十户人家，都是河南籍外来户，都是近十几年逐渐聚集过来的，都沾亲带故，都没有本市户口，平时都互相掩护互相帮衬，打鱼的打鱼，打工的打工，日子过得比在河南好。就像刘粉娥，今年辞了市内的工，躲回村里来，想要生男孩儿，第二胎，明摆是犯法，村里也是绝对不可能有人往外说的。河南老九是最早扎根无浪村的河南人之一，辈分高，人缘好，有点儿威信，十二年前那个炎热的夏季，河南老九把骨瘦如柴的顾命大带回家，也没人多问。过了些日子，河南老九把喜糖一撒，喜酒一摆，全村老少围桌一顿豪吃，收了喜礼，放了鞭炮，这桩婚事就成了。

待到顾命大收拾了头面，换上新衣服，挨在河南老九身边给大家敬酒，大家突然发现这个女人竟是个漂亮的，与河南老九病死的河南婆了一比，不知好看多少倍，一下子，喜酒吃得更加活跃，男人们借酒盖脸，没大没小，纷纷扯着顾命大敬酒，也都明里暗里开河南老九玩笑，个个羡慕河南老九有艳福。最好的是，顾命大又随和又自律，婚宴的敬酒是尽着与大家碰杯，婚后却不再与大家多话，村里走路实在碰见了，点个头，颔首过。作为全村公认了的河南老九的老婆，顾命大在无浪村有了家。接下来的日子，就是吃喝拉撒。一晃十二年。

十二年的时间，可不算太短。时间一长，对于顾命大的来历不明，在那些来历清晰的人们心里就犯嘀咕了。嘀咕归嘀咕，表面也还是无人议论，又看河南老九面子，都假装心里没有嘀咕。好在顾命大十年如一日的人好，老实又勤快，会做家还肯帮人，那些心里头犯嘀咕的人，顶多也只能说顾命大是个怪脾气。

顾命大的怪脾气，主要表现在两个方面。一是她坚决不肯出门，特别是不肯出去逛商店逛市场，最多只是偶尔救急，比如逢年过节家里做菜，临时短了油盐，河南老九又不在家，顾命大才不得不出门一下，跑一趟最近的烂泥湖村，也只是跑到村口通顺大超，买了油盐就回家，多一眼也不看，多一句招呼也不打。就算与烂泥湖村人脸碰脸了，顾命大也是低头过，不打招呼的。除了通顺大超的老板王旺发，烂泥湖村几乎就没人与顾命大打过照面。当然了，一个河南打鱼佬的老婆，也没有人在意是否与她打照面。二是顾命大的话，也是死活不肯出口的。平时男人们都出去打工做活儿，无浪村里就那么几个妇女婆婆们，彼此关系也就格外密切，常常一起打麻将、拉闲话。顾命大不会搓麻，她居然不会搓麻？！那么会说话不？说闲话拉家常，谁都会的，顾命大也不会。她总是千方百计不参与妇女的扯闲。有时候实在走不脱了，顾命大就只听，从不开口。问她经历，她一脸茫然，一问三不知，统统不记得了。连她究竟哪一年生人，顾命大也摇头，忘记了。连别人暗示她性格有点儿怪，她也不理会，且还是一副压根儿就不去理会的模样，看上去有点儿傻，有点儿呆，生生硬硬的，油盐不进。

河南老九的老婆顾命大，漂亮是还漂亮，就是古怪，不有趣。只河南老九喜欢他老婆，拿她当个宝。

十二年来，顾命大坚定不移地活在她自己的每天里。现在顾命大有一头猪、一群鸡、一只猫，房前屋后种了菜，河南老九打鱼。前几年河南老九就在附近湖里打，附近的汤湖、万家湖、珠山湖、竹林湖、烂泥湖，都打，每天回家，晒网补网，顾命大煮饭，炒两个菜，打一个汤，河南老九是打心眼儿里好吃。后来湖水污染越来越重，有鱼腥气土腥气，难吃，卖不出好价，河南老九就还是去长江打鱼。早先他就是在长江打鱼起家的，赚了钱，盖了房子。有了老婆顾命大，河南老九有两年就不去长江打鱼了。去长江打鱼有点儿远，要走武监高速公路，七八天往返一次。不过每次回家，都能够拍出几张红票子，长江鱼就是好赚钱。夜里灯下，把赚得来的红票子拿在手里细摸，反复数来数去，夫妻两个心里都很喜悦，再抬起床板，藏进一只废旧高压锅里，夫妻两个心里都很安稳，就要相对看一眼，感觉彼此亲。一年年地过，骨瘦如柴的顾命大逐渐养胖了。她慢慢地吃饭香了，睡觉噩梦少了，不再肚子疼了，不再呕酸水了，不再骨头关节痛了，头顶头发原本掉得只剩几根稀毛，又慢慢长出头发来，还是茂密乌黑的。

这个世界上，只有顾命大自己知道自己怎么熬过来的。现在顾命大心里蛮有把握，认定自己就是要现在这个生活，也就是要继续这样过下去。每天，吃喝拉撒。每天，都把吃喝拉撒整好，其余都不管，其余都不想管，其余她管不了。

但是，意外发生了。这一天，午饭过后，顾命大正在喂她的猫咪，刘粉娥跑过来，一脚跨进门槛，背后咚地往门框重重一靠，手机从耳朵边拿掉，突兀地对顾命大说："亲，我爱你。"

顾命大吓一大跳，脑袋里轰轰作响。她不敢看刘粉娥，只当没听见，依然低头喂猫咪。顾命大自己吃饭，最后留了一口，再拌上一点儿煮熟的臭鱼烂虾，喂她的猫咪。

见顾命大无动于衷，刘粉娥急了，说："喂喂，九嫂啊，听见没有啊？我爱你啊亲啊！"

刘粉娥疯了，青天白日喊些胡话。顾命大不睬刘粉娥，继续喂猫咪。猫咪挑食，从米饭里专拣鱼虾吃，顾命大使劲搅拌，企图使米饭与鱼虾混为一体。

刘粉娥自己明白了：呵呵，原本顾命大又不用手机，是一个完全不懂网络的，所以被网络流行热词吓坏了。其实刘粉娥只是与顾命大套近乎，只是刘粉娥一激动，找错了对象。这个破无浪村，说是在武汉市，其实根本比乡下还偏僻。刘粉娥几个月躲乡下，胎还没有怀上，人倒是憋闷死了。

“额滴个亲娘啊，九嫂！”刘粉娥赶紧打消顾命大的顾虑。她用极富优越感的口吻，把网络与最近流行的热词给顾命大滔滔不绝来了一番大启蒙。与顾命大打交道，是极其简单的事，顾命大明白了就明白了，不惊不诧，不埋怨不责怪，顾命大无所谓。

刘粉娥倒是有所谓。她来与顾命大套近乎，除了情不自禁要展示展示自己紧跟时代潮流，还要拉顾命大陪她去逛集市。刘粉娥年轻，不知轻重，对别人是不管不顾的，一味要求顾命大和她一起去集市。刘粉娥已经打过手机了，知道烂泥湖村今天有集市，那个地摊要来。“那个地摊”是直接从市区过来的一个商贩，总是贩卖城市最流行的小商品，那个地摊一摆开，满铺都是世界顶级名牌，琳琅满目，流光溢彩，每件只要五块钱。刘粉娥完全受不了这个诱惑。那个地摊在烂泥湖村摆摊，有大半年了，隔三岔五来。每一次，刘粉娥都要跑去，不买也要看个饱。最重要的是，这是她的生活。刘粉娥很小就离开河南来到武汉，在武汉城市中心打工，二十几年身处繁华闹市，习惯了热闹，当怀男胎没有提上议事日程的时候，刘粉娥都只每周或每十天才回村一次。无浪村对于刘粉娥来说，等同于空气稀薄的信息封闭的土气落后的监狱。今天烂泥湖村集市上有市内的那个地摊，想要刘粉娥不去逛，简直不可能。问题是今天刘粉娥没有找到别的伴儿。一般刘粉娥都能够找到结伴的女人。今天刘粉娥没有找到别的伴儿，就赖上顾命大了。刘粉娥从来不独自逛街，独自逛街买个装饰品都没有人帮忙说好看还是不好看，况且砍价还没有人在身边助威，那绝对是不行的。刘粉娥还喜好显摆，那个地摊摊主是一个城市帅哥，与刘粉娥关系不错，彼此都给了手机号码哟。这种很有面子的社会交际，刘粉娥极其需要有人分享，没有分享就没有价值。顾命大又没有什么事，顾命大仅仅是懒得出门，性格孤僻一点儿，刘粉娥还是不会放过顾命大，刘粉娥认为自己的需要就是最重要的事情。刘粉娥的老公是河南老九的堂弟，现在正跟着河南老九打鱼。顾命大是刘粉娥正正经经的九嫂。自家嫂嫂，还不肯与妹子结伴去逛逛集市，怎么可以。刘粉娥是一个不管三七二十一的女人，赶时尚不怕丑：挤乳沟、穿低领、染彩发、文眉毛、打手机、喜上网，很自信，个性强，想怎样就怎样，嘴唇总是涂红得像鸡屁眼。今天刘粉娥嘴唇已经涂好，特意穿着打扮一番，如果不去逛集市，那不是太亏了。刘粉娥就是要个人陪自己，别的，她不管。

顾命大不去。凭刘粉娥“亲”“亲爱的”乱叫，顾命大只是摇头。顾命大也无话解释自己为什么不去，顾命大就是一心一意喂她的猫咪。刘粉娥恼了，刘粉娥偏要。刘粉娥不依不饶，把脚尖伸过来，挑衅地一挑，猫咪的碗，踢翻了。

今天的刘粉娥，就成了顾命大十二年隐居生活中的一个意外：死缠着顾命大陪她逛街，还大大发恼，竟然踢翻了猫食碗。

就在顾命大抗拒刘粉娥的时候，下一个意外紧接着发生：顾命大眼睛直直盯着倒扣在地上的猫咪饭碗，半晌就那么盯着。刘粉娥以为顾命大也要发恼，忙不迭赶紧叫嫂嫂，东扯西拉的，说什么猫咪还是吃猫粮比较好，城里养猫都买超市的猫粮，什么那个地摊摊主真的很会做生意什么东西都有，她们一起去了，就可以问他有没有猫粮，说不定就有呢。猫粮对猫咪更好啊，又免得跟人抢粮食吃啊，又多省事啊。而且除了世界顶级名牌，针对今年夏季太热，人家地摊又备货了时令急需品，有风油精、清凉油、人丹、十滴水、菊花泡饮，一律每件只卖三元，比号称“通顺大超”的烂泥湖村小卖部货品要齐备多了，高级多了，这种城乡接合部的通顺大超，专门赚黑心钱。通顺大超老板王旺发，你看他手上戴多大的金戒指，都是卖“帅师傅”“娃恰恰”赚来的——刘粉娥还在喋喋不休，顾命大抬起头，打断了刘粉娥的话，说：“我去。”

这个意外，就是风油精。

风油精正是这段时间顾命大特别想要的东西。河南老九浑身长满痱子，顾命大心疼自己男人，每天夜晚看电视，电视上总有广告在说说说：风油精洗澡止痒治痱子有奇效哦。风油精洗澡止痒治痱子有奇效哦。这句话不知不觉就灌输到顾命大脑子里面去了，她心里就一直想要风油精。现在一听刘粉娥说集市地摊有风油精，顾命大就心动了。

刘粉娥直接惊呆。

没错，顾命大的确是答应了刘粉娥。顾命大明确地说了两个字：我去。刘粉娥一阵胜利的狂喜，她意识到自己太厉害了，自己本事太大了，顾命大太给她面子了。刘粉娥喜不自禁，手舞足蹈，恨不能在村里奔走相告。她把顾命大奉承了又奉承，恭维了又恭维，说九嫂生得好年轻哦，我今天一定要好好打扮你哦，然后兴高采烈挽起顾命大的胳膊，拉拉拽拽，两人出门。

顾命大踏上了去烂泥湖村的小路。一场爱恨情仇的事，就此悄然开场。

二

顾命大日常生活里发生了两个小小意外，它们却将命运车轮硌了一下，车轮一不当心，掉到陷阱，顾命大还一无所知。一个人面对纷纭复杂诡计多端的世界，还真的就是防不胜防。

在踏上小路之前，顾命大还在畏首畏尾，犹犹豫豫，本能出现惊惧，差点儿退缩回家。无奈刘粉娥嘻嘻哈哈，连推带拉。更加上远处是蓝天白云，近处是花红柳绿，美景当前，又叫顾命大的心狠狠动了一下。似这样一个白亮明艳的夏季，一条静静的漫长的湖边小路，浓荫遮蔽，虫叫鸟鸣，又四下无人，远近都只有湖水与荒地，勾起了顾命大深藏在心的美好回忆。那时她在大队小学读书，语文老师是城里下放的一个知识青年，知识青年对文学的热爱，发掘出了顾命大的文学感觉，顾命大突然就强烈喜欢上了语文课，突然就强烈喜欢上了写作文，突然就强烈喜欢上了上学的那一条湖边小路。那也是一个白亮明艳的夏季，顾命大与知青老师在湖边小路相遇，一起走向学校，知青老师吟诗一般赞美那些闲花野草，顾命大的心，甜得都要融化，文学与乡村情景交融，在顾命大身上产生了神奇的魔力，令她感受到非凡的空灵和愉悦。

当然，文学的魔力终究敌不过俗世的强大，它没能提升顾命大的人生，她家太穷了，她得尽早下学回家干农活儿，就连在后来的许多年里，懵懂又孱弱的顾命大，都不曾得以在白亮明艳的夏季，再一次寻找一个艳阳天，悠闲地走一走她少女时期那条诗情画意的小路。这许多年过去，忽然，今天，这一条小路，恰如当年梦幻，出现了，在武汉市经开区的湖区最深处，蜿蜒伸展，花枝招展，迎接顾命大。文学的魔力，悄然再现，顾命大心中一热，惊惧无形消散。就这样，顾命大不知不觉，脚步越来越轻快，紧紧跟随刘粉娥，来到了烂泥湖村。多年来一直小心谨慎深藏不露的顾命大，在烂泥湖村露面了，慢慢逛起街来了。

烂泥湖村今天很热闹。村口通顺大超的场子上，百货小商品、便宜衣服鞋帽、儿童玩具、化肥农药、菜籽菜苗、做米酒的酒曲子，都撑开了摊子在叫卖。从前的通顺小卖部，现在就叫“通顺大超”，招牌做得巨大，挂在几次扩建、扩建得不再像一个房屋的屋顶上。通顺大超老板王旺发，穿亮闪闪的仿丝质 T 恤衫，劳动人民黝黑粗糙的手指间，戴了一枚又大又方又厚的金戒指，他叼着香烟，一手叉腰，站在柜台前，面对着眼前繁荣景象，一副非常满足的表情。因为所有摊子都会给他缴纳一笔场租费。在烂泥湖村，王旺发是地头蛇，水泥场子是他花钱浇成的，这是自然要收场租费的。

还有商贩们约定俗成的规矩是，所有人，都不得贩卖吃喝拉撒之类的东西。吃喝拉撒只能由王旺发的通顺大超出售，包括商贩们自己的吃喝拉撒。王旺发出售的肯定是“帅师傅”和“娃恰恰”之类的仿冒食品，这个也是众所周知，大家也都默认。人人都要赚钱，人人都要让别人赚钱，这没什么好说。

刘粉娥一出现，王旺发的眼睛就迎过来了。对于王旺发的眼睛一亮，刘粉娥假装没看到。王旺发又朝刘粉娥摆了摆手，刘粉娥不便继续假装，也就简单地把手摆了摆，给了一个敷衍笑，然后一头扑向那个地摊。刘粉娥与时俱进了，她已经瞧不上王旺发了，太土气了，如今还戴黄金大扳指，现在有钱有品的男人时兴戴手表了，戴世界名表。

那个地摊已经开市，被一大群妇女婆婆打了围，水泄不通，生意火红。地摊摊主陈富强，市内来的年轻人，眼睛在四处睃巡，人缝里看见了刘粉娥，就用眼睛招呼她，两人之间眼神放了一个电。顾命大被挤在外围，大热天，人们汗气蒸腾，推推攘攘，风油精在哪里，顾命大啥也看不见，站也站不稳。顾命大的确太久与世隔绝了，的确没有能力逛街，刘粉娥见状就让顾命大一边乘凉去，去大槐树底下歇一会儿，先适应一下集市的热闹，风油精由她来帮顾命大买。顾命大就退出人群，往大槐树树荫里头去了。刘粉娥倒也说话算话，朝陈富强大声嚷嚷先给我两瓶风油精！先给我两瓶风油精！我嫂子特别需要风油精！陈富强很给刘粉娥面子，别人生意都后一步，先把两瓶风油精给了刘粉娥。刘粉娥拿到风油精就扒开人群跑出去，在大槐树底下把风油精交给了顾命大，夸耀说：“你看，我说到做到吧？抢先买到你要的东西吧？我对你好吧？你得耐心等我啊，我还要买东西呢。”顾命大接过风油精，不得不点了个头就埋脸坐下了。恐惧又来袭，顾命大实在不喜欢这么多人这么热闹的地方，她总感觉怕怕的，她再不去逛了，啥都不买了，就在树底下埋脸乘凉、打盹、看地上蚂蚁，单等刘粉娥买好了东西就回家。那个地摊摊主陈富强，踮起脚，紧紧追随刘粉娥的身影，这就看到了顾命大。一下子，陈富强脑海里疑云顿生。他赶紧朝刘粉娥招手。刘粉娥一看陈富强对自己招手，顿时喜出望外，眼睛亮晶晶，拔腿就往陈富强地摊跑。你看看人家城里来的地摊，尽管生意并不大，陈富强却说一口武汉话，大夏天也穿耐克旅行鞋，戴太阳镜，戴棒球帽，手上是腕表，货品用登山双肩包挎背来，又帅气又精明。通顺大超的王旺发，也一直注意着刘粉娥和那个地摊摊主，他真的很是不爽，就胡乱逮住谁都大声呵斥。刘粉娥觉察得到王旺发的强烈醋意，心里倒是有点儿偷着乐。地摊摊主陈富强也察觉得到，但他觉得自己很冤，他是醉翁之意不在酒呢。烂泥湖村村口的场地上，风云在暗中涌动。陈富强告诉刘粉娥，他还有祛痱花露水，六神牌子今年出的新款，再给你那个——刘粉娥说：“我嫂子。”陈富强立刻花言巧语说：“哦，你嫂子呀，那我更加要特别照顾了。今天带货不多，就剩下两瓶了，这一瓶送给你，这一瓶送给你嫂子，给给给，莫被别人抢走了，先给你嫂子递过去再说。”

烂泥湖村的村口有一个水塘，水塘边有棵老槐树。塘水发臭，树下是垃圾堆，大热天毒太阳的，臭气熏天，人都不愿意过去，只有顾命大一个人待在那里等刘粉娥。

不过等的时间不长，刘粉娥就过来了，举着一瓶祛痱花露水，脸盘笑成一朵大花，那个地摊摊主简直太给面子了！

刘粉娥报喜似的说：“嫂子哎，我又给你拿来了好东西哎，要不要？要就要好生谢谢我！”

顾命大看都没有看，急忙说：“不要不要，我随么东西都不要，我只要赶快回克！”——顾命大的声音，正是陈富强所要的，人什么都会变，只有声音和乡音是变不了的。追随刘粉娥过来的陈富强，一下子就听出了顾命大的声音和乡音——地地道道的周陈湾土话。陈富强激动万分，急眉煞眼，跑步超越了刘粉娥，冲到顾命大面前，叫了一声：“妈——”随后，扑通，在顾命大面前跪下了。

陈富强这声呼喊，是晴天霹雳，直叫顾命大魂飞魄散。顾命大忽然把眼睛睁得老大老大，直直瞪着陈富强，无数记忆，整个人生半辈子，顾命大要拼命忘掉的许许多多记忆，顿时纷纷涌现，密密麻麻，挤满眼前世界，刺得她眼睛生疼，泪水哗哗流出来。

顾命大是三十三岁那年投河自杀的，没有死成，东躲西藏了二十年。最后是机缘巧合，完全是托菩萨的福，神奇地再次遇到河南老九，河南老九把她带到无浪村，他们摆了喜酒成了婚，十二年的日子平安和顺，顾命大基本都是大门不出二门不迈的。不料，今天顾命大第一次来到集市上，就被陈富强，她的大儿子，找到了她。哪有这么巧的事情啊！陈富强，这个坏种，从小就又奸猾又霸道，从小就欺负他的亲娘。怎么老天不睁眼呢？

刹那间，顾命大面无人色，身子打飘，伸手去抓刘粉娥，手到半空，折断了一样，垂直掉落下来，双膝一萎，人就倒了下去。

风云突变，刘粉娥惊呆了，王旺发惊呆了，烂泥湖村一场子的人都惊呆了。而且所有人，都面面相觑，都糊涂了，因为谁都没有注意到发生了什么情况。就是刘粉娥，也只是看见那个地摊摊主冲过去，冲过去说了一句什么，她也没有听清。一切都发生得太快了。

三

这一刻，唯一明白的人是陈富强，唯一狂喜的人也是陈富强。苍天有眼！陈富强终于找到了他们的母亲！尽管母亲还没有来得及与儿子相认就晕倒过去，也丝毫减损不了陈富强的狂喜。他认为，这并不奇怪。一个做妈的，二十年都没有看见的大儿子突然出现在面前，她感情上受到强烈刺激，这是自然的。第一时间，陈富强实在是为自己自豪：他的寻母，创造了一个奇迹！

顾命大跑掉那一年，陈富强才十四岁。十四岁的少年，已经懂得家里发生了塌天大祸。家里一下子没有妈妈了，一天三餐的烧火煮饭断顿了，家里鸡鸭猪鹅也没人喂食照料了，屋子里乱七八糟到衣服鞋袜锅碗瓢盆连同书包铅笔，要用啥找不到啥了。这且不说，更可怕更可恨的是，几乎全村的人都看他们家笑话。这种羞辱，当过大队干部的爷爷陈有锅实在咽不下这口气，陈有锅恨得发脾气骂娘、拍桌子打椅子、不吃饭只吸烟。陈富强的爸爸陈金泉，实际人人都叫他歪毛，歪毛是最窝囊的，就只会躲在家里哭喊叫骂，鼻涕眼泪一把把地往四壁甩，往自己三个孩子身上撒气，逮住哪个都死揍。村里假装同情他们家的那些人，在路上见到陈富强、陈富凤、陈富有三个孩了，就要主动过来问："你妈回家了吗？"个个都是阴阳怪气，笑里藏刀。十四岁的陈富强，都看在眼里，都懂。

当年流行一首煽情歌曲，叫作《世上只有妈妈好》，被中央电视台反复演播，搞得全国人民都喜欢唱。那首歌是陈富强最初接受的关于母爱的表达，母亲这一跑掉，这首歌就让陈富强特别敏感和反感了。陈富强拉扯着十一岁的妹妹、九岁的弟弟去上学，同学们追在他们后面唱歌，故意地反复唱一句："世上只有妈妈好，没妈的孩子像根草。世上只有妈妈好，没妈的孩子像根草。"这不是骂人吗？陈富强兄妹三人在母亲跑掉以后，的确是衣不遮体、蓬头垢面、鼻涕拉忽的，连草都比他们干净和精神。陈富强听着听着就受不了了，转身冲过去，跟同学打架。一次次，打得鼻青脸肿，打得头破血流，打得不可开交。

陈富强表面上说他也喜欢唱"世上只有妈妈好，有妈的孩子像块宝"，他经常用歌唱来表达对妈妈的热爱、歌颂和想念，这是陈富强写的作文，曾获得语文老师的高分，在全班当作范文朗诵。但事实上，十四岁的陈富强，心里非常痛恨妈妈。他痛恨她不负责任，随便离家跑掉抛弃自己儿女；痛恨她不顾家人脸面，致使他们全家遭人背后戳脊梁；痛恨她一点儿都不考虑大儿子陈富强正要初中毕业准备考重点高中，把这样一个学习成绩很不错的学生娃，一夜之间变成了妈妈——顾命大自己的角色，烧火煮饭打草喂猪，上要照顾爷爷爸爸，下要照顾妹妹弟弟，还有地里庄稼又长草了又要上肥了！陈富强也才十四岁啊！陈富强痛恨他的家乡。他的家乡是农村。痛恨地里庄稼，农活儿太苦太累！陈富强也痛恨专横跋扈的爷爷陈有锅，为了他自己的脸面，心狠手辣，每次都逼陈富强考试拿高分，拿不到高分就吊起来打，尽管陈有锅口口声声说陈富强是他的心头肉。陈富强痛恨他爸爸歪毛，一个油瓶子倒了都不扶的二流子，好吃懒做，就会闲逛、混光棍、惹女人，在村里人人不齿。陈富强痛恨他们周陈湾所有姓周的，专门欺负他们姓陈的，搞阴谋诡计，整垮了曾经当过大队长的他爷爷。陈富强痛恨女同学周稳霞，是她自己主动回头朝陈富强笑的，笑了三次，但却把陈富强写给她的信交给了老师，害得陈富强被全校点名批评，变成了女同学见面就尖叫躲开的小流氓。

母亲的突然跑掉，引起一场剧烈震荡，把陈富强震醒了。这是陈富强最初的人生觉醒，来得十分猛烈、激愤和莽撞。

陈富强噩梦醒来是清晨，小小少年清楚地发现自己是这样痛恨眼前的一切。一切一切，他都不可以再忍受一天。一个远大的人生理想，如旭日东升，照亮了少年的心：陈富强得离开家乡，进城打工，赚钱致富，出人头地，讨城市老婆，把户口弄到城市去，彻底做一个城市人，这辈子绝不再做面朝黄土背朝天的农民，这辈子绝不回到农村生活！

初中毕业的陈富强，决定放弃报考长埫口公社重点高中，并反复动脑筋想说辞，很有心计地设计好了对爷爷的说法。陈富强很了解陈有锅，陈有锅是陈家的当家人、主心骨，家里大小事情都是他说了算。陈有锅有一双鹰隼般的眼睛，能够穿透人心，如果让他看穿了孙子的心思，他肯定不同意放孙子远走高飞。陈家老老少少、面子里子、家里地里，都非常需要和依赖陈富强，而陈富强，根本不需要他们，没有他们这些累赘，陈富强才会有希望。

选择了一个凄风苦雨的深夜，光线如此昏黄暗淡，陈富强面对爷爷，低垂眼睛，严密掩饰自己的心思，首先提起妈妈来。一提起妈妈顾命大，陈富强未成句，先流泪，然后紧握小拳头，强忍抽泣，勇敢地说他得放弃中考，放弃念书，进城打工，主要是想一边打工一边寻找母亲。陈富强冲动又动情，发誓道："爷，我要妈妈！家里没有妈妈不成！你让我出去，我一定要把妈妈找回来！"

陈有锅一听，震撼了，大巴掌拍在桌子上，喝道："好！我孙有志气！"

陈有锅多日的郁闷颓废终于被长孙陈富强的志气驱散，"好！好好！"陈有锅激动得再三拍桌子。他不仅同意陈富强进城打工并且还表示了强烈的支持，掏出家里仅有的几块钱积蓄，拿出一半来交给陈富强做路费，悲壮地说："我就知道你，我的长孙，是个人物！你要给我记住，你，是个人物！天生就是！你出生的时候紫气东来，这是几百年才出一次的吉兆，往上听说那还是陈友谅出生才有过。"

陈友谅是陈汉一任皇帝，出身江汉平原农家，一直是世世代代江汉平原农民的自豪。陈有锅咬牙切齿地说："富强啊富强，你一定要把你妈找回来啊！"

“富强啊，你妈丢尽了我们陈家祖宗八百代的脸，你一定要报仇雪恨啊！”

“你，一定要给我把她找回来！顾命大，她生是我陈家人，死是我陈家鬼！我活要见人，死要见尸啊！”

陈富强狠狠点头。陈有锅也狠狠点头。爷孙俩都有烈火在心里头熊熊燃烧。

翌日，陈富强就离开了家乡。

陈富强健步如飞，一走上318国道，他展望无穷无尽伸向远方的公路，感觉有无限的可能性等待着他，十四岁的少年，发出一声长长的嘶喊，如释重负。

最初，陈富强并没有真的以寻找母亲为己任。他还是一个十四岁少年，严格地说他还是一个小孩子，就只是比较有鬼心眼，找到了这么一个足以打动爷爷的理由。出门一天，肚子就饿得慌，又身无分文，赚口饭吃比什么都重要。一天后，陈富强就在318国道汉江旁边的一家小餐馆洗碗打杂了。没日没夜地洗碗打杂，做不完的琐碎事，任凭小餐馆夫妇驱使打骂，累得深更半夜倒在床上就睡着，哪里可能做什么寻母的壮举？

至少在进城务工的头十年，陈富强完全无力兑现自己寻母的承诺。陈富强首先要活下去，他直接进入的，是他自己的打工生活：陌生、胆怯、羞涩、艰难、辛苦，极度劳累，受尽剥削和冷落，熟悉城市并习惯城市生活，比想象得更加不易。为了挣到更高的工钱，陈富强连高楼外墙扎钢筋的活儿都做过好几次。那是最危险的工种，要登到几十层的高楼上，站在边沿扎钢筋，为固定玻璃幕墙扎钢筋，日晒雨淋，大风摧残，眼看同伴一脚踏空掉下去，当场摔死，还不止一次。当银行终于有了一点儿存款以后，陈富强还是离开了危险工种，选择了相对安全的专业：酒店餐饮。在武汉市越是待得时间长，越是让陈富强意识到武汉市是多么大，周围的陌生人多得超过他的想象，终于陈富强认识到，他的“寻母”就是大海捞针。

但是在老家，在村里，在爷爷和爸爸的认知里，他们根本认识不到大城市有多大，大家都眼巴巴等着，坚信陈富强一定会在不久将来的哪一天，突然就把他妈带回家了。陈富强这个陈家的头男长子，那是很有志气的，很有名堂的。陈富强很满意并陶醉自己在老家的光辉形象，他当然会努力维护自己的这种形象。逢年过节，陈富强回乡团聚，他总是要在火车上或长途汽车上，就编好“寻母”故事的进展情况，基本都是情节曲折，过程复杂，最后是遗憾地尚没成功，不过只差一点点了。陈富强从小就比较会忽悠人，经过在武汉市做酒店或餐饮，从服务员逐渐升级，做到领班、主管、运营部主任等职，陈富强锻炼得更会说话了。他见人说人话，见鬼说鬼话，眼耳鼻舌身意所在之处，都可以信手拈来编故事。陈富强在城市打工练就的这一套看家本领，用来应付在乡下老家日益老去的爷爷陈有锅和爸爸歪毛，应该够用。

之所以说应该够用，而不是完全够用，主要陈富强还不是他爷爷陈有锅的对手。爸爸歪毛很好对付，大儿子说啥他都信，都听得津津有味，每年春节团聚的目的，主要是想方设法找大儿子要几个钱。歪毛对其他两个孩子，也一视同仁，或者说一律漠不关心，任其自然生长和存活，对大儿子出生时候“紫气东来”的传说显然不以为然。爷爷陈有锅却是声色不动的神情，这情景很冷，很逼人，会让陈富强对自己编的故事露出不自信来。但又的确，陈有锅特别偏爱陈富强，固执地相信陈富强“紫气东来”，将来一定是个大人物。每年春节陈富强都要私下给爷爷钱，每次陈有锅都不要，他硬说自己有钱，够花。他说陈富强挣的都是血汗钱，不容易，又要寻母，路费多，电话多，花销大，钱你自己用，你对陈家是有责任的，是有承诺的，希望就寄托在你身上了。面对爷爷陈有锅的冷静和话里有话，陈富强很有畏惧感。陈富强承认爷爷最宠自己，但陈富强同时也认为爷爷陈有锅很自私，很讨人嫌，一直在暗暗给他压力，随着时间一年年过去，似乎在怀疑他没有全力以赴地寻母，神情里头就有些看不起他——陈富强最受不了的就是这个！

是的，不错，陈富强心底里也开始恨爷爷陈有锅了。这个老不死的！一辈子没有走出乡下老家的死老头子，还敢看不起已经在大城市做过领班、主管、运营部主任的孙子陈富强！老不死的！走着瞧吧！

当然，陈富强还是最恨母亲顾命大。都是她害的！传说一会儿是她自杀了，一会儿是她被人贩子卖到河南了——她又不是不识字的——为什么宁愿被人贩子卖都不回家呢？！真不要脸！不管怎样，活要见人死要见尸，陈富强不会放过害他们全家的贱女人！不是不报时候未到！

四

不过的确，爷爷陈有锅看人看事都非常眼毒。有几年，陈富强是有点儿走神，问题是这个死老头子是过来人，他应该明白自己孙子在青春期的正常生理要求啊，陈富强难道不需要花时间花精力先去解决个人问题吗？爷爷陈有锅难道不应该首先关心孙子男大当婚的人生大事吗？死老头子！眼看他一年年衰老，眼看他啥都不顾了，眼看他慢慢就剩下一个心思：活着看到陈富强替他把顾命大带回家！活着把这个老脸的脸面给争回来！可是，陈富强有自己的人生要建设，因为这个穷得叮当响的家里，没有任何人可以帮陈富强，一切全靠他自己。不过陈富强也是从来没有忘记过寻母这件天大的事。毕竟，话说回来，这个穷得叮当响的家里，就这个满腹深仇大恨的死老头子，从来，坚决，不要陈富强的钱，总是叮嘱陈富强把钱攒起来，这也算是天大的支持了。陈富强对爷爷陈有锅的感情复杂，一会儿阴一会儿阳的。陈富强认为，这也都是他母亲顾命大造成的。

陈富强在二十岁之后有那么三四年，男性激素汹涌澎湃，导致他的主要精力集中在了性的需求和探索上。这期间，陈富强嫖过妓，主要在发廊和休闲屋。嫖妓感觉很不好，不是匆忙潦草，就是虚情假意，再就是遇到警察扫黄，狼狈逃窜。然后，陈富强就想找个对象谈恋爱，但在城里找对象谈恋爱，太难太苦。比如陈富强爱看书，偶尔会去图书城或者图书馆，在这些地方，陈富强也遇到过合意的女孩儿。双方一约会，女孩子发现他是民工，约会就不再有第二次了。痛苦！这种痛苦都不能叫作痛苦，那叫锥心刺骨，痛不欲生！后来有一次，陈富强跟着朋友去某个工地上玩，遇到大篷车商演。演出队最年轻漂亮的演员嘉玲，正在纯情而忧伤地演唱《心雨》，这是陈富强最最最喜欢的一首抒情歌曲。陈富强一听就听到了心坎上，腿就走不动了，眼睛直直盯住嘉玲。嘉玲也一眼看上了陈富强。每首情歌，都看着他眼睛唱。陈富强也从来没有这么激动过，想都不想地举起一张百元红钞，摇啊摇地递了上去，全场哄笑鼓掌，大篷车团长不失时机地喜气洋洋地替陈富强下了一场钱雨，在他头顶上撒了一大把一元钱的钞票。演出结束，陈富强就带嘉玲去吃消夜，两人当夜就好了。马上陈富强忙着搬出集体宿舍，忙着单独租住房子，一日不见如隔三秋的这对男女青年很快同居了。一同居，话说多了才发现，两人的武汉口音里都露出了乡音：原来嘉玲的本名周春枝，老家就在周帮。周帮就是陈富强十四岁出来，最初混过的地方。甚至，嘉玲也知道那几家小餐馆，专门收罗死鸡死鸭，冒充活鲜家禽，重味烧卤好了，高价卖给国道上的大卡车司机们吃，赚了很多钱。嘉玲家里还有亲戚嫁到周陈湾呢。嘉玲很热情很巴结地说我们哪天回周陈湾看望你爷爷和爸爸吧。那么，嘉玲问："你妈呢？"陈富强摇头。嘉玲不悦。"你妈呢？""死了！""怎么死的？"陈富强摇头。"怎么死的？"陈富强还是摇头。"么样死的吵？"嘉玲的同乡口音就出来了，颇具威胁性，"你不告诉我，未必我就不晓得打听？周陈湾未必我就找不到地方？两人都在一起了还兴藏着掖着？又不是有什么见不得人的事。"陈富强听到这里，心头火起，抡起巴掌，扇了嘉玲一个嘴巴子，嘉玲反应也快，反手甩过去也扇了陈富强一个嘴巴子。一场在陈富强看来轰轰烈烈的爱情，就这样结束了。事后陈富强又把这一笔账记到了他母亲顾命大头上。陈富强有强烈的心结，就是不想要自己喜欢的女生了解他们陈家的根底，知道他母亲的丑闻。说穿了，女人仅有漂亮是不够的。男女双方都是乡巴佬，将来后代还不是乡巴佬？户口还不是进不了城？

陈富强有了一些恋爱经验以后，他冷静下来，认为自己应该找一个武汉本市姑娘。一般这种姑娘对乡下不感兴趣，不会多嘴多舌，对他们家的事情刨根问底。更重要的还有，按规定孩子的户口随母亲，那么将来陈富强的后代自然就是武汉市户口，自然就是城市人了。不过，嘉玲的确漂亮，眼睛亮闪闪的像星星，脸蛋儿光润润的像丝绸，陈富强真心舍不得。但是舍不得也要舍，这场爱情结束以后，陈富强大病了一场。后来，陈富强相中了李莲莲。那时候，陈富强从“俏江南”出来，被“俏红南”挖去做台面主管，李莲莲正好辞工离开“俏红南”。李莲莲是收银员，很受老板信任的职位，主管陈富强找她谈，说这么好的职位放弃太可惜，李莲莲低眉顺眼，语言简短，只说没有什么好谈，不想做就不做了呗。几个月之后，陈富强又被更高的薪水挖到“湘鄂情”，李莲莲就在隔壁的“阿二靓汤”做收银。陈富强观察到，李莲莲总是正襟危坐，收银认真，聚精会神，不苟言笑，与其他迎宾小姐也没有过多地聊大玩耍。一回生二回熟，他们也算是熟人了。“阿二靓汤”生意没有“湘鄂情”好，李莲莲想跳槽到“湘鄂情”，找陈富强打听。陈富强就请李莲莲喝咖啡。在喝咖啡之前，陈富强已经摸底了。李莲莲是武汉市人，早年发生车祸，父母双亡，她在叔叔婶婶家长大，与他们没有多少感情，她自己读了财会学校的专业，靠自己打工养活自己。李莲莲最大的缺点就是长相，她个矮、人胖，两只眼睛明显不对称。但是长相的缺点对陈富强来说并不是缺点，是与他匹配的一款条件。如果李莲莲是一个漂亮的城市姑娘，她还会要民工出身的陈富强？就算陈富强堪称帅哥，那又怎么样？

陈富强是民工出身，但是陈富强并不想永远都是一个民工。在十多年里，陈富强经历了五花八门的大小餐馆，他完全了解了一些餐馆的暴利秘密：进货——假烟、假酒、假冒伪劣原材料，以次充好的鱼翅燕窝等高级食材。陈富强已经起心自己单门独户做餐馆，怎么黑，他都会。也就是千方百计低成本、高利润，只要心狠，不难。差就差个搞财务的、会做账的、会应付税收、收银不搞鬼的，这个合作者，要想和你完全一条心，那就只能是你的老婆。李莲莲正合适。

两人一起把咖啡一喝，陈富强的老婆就是李莲莲了。决定了李莲莲，陈富强又想起了嘉玲。把两个女生的长相一比，陈富强不免也抹了一大把眼泪。但是做老婆，绝对李莲莲合适，陈富强的后代立刻翻身做了城市人，他又不免美滋滋地哈哈大笑一通。李莲莲到底是城市女生，不漂亮身价也还是在那里，也是有底线的，就是不肯轻易与陈富强上床，就是要考验陈富强，要看看他究竟是否诚心实意有爱情。陈富强是精明人，立刻明白，便立刻拿出爱情来，竭力模仿轰轰烈烈的感觉，玫瑰巧克力星巴克咖啡烛光晚餐生日礼物，一样都不少。大半年过去，陈富强表现不错，他俩这才搬到一起，正式开始恋爱走向婚姻。就算长相平庸如李莲莲的女生，也总还是遗憾陈富强的乡下出身，总还是嫌陈富强的武汉话不够标准，乡下口音重。这当然也让陈富强很讨厌，但是人不可能十全十美。嫌弃乡下口音的问题，陈富强忍了。问世间情为何物，陈富强认定还是利弊权衡得当就好。

在爱情婚姻问题上，陈富强再一次表现了他过人的聪明。十四岁的农村少年在外出打工十多年以后，成功地带回了城市出身城市户口的老婆，在周陈湾，这可是一项丰功伟绩了。陈富强把李莲莲带回家乡周陈湾，举行了隆重的婚礼，尽管是黄泥巴地，李莲莲还是穿着洁白婚纱曳地长裙，陈富强是西装革履鲜艳红领带。这场喜事轰动了四里八乡，乡人们看热闹是人山人海，陈富强全家人对着人山人海一大把一大把撒喜糖，那个群情沸腾。就这场婚礼，明显让爷爷陈有锅年轻了好几岁，也让陈富强的歪毛爸爸好好地享受了一番得意忘形。这番衣锦还乡光宗耀祖，使得爷爷陈有锅感激涕零无比沉醉，破天荒地自觉没提陈富强的寻母之事。

然而，陈富强自己在婚后，倒是把寻母之事郑重地提上了议事日程。

五

仇恨是逻辑的基础。就算没有逻辑的事情，仇恨也可以踏出一条逻辑的小路。婚后，陈富强总不能永远对老婆不提自己母亲吧？永远不提就是有意隐瞒什么，日子长了老婆会因此瞧不起你。陈富强绝对不可以被老婆瞧不起！告诉老婆说母亲死了，万一以后出现了呢？顾命大，你这个该死的下贱的女人！太害人了！

再一晃，陈富强的儿子出生了。儿子成长得很快，转眼就牙牙学语了。儿子马上就问奶奶呢。因为别的小朋友都有奶奶呀。告诉儿子奶奶死了，万一以后出现了呢？而且陈富强的儿子，最好是爷爷奶奶双全，这才是正常家庭，不然村里人还是会在背后讥讽嘲笑。陈有锅在荣升太爷爷之后当然万分高兴，自然也更加万分地依赖陈富强了，抓住陈富强的手不放，悄悄地反复地恳求："赶紧为你儿子找到奶奶吧！你总要给你儿子一个交代的啊！还有你爸，他病成这样了，他需要老婆伺候啊！爷爷我做不动了啊！"爷爷陈有锅日渐老朽，仇恨的怒火却更加炽烈，似乎他那一把老骨头，就是为报仇雪耻在强力支撑着："你不给我把她抓回家，我死不瞑目！"爷爷陈有锅已经七老八十了，爸爸歪毛也已经五六十岁了，已经两次中风，半个瘫痪，都是爷爷陈有锅每天为自己儿子歪毛烧火做饭，端屎端尿。这应该都是母亲顾命大的事情啊！陈富强看得心酸，曾经威风凛凛的大队干部陈有锅，这个一辈子挺直腰杆绝对不肯输人的男子汉，硬是打掉了牙往肚里吞，一直死撑着不肯倒下，家里家外风里雨里，都是他一个人忙里忙外，对外还总要装出笑呵呵，对孙子也开始卑躬屈膝地恳求了。都是顾命大害的！这个该死的下贱的女人！陈富强看他爸爸歪毛也可怜，吃喝拉撒自己都搞不定，蓬头垢面，胡子拉碴，满脸鼻涕眼屎，这都是顾命大害的！这个该死的下贱的女人！人家都说伟大的母亲，文学也都歌颂母亲的伟大，为什么偏偏陈富强的母亲顾命大这么下贱？！

乡村就是这样，家家户户，日子都是比着过，比着过是他们生活的动力。针尖对麦芒，你家比别人好你就脸面光彩，你才有资格笑话别人。就算你家得了重孙子，你家女人跑掉了一直不回家，据说还在外面被人贩子卖，这就还是一个笑柄。你家男人过得叫花子不如，它就是一个笑话。而陈富强兄妹三人，都在外面打工，肯定是不可能待在村里照顾老人病人的，年轻一辈人都有自己的生活，那是绝对不可能返回乡村，照顾老弱病残，刨土种地的，现在是母亲顾命大照顾老小的时候了。所以，寻母就是一个硬道理了，陈富强必须得抓紧寻母了。

怎么寻母？怎样下手？事情也就是这样巧妙：人生可以

谋篇布局，寻母也可以构思策划。

三岁儿子上了幼儿园，有一天陈富强骑自行车来接儿子，儿子却问："爸爸你什么时候开小车来接我？就像我们班上小朋友的爸爸一样。"陈富强心头就被狠狠一撞：买车！好吧，咬牙买车吧，不能让儿子输在起跑线上，别人有的，陈富强的儿子也一定要有。娶妻买房，要还房贷。生子买车，要还车贷。于是，怎样才能赚更多的钱呢？这是一个异常严峻的问题。

陈富强冥思苦想，冥思苦想。陈富强已经在开自己的新农牛肉店，生意还不错，武汉经开区有一家，他还想在十里铺再开一家连锁，财务有老婆李莲莲。妹妹陈富凤也来了，管大堂。弟弟陈富有也入股了，管进货送货之类业务。陈富强做董事长、总经理。尽言餐饮行业的利润已经高得像神话了，但是，食材原料水涨船高，一直在涨价，就这样赚钱，钱也还是不够多。生意不错是不够的，生意要火爆才行，要顾客盲目到不管三七二十一，都想买你家牛肉，都想吃你家牛肉面，都想喝你家牛肉汤。如何才能够做到让顾客盲目热情呢？陈富强冥思苦想。冥思苦想，有了：出名！只有你出名了，社会热情才会盲目高涨。看看那些娱乐明星，看看那些广告，看看那些广场和写字楼里到处在举办的讲座活动，不就是在千方百计出名吗？冥思苦想的陈富强，有一段时间天天看报纸、做剪报，把社会轰动事件剪辑成册，再仔细研究。突然，陈富强笑出声：自己不是正有一桩事情可以轰动社会吗？寻母——孝子寻母！

关键是“孝子”！社会吃这个！孝子陈富强跋山涉水备尝艰辛坚忍不拔持之以恒寻母二十年！只要媒体一报，陈富强绝对出名，就再也不愁顾客盈门，商超找他进货，“共和国脊梁”之类的奖，都有可能评选到他。

构思出来了，办法找到了。一举两得，一箭双雕。陈富强挠挠自己脑袋，感觉自己怎么就这么聪明啊！

就这样，陈富强咕咚一下子，茅塞顿开，迷上了孝子寻母这个构思。原本陈富强就是有创造奇迹的梦想和渴望的，内心深处一直觉得自己是一个非同凡响的人物。老婆李莲莲再不漂亮，在陈富强面前，她也还是有城里人的优越感，等到陈富强做出惊天动地的事情来了，李莲莲那还不是彻底折服。说不定嘉玲也会慕名而来，他俩旧情复燃，陈富强就可以来一段婚外情了。嘉玲漂亮陈富强帅，一个情字怎了得，那么陈富强的人生就丰富多彩了。

说做就做，行动起来。行动是需要投入成本的，他启用了自己私人的小金库。

陈富强暗暗地、悄悄地开始了真正的寻母行动，他隐瞒了家里所有人。陈富强不傻，所谓“寻母”项目有一举几得的好处，那都是虚拟。成则有，败则无。失败了等于他所有的投入血本无归。成功了才是惊喜，等到成功了再惊喜大家不迟。接下来，陈富强都是只身一人，以考察连锁店、学习参观、开拓原料生产基地、听大师讲座、与投资人见面谈意向等理由和借口，到处“出差”，不断外访，四方打听，河南、湖北两地跑来跑去，郑州、信阳、襄樊、孝感、老河口，陈富强都跑遍了，折腾了几年，最后锁定了河南人这个群体。因为在陈富强获得的情报里，他的母亲顾命大，最后应该是被河南人贩卖了。

于是，大半年前的一天，天气不错，有太阳，武汉市经开区烂泥湖村通顺大超的老板王旺发，与长年在通顺大超门口玩麻将的三个老头子，他们远远看着一辆路过的长途汽车，在通顺河的青石桥那边停了一下，放下了一个人。这个背着巨大登山包的陌生人，径直朝烂泥湖村走过来。这就是陈富强，几年来到处捕风捉影屡遭失败的陈富强。这一次他又顽强地振作精神，以小商贩的身份，以摆地摊的形式，进驻经开区的烂泥湖村集市。因为据说武汉市的河南人主要聚居在这一片偏远又荒芜的湖区。

在几双警惕、沉默且淡漠的眼睛注视下，陈富强一直走到场地上，卸下背包，跑到王旺发等人面前，敬奉了香烟，送上了两瓶黄鹤楼酒，作为门槛礼，放在了通顺大超柜台上，请王旺发收了。王旺发点了点头，陈富强就摆开地摊做生意了。

陈富强地摊的货品，明显是针对妇女婆婆这个群体的。他隔三岔五来一趟，十分热情接待所有妇女婆婆们，也很有兴趣与她们聊天攀谈，推荐价廉物美的商品，接受她们的讨价还价。陈富强地摊的好口碑很快传开，湖区各乡村的妇女婆婆们奔走相告，陈富强生意越来越好。但是大半年过去了，陈富强几乎认识了湖区所有的妇女婆婆们，就是没有母亲顾命大的蛛丝马迹。刘粉娥很快就引起了陈富强的注意，她年轻好时尚，热情又活跃，有明显的河南口音，还口无遮拦喜欢说话，虚荣心强很容易上钩，陈富强给她丢几个眼神，买东西给更大优惠，刘粉娥就喜欢上了他。为了接近刘粉娥，陈富强特意进了许多时髦的世界顶级名牌小商品，当然是极其便宜的假冒仿制品。刘粉娥发觉陈富强在曲意奉承她，也就积极地投桃报李。陈富强每次出摊，刘粉娥都会过来热情捧场。一来二去，两人就熟了。陈富强借着忙生意，将刘粉娥希望的热聊控制在一定的温度之下，是有一搭无一搭的节奏，也将与刘粉娥的对话控制在两个话题中，一是“河南人聚居在附近哪些村庄”，二是“你能不能帮我带过来更多顾客”。陈富强太聪明了，首先他对刘粉娥没有个人兴趣，丰满微胖浓妆艳抹热情夸张型并不是陈富强的菜。其次他这是在深入虎穴暗中寻母，必须小心翼翼，河南人又不是好惹的。再说陈富强也觉察到了王旺发与刘粉娥的微妙关系，他也不想得罪王旺发。问题是王旺发似乎对刘粉娥非常有意思，所以尽管陈富强觉得自己已经拿捏得当，王旺发还是强烈吃醋了。陈富强生意太好了，王旺发也不高兴，其他小商贩也不高兴，感觉上陈富强树敌不少。陈富强实在冤枉，他真的不是为了赚钱啊，他有他的目的啊，这话不能说，也说不清。唉，社会上，人群中，条条蛇都咬人。烂泥湖村表面上就是一个普通村子，看上去人们都只为吃喝拉撒。但是陈富强一旦置身其中，复杂的利益纠葛与情感纠葛都开始发生，与所有人之间的分寸，他都必须小心把握。陈富强的寻母，真是太不易了！

后院也起火了，老婆李莲莲的吵闹正在逐步升级。发现陈富强频繁出差，鬼鬼祟祟，谎话连篇，李莲莲就认定陈富强外面有人，陈富强赌咒发誓，断然否定。过几天，李莲莲又发作了。李莲莲的直感告诉她，男人在家心不在焉，谎话连篇，肯定就是在外面有事。陈富强被吵得烦死了，动手打了老婆。李莲莲不和他对打，直接打 110，报警家暴。

吵闹是吵闹，否定是否定，陈富强的寻母项目还是在继续，他是一个开弓没有回头箭的男人，以后给惊喜的时候，李莲莲感谢他都来不及。陈富强还是在继续躲躲闪闪，频频外出，托朋友做笼子，撒谎编故事，还加上摆脱老婆李莲莲的跟踪吊线，真是很费力伤神啊。看来中国实在是太大了。找一个人太难了。要是一个普通人，早就放弃寻母了，都二十年无影无踪啊！陈富强告诉自己，他不是普通人，他必须得盯住目标，排除万难，坚忍不拔。

只不过烂泥湖村太复杂了，人头也都摸排过了，完全没有有效信息，陈富强真是有点儿顶不住了。这个地方不知道为什么，有时候蓦然一阵阵地让他后背发凉。今年这个夏天又特别溽热，陈富强进货背货，大老远转乘几次公汽，跑到烂泥湖村来摆地摊，也实在累坏了。看来烂泥湖村是又一次失败。这是最后一次了。然后，陈富强准备撤了。

然而，今天到了。今天！

这是陈富强一个无比幸运的日子！

到底还是刘粉娥，陈富强预感没有错，陈富强没有白下功夫，没有白聊，没有白丢暧昧眼神。刘粉娥终于把他母亲顾命大给带出来了，不知从哪一个人鬼不知的角落。远远看模样，陈富强还拿不准。一听到说话，陈富强一下子就拿准了。这就是母亲顾命大的本村口音和嗓音，母亲顾命大的嗓音和口音，都没有变化，与二十年前一模一样。天啦！功夫不负有心人啊！陈富强的心狂跳起来，其实他并不想跪下的，不知道怎么双膝一软，扑通一声跪下了。跪就跪了，不丢人。这场戏，只会演得更真。在母亲顾命大面前，他是孝子啊！陈富强是天大的孝子啊，他被自己感动了，他涕泪横流，他跪拜苍穹，双手合十，谢天谢地，陈富强果真创造了一个奇迹。

六

大儿子陈富强的突然出现，把顾命大吓坏了。往事随之出现，汹涌澎湃，势不可当，一下子冲毁了顾命大花了二十年时间筑建的记忆堤坝，硬是把顾命大活生生拽回了她的人生起点。

死亡在人生起点那里，就一直觊觎着顾命大。

一般说来，人人出生，都是以存活为目的的。至少人人的父母，肯定是想要一个活婴的。可惜顾命大不是。顾命大投错了胎，她父母不想要她活。她父母已经生了两个女孩子，这一胎只要男孩儿。乡村贫苦农家，溺死女婴的理由太多了。无论是传宗接代、劳动力抑或赔钱货，任一理由，溺死女婴，众人都会表现得善解人意，这是因为，众人的每一个自己，随时随地都有可能面临这种艰难抉择。自古以来，要生儿子，本身就是一个天大的理由。不能够生出儿子，往往被认为没本事；生了儿子，往往被夸赞有本事。“那男人不行！”这是男人一辈子最大的没脸。邻里之间，鸡毛蒜皮的争嘴，只要有人公然以没有本事生儿子来羞辱对方，很容易结下血海深仇。顾命大的父母，当然也不例外，最害怕一辈子人前抬不起头，在村里没脸做人，因此这次的第三胎，溺死女婴的打算，早就做好了。

何况顾命大来得真不是时候，那是 1961 年，大饥荒已经持续了一年多。湖北紧邻的河南乃至更西边的甘肃，不断传来饿死人的消息。这种年景，谁愿意多一张要吃粮食的嘴？偏是顾命大父母想儿子想得发疯，趁年轻力壮勤耕苦作，在饥荒年也侥幸坐了胎。大约这也是他们家住在潮愿村的缘故。潮愿村位于湖北省沔阳县长埫口公社潮愿大队，是江汉平原上的一个小村庄，这一带被老百姓称作沙湖沔阳州。正如民谣说的："沙湖沔阳州，十年九不收，只要一年有得收，狗都不吃锅巴粥。"丰收一年，够吃十年，土地的确是无比丰饶。潮愿村就算年年发洪水，村前村后的田野上，无数大湖小泊，总有野莲藕野菱角自动生长。就算地里颗粒无收，人家房前屋后，也是前有水塘后有小河，水里头总有小鱼小虾以及各种生物很快冒出来。1960 年大饥荒，地里庄稼颗粒无收，潮愿村除了几个老弱病残死掉，倒也没有更多的人饿死。由于河南的贫瘠与湖北的富庶形成鲜明差别，祖祖辈辈都有河南人逃荒到湖北，形成了一条几乎固定的乞讨之路。每年青黄不接的时候，河南人就背一只肮脏的包袱，成群结队、拖家带口、沿路要饭，来到江汉平原，寄居破庙、破败祠堂、废弃的牛栏、猪圈或者干脆就睡在铺子或人家的屋檐下。他们没法梳洗，胡子拉碴，浑身跳蚤虱子，偷鸡摸狗，满嘴谎话，好吃懒做，死皮赖脸，怎么赶也赶不走。久而久之，在江汉平原老百姓的词汇里，生成了“河南佬”一词，是极具歧视性的蔑称，算是最瞧不起人的狠话了。顾命大的父母，在怀胎十月里，默默承受着乡人的蔑视和詈骂，满怀仇恨，只要生出了男孩儿，就是替他们报仇雪恨了。于是乎，顾命大必死的因素，又多了一种。

那是 1961 年隆冬时节，顾命大母亲临产了。从河坝村请过来的接生婆“鬼爪子”，踩着雨水泥泞，在最后一刻赶到潮愿村。顾命大的爹，当着鬼爪子的面，提进一只粪桶，放在床头，又倒进了半桶水，盖上锅盖。这个举动，鬼爪子完全明白，那就是说，如果是女婴，直接丢粪桶淹死。所以当鬼爪子接出婴儿之后，第一时间，就是扒开婴儿的大腿根，让婴儿父母过目。现实很残酷：新生婴儿没有父母朝思暮想的小鸡鸡！产妇顿时苦泪横流。顾命大的爹接过女婴，看都不再看一眼，顺手丢进了粪桶。

奇迹发生了：就在鬼爪子喝完了东家犒劳的一碗炒米茶，正要告辞，粪桶里传出清晰的婴儿啼哭声。顾命大还活着，没有死掉。粪桶漏水，这只粪桶干裂了，箍儿松了，水早就漏掉了。

顾命大的奇迹，并没有止于此。后来震惊潮愿村，并且四里八乡人人称奇的，更是因为后面还有奇迹再次发生。女婴没能溺死，还鲜活地哇哇啼哭，雪白的胳膊腿很有力气地动弹，顾命大的父母就再没有勇气亲自下手弄死自己孩子。他们拜托了鬼爪子。鬼爪子面前出现了一份重礼：一坨红糖加一包京果麻枣！这在吃草根啃树皮的日子里，简直金贵到就是性命本身。这金贵的性命般的高级食品，原本是为生了儿子的产妇坐月子准备的。鬼爪子迟疑了片刻，但她终于无法抗拒。为了不让女婴多受罪，鬼爪子默认了女婴父母的决定：让这个女胎早死早托生。鬼爪子把女婴揣进自己怀里，连夜跑到人烟稀少的荒野，丢进了树丛。这天北风呼啸，冷气刺骨，空中开始飘雪。这一夜过去，女婴肯定冻死。

第二次奇迹发生了：翌日上午，大雪初霁，阳光普照，黑白大花喜鹊在接生婆鬼爪子屋外枝头上雀跃欢叫。鬼爪子大门一开，迎来了几个巡逻队员，带着高大凶猛的四眼，怀抱女婴，威风凛凛的。巡逻队员们连调查和询问都免了，十分肯定地冲鬼爪子说："你吃了豹子胆啊？不睁眼看看洪道是什么地方啊？在这里乱丢死伢子啊？你个日姐姐的谁不都晓得重男轻女是犯法啊！这新社会了你还敢重男轻女？你心里放清白一点儿，赶紧把女婴还回人家去！你们莫瞎搞搞啊，瞎搞搞是要坐牢的杀头的啊！妈个老 × 你们这些乡巴佬，怎么连狗都不如啊？这大雪下得呜呜的，四眼都一定要奔出去，直接就奔去救了这女婴的命哩！你们这些日姐姐的，真是连狗都不如。你个鬼爪子接生婆，谁家有生养，你还敢说不晓得。给老子们送回去！"巡逻队员把女婴塞给鬼爪子，逼她发誓，说：“我要是不送回去天打五雷轰。”

一个乡下接生婆，对高高在上、雷霆万钧的公家人，丝毫没有反抗能力，只能抖抖地照说一遍：“我要是不送回去天打五雷轰。”不过鬼爪子又很相信誓言，一旦发了誓，绝对不可违背，这一下把鬼爪子愁得要死，她不知道为什么这个女婴的命这么大。原来，作为农妇的鬼爪子，从来就没有搞明白：她们河坝村坝外的荒野，并不是荒野，是泄洪道，这里是湖北省沔阳县杜家台分洪闸。这座分洪闸是三十孔巨型闸门的钢铁大闸，国家级水利工程，1955 年开工兴建，工程指挥长直接就是湖北省长张体学。建成后设立的分洪闸管理所，所长直接就是县长的级别。这座大闸是直接保卫大武汉和调节长江全流域洪水的，管理完全是军事化。为防止阶级敌人搞破坏，日夜都有闸管所专职的巡逻队。四眼可不是什么土狗子，是闸管所公家养的狼狗，在警犬基地出生的德国杜宾犬的杂种后代，厉害极了。

由于乡村老妇的稀里糊涂，对国家重点工程的毫无认识，又由于一条嗅觉特别灵敏且来自德国的狼狗，作为新生女婴的顾命大，也就再次发出了清晰的啼哭。

巡逻队员离开后，愁眉不展的鬼爪子在大门口扫雪，偶然发现隔壁新河村的别春芳路过。鬼爪子灵机一动，叫住了她。别春芳是一个灵姑。

又一个奇迹发生了：鬼神出面救命。

自古以来，江汉平原盛产灵姑，昌盛时期，凡有人群的地方，都会有灵姑。灵姑不是巫婆，不是法师，她不作法的，无须借用任何形式装神弄鬼，她就是一个邻家妇女，平时也从事劳动生产，也正常嫁人生子烧火煮饭。灵姑的特殊技能是会腹语。鬼神通过她的腹语，与人类通话。如果谁家需要和自家过世的鬼魂说话，那就得请灵姑。或者从技术上解释：灵姑是鬼神的翻译，是阴间和阳世的桥梁。由于有灵姑的沟通，无数乡人才得以突破凡夫俗子的局限，与家族故人倾诉愁苦，很多难以解决的矛盾，也就在商议中得以化解。请灵姑的效果非常显著：一般人家请过灵姑之后，感觉祖先亲人并没有走远，还在冥冥之中保佑家人，因此心情好多了，脾气也好多了。自古以来，作为江汉平原芸芸众生的精神导师，灵姑深受大众敬畏。自然，请灵姑是要付费的，价格也不便宜。不过，特殊情况可以赊账。偶尔也有免费，那是因为阴德厚积的人家，用前世的善举，抵充了现世的费用。据灵姑别春芳说，顾命大这个女婴，就属于前世积德很厚的。

先是鬼爪子怀揣女婴，送还顾命大父母家。顾命大父母黑脸冷面，拒收女婴。后是偶然路过潮愿村的别春芳，由于雨雪泥泞，不慎滑倒在顾命大父母的家门口。别春芳发出一声呼救，竟是不由自主的腹语，声调却是初生婴儿，连别春芳自己都大惑不解，更令顾命大父母惊恐万状。别春芳就自己主动去请了他们家故人阴魂，阴魂去阴曹地府查看了阎王的生死簿，原来是这个女婴前世积有厚德，命不该绝，且大难不死必有后福，莫看自己是女儿身，身后带的却是弟弟，这女婴若是走了，弟弟也从此没了。

奇迹般的场面出现：顾命大父母，鬼使神差一般，自愿从鬼爪子怀里，接过了他们的女婴。在一片化险为夷的和谐气氛中，鬼爪子自告奋勇为女婴取了个名字，叫顾命大。顾命大是学名，小名叫引弟。

别春芳在被她救命的女婴额头亲了一口，女婴顾命大，竟然对她有笑意。别春芳心一暖，就想为了这可怜的女婴把好事做到底，送佛到西天。别春芳叫过顾命大的母亲，窃窃私语咬耳朵一番，私授了神意。大意是叮嘱她不得夜夜勤耕苦作！不可紧接着再怀胎！至少得隔个两三年！先是夫妻俩能够吃饱养好！后是行房之前男人必须禁欲禁泄至少一个月！还有女人届时用什么水洗身子之类，等等，诸如此类，真真假假，玄玄乎乎，其实都是经验之谈。三姑六婆一类，都是最聪明的女人，欲传神谕，自然都是比常人更会动脑筋，更会琢磨生老病死人情世故的。好在生男的概率，本来就有一半。

四年以后，顾命大的母亲再度临盆。奇迹发生：男婴！

乡人奔走相告，一片啧啧称奇。大家热议的重点并不是男婴，是顾命大。小女孩儿顾命大成功“引弟”的奇迹，使得她此前一次又一次大难不死的故事被挖掘出来，焕发出神话光彩：比如新生女婴顾命大，一挨近粪桶，正要溺死她的粪桶，水就漏掉了。比如天上的大雪，会为新生女婴顾命大自动搭起温暖的窝棚。比如四眼狗，一嗅到新生女婴顾命大的气息就暴跳嚎叫，咬断锁链，奔去救她。比如顾命大母亲之所以成功得子，那是因为顾命大四年来，每天用手摸她母亲的肚子。神乎其神的传颂，轰动了江汉平原。一时间，多少人特意跑来潮愿村，只为看顾命大一眼。多少妇女，一把抱起四岁的顾命大，求她摸摸她们的肚皮。来找顾命大的人们，一般都不会空手，多少都有礼相赠：芝麻、黄豆、糯米、鸡蛋、花生，哪怕一只烧饼锅盔也好，小女孩儿顾命大倒成了他们家的财神，果然是大难不死必有后福。

顾命大出名了，很有名。就连潮愿这个小村庄，都被江汉平原一带乃至更广大的地方，广为传颂，潮愿村人人都觉得荣耀，都喜欢顾命大，都感谢灵姑别春芳。灵姑别春芳也十分开心，除了她自己的灵验程度被现实再一次证明以外，她亲手救下来的女孩子顾命大，日子应该好过一些了。看来顾命大这个小女孩儿啊，还真是命大福大。

但是，料事如神的别春芳，这次错了。顾命大的日子，更不好过了。对顾命大父母来说，三女儿顾命大，才四岁，一夜成名，虽然给他们带来了很多实惠，他们收了礼品，也吃了喝了，他们看到了的，却是顾命大给他们带来的苦恼。这对夫妇认为，真正值得人们注意、惊奇和夸赞的，应该是他们的儿子。应该是他们自己。是这对夫妇真有本事，终于生出儿子来了。可是，群众就是不讲道理了，就是要对一个小女孩儿盲目崇拜，这的确很伤人。顾命大父母面对荒诞的现实，完全不可理解，痛感天道不平。出于虚荣心，他们又不可能拒绝小女孩儿为他们带来的光彩，更不可能拒绝那些雪中送炭的实惠——事实上礼物越多越好。谁送礼更多，他们会强行要顾命大多摸谁几下。顾命大的父母心里很不舒服，严重扭曲和别扭，出门装笑脸，进门就丧脸。他们紧紧怀抱如获至宝的男婴，暗暗垂泪，哑巴吃黄连，有苦说不出。他们常常在屋子的暗处，注视三女儿顾命大，怎么看都看不出她有什么神奇来，都无法抑制对顾命大的厌恶。最摧残人的是，顾命大父母还不得不装出对顾命大好，好像一个小女孩儿的破裤子里露出一点儿小屁股，就是全村人天大的羞耻，都在那里瞅冷眼、嚼舌头，还有虚情假意的硬要把那些破旧衣服当宝贝一样送给顾命大穿，说什么怎么都不可以让顾命大衣不遮体。顾命大父母迫于压力，拉债扯债，去镇上百货商店，扯了三尺花洋布，给顾命大缝了一件新褂子，把这对夫妇恨得打掉牙和血吞。难道村里人不知道这对夫妇自己都没得穿吗？这对夫妇各自就一条裤子，冬天把棉花缝里头，夏天把棉花拆出来。前面两个女儿，从来都是穿父母的旧衣服，缝缝补补，补丁摞补丁。顾命大才四岁，又是老三，按说接姐姐们的旧衣服，是顺理成章的事，旧衣服实在破到缝补都漏缝，那又有什么关系呢？悲哀的是，顾命大父母再不情愿，也不得不替顾命大穿上崭新的花洋布褂子，就因为她是名人。同时也把顾命大两个姐姐恨得咬牙切齿，看到妹妹顾命大凭空穿上崭新花衣裳，她们巴不得她死掉，死掉了新衣服好归她们。每当四周无人，小女孩儿顾命大穿着新衣裳走来走去，夫妇俩的无名火就冒出来了："引弟，过来！"吼叫、责骂、扯头发、打屁股，脱下新衣裳，到猪圈去铲猪屎——做父母的，作为家庭专制者，总有理由，也总有权威实施对他们幼小孩子的仇恨和打击。

顾命大的两个姐姐对她的痛恨，比起她们的父母，有过之而无不及。当初顾命大一活过来，事情就明摆着：这姐妹二人碗里的饭，就被夺走了一口，而"带妹妹"大大增加了她们的劳动量。更没想到，顾命大很犯贱，真的"引弟"成功。这一下子，不仅姐妹碗里的饭又被夺走了一口，不仅又增加了"带弟弟"的繁重劳动，更有甚者，屁大一点儿女孩子，居然突然出名，被父老乡亲们顶礼膜拜，顾命大走到哪里，都是恭维的笑脸，就算两个姐姐紧挨在顾命大身边牵着她的手，人们也当她俩不存在。大姐快十岁了，她对世界有感觉了,冷与暖,爱与恨,喜与悲,也冷暖初知了。大姐心如刀绞。老大的心如刀绞之感，很快就传染了老二。这头胎二胎连接出生的两个女孩子，从小就习惯一起分担与分享，她们是亲密伙伴，是闺中私语的一对诉说者和倾听者，是同甘共苦的死党。她俩都不用商量，自然就配合默契，联手整治妹妹顾命大，很容易就可以让顾命大过得生不如死。无论顾命大被整得号啕大哭还是低声啜泣，无论顾命大被拧得青一块紫一块，无论顾命大被饿得跑到猪圈抢猪食吃，无论顾命大被她俩骗到野外在迷路中惊恐万状，这两个姐姐从无恻隐，更不可能自责，她们只能够看到自己太善良、太老实、太心慈手软和妹妹顾命大的太嚣张。在她俩互相倾吐的心曲里，充满后悔：假如当初早知道有今天，她们就应该把妹妹顾命大果断地扼杀在摇篮里。只怪当初她们太年幼了，幼稚的她们只会恶作剧，故意掀翻摇窝，把女婴反扣在地上，不给换尿布，让大便沤烂她的小屁股,喂食她泥土和鸡屎,诸如此类,凡此种种皆不致命。由于她们心善，让妹妹顾命大长大了。

当四岁多的顾命大,对崭新花褂子还不懂得喜爱的时候,她的姐姐们，却已经对花褂子无比喜爱。这件花褂子，令姐姐们对妹妹的深仇大恨达到顶点。当时仅仅是迫于父母淫威,迫于不敢得罪全村父老乡亲们，她俩不敢直接抢夺妹妹身上的花褂子。但是机会来了。世道说变就变，更大的社会变化是真正的奇迹，新的革命，吸引了所有人的注意力。其间，灵姑别春芳遭难而死，小女孩儿顾命大的光环很快就消退了。而家里人对她的态度更是变本加厉。潮愿村的人，眼看着顾命大的这种苦日子，都以为顾命大会短命，都私下议论说这孩子活不到成人的。

七

这是烂泥湖村的村口场地。场地对面，是村口的小水塘。小水塘边的老槐树，是烂泥湖村村民的畏惧和禁忌。老槐树有点儿妖。传说四十七年前，这棵槐树就已经是一棵大树了，遭了一次雷劈，树干一劈两半。一半的树干，朝着水面倒伏，人们也就不客气地把它变成了踏脚板，却在四十七年的岁月中，踏脚板也在水中翘起头来，生出绿叶。另一半树干，却依然以大树之名顽强挺立，身残志不残，枝繁叶茂得惊人。通顺大超老板王旺发，上头有人，政府的，就在街道办事处当干部，县官不如现管，王旺发因此很有势力。他曾多次以开发农家乐项目的名义，想把停车场推过去，砍掉老槐树，填掉水塘，都没有办成。每一次事到临头，只要决定动手砍伐老槐树了，每每都会冒出一些特别原因或出点儿岔子，总之叫人砍它不成。有一次竟然是王旺发的老娘，在王旺发砍树的前一夜骤然去世，好端端不到七十岁的人。于是慢慢地，对于这棵老槐树，也就传出一些神神秘秘的说法，不免人心生畏惧地敬重这棵树，每年七月半鬼节，也有村民会来树底下烧个香，拜一拜，谁有个头疼脑热不舒服，也愿意在这棵老树下坐着，背靠树干，晒晒太阳，倒真是觉得身子舒泰好多。水塘淹死过几个人，又传说每年夏季老槐树要吃一个人，大热天是都不敢靠近老槐树的。所以，这个老槐树的精灵古怪，村民们人人口里不说心里有，只是怕被扣帽子，说是封建迷信。今天，特别溽热的一天，顾命大就是在这棵老槐树下发生了事故。满场子的人都亲眼看见，那个地摊摊主陈富强，好好做着生意，突然扒开人群跑到老槐树下，对顾命大说了一句什么，顾命大当场晕倒。那个地摊摊主陈富强则四面八方地作揖下跪，疯疯癫癫了。

顾命大倒地以后，发生了更诡异的情节：附近垃圾堆的塑料垃圾袋，顿时噗噗乱飞，其中一只猩红刺眼的垃圾袋，原本朝水塘飘去，中途却毅然折返，一个斜线滑翔，回到顾命大身边，正正地对着顾命大脸部猛然扣下。

青天白日的，所有人都眼睁睁看着，这只垃圾袋分明就像活了一样，鬼使神差，不可思议，又是在老槐树下面。这种超常景象，把烂泥湖村村民心底里原本潜伏的畏惧一下子推向极点。强大无比的恐惧感笼罩了烂泥湖村。一时间，人人无法动弹，个个张口结舌，猫狗噤声，万籁俱静。陈富强也傻了，突如其来的静谧，令他一阵蒙，他僵住了，不知道发生了什么。就连顾命大也不例外，她仰面朝天，竟毫不动弹，一点儿也不挣扎，动物的求生本能似乎都被什么东西镇压了。只见那只猩红的垃圾袋，众目睽睽之下，在顾命大面部静静地鼓起来，瘪下去，鼓起来，瘪下去，几下子以后，忽然静止，以真空状态紧贴她的口鼻处，她下身裤裆处，忽地洇出湿痕，湿痕迅速扩大，顾命大尿失禁了。

刘粉娥最先反应过来。她扑上去，扯掉顾命大脸上的垃圾袋，同时发出呼救："救命！救命啦——出人命啦！"

这一声发喊，让日常动静回来了。树上知了一窝蜂地聒噪起来，路边鸡鸭嘎嘎奔跑，乡村土狗子窜进树丛，机警窥视。几个有点儿胆识的妇女跑上来，大家抱头的抱头，掐人中的掐人中，喂水的喂水，刘粉娥赶紧抓了一把芭蕉扇过来，遮挡住顾命大的裆部。因是刘粉娥把顾命大邀出来的，出了事她脱不了干系，刘粉娥摇着死人一般的顾命人，吓得汗流满面，老槐树下，慌乱一片。

陈富强从地上爬了起来。人是爬起来了，却还怔忪着，脑子里一片乱象，眼珠子无意义地骨碌乱转，这与他估计的太不一样了。他也曾想象，他的母亲或许会喜极而泣，或许会片刻晕倒，然而，紧接着应该是然后，然后母亲会激动地扑上来，紧紧拉住儿子的手。然后，母子相认，至亲骨肉，抱头痛哭。然后周围群众纷纷围观，了解到这个陈富强居然孝子寻母二十年，个个啧啧夸赞。然后报纸和电视台，纷纷赶来采访——事实上陈富强已经联络过《楚天都市报》新闻热线记者，说过他可能会提供一个特大新闻——孝子寻母的二十年，终于奇迹发生，母子相聚。总之，无论如何，都不应该是眼前这个乱糟糟的场面。母亲顾命大倒地不醒，还尿失禁了。尿失禁在老百姓看来，是很严重的征兆，差不多等于人要死掉了。陈富强很害怕很懵懂，烂泥湖村村民既紧张又兴奋。

烂泥湖村出事了，出大事了。场子上的小商贩，一见要出人命了，纷纷撤退。烂泥湖村村民，倒是还有一份侠义心肠，最初一刻的震惊和恐惧很快就过去了。随着王旺发喊了一声“门板”，就有人连忙去抬门板，送到老槐树下，把顾命大从地上抬到门板上。顾命大面如死灰，软面条似的，人还没有醒过来，鼻孔探探却还有气息，更有经验的妇女加入了抢救，说是要搓脚底板的涌泉穴，她们就去揉搓顾命大的脚底板，丝毫不嫌弃人家的臭脚丫子，一般情况下，人们是做不到的。这还是因为在关键的时候，王旺发挺身而出了。听得刘粉娥高喊“救命”，王旺发的怜香惜玉之心顿时一动，便及时号召村民救人并主动贡献出自家商铺的门板，舍得将自家门板用在将死之人那里，一般情况下，人们还是蛮忌讳的。王旺发这么豪爽大气，烂泥湖村村民也就乐得做好事了，本来就有老话说得好，救人一命胜造七级浮屠。按说顾命大并不是本村人，是外来户河南人的老婆，又已经倒树底下了，尿都流了出来，八成命都留不住了，烂泥湖村村民完全可以不管，赶快走开，回家避嫌，免得将来扯皮拉筋说不清。现在群众一般都是看见出事就躲闪的，多一事不如少一事的。都是王旺发发挥了积极带头作用。王旺发还就是一个有情有义的男子汉，他就是要让刘粉娥看看的。王旺发其实蛮恨河南人的，又狡猾又小气又没有信用，把本地人的活计抢走了不少，以前这一带哪里有河南人打鱼的，渔民都是本地人，世世代代靠大江大湖生活的，现在呢，打鱼的都是河南人，红钞票都被河南人赚走了，顾命大的老公河南老九就是其中一个打头的。但是王旺发喜欢河南人当中的刘粉娥，刘粉娥也是个知情知意的女子，几年来都在王旺发的通顺大超买东西，头得热热闹闹，总是谈笑风生。至少在地摊摊主陈富强出现在烂泥湖村之前，王旺发刘粉娥之间肯定是你有情我有意的，可恨的是地摊摊主陈富强冒出来了。现在地摊摊主陈富强惹祸了，要出人命了，刘粉娥碰到难处了，王旺发机会来了，他理所当然就站出来了。

王旺发两条胳膊八字撑在柜台上，下巴翘出去，嘴巴合不拢，金戒指很亮，门牙很黄，仿丝质 T 恤衫汗湿透了，湿漉漉贴在前胸后背，尽管他有振臂一呼，其实他也很紧张。

一方面他通顺大超的生意照样要做，混乱中更要把自己超市看紧看好。一方面他要盯着老槐树下的混乱场面看看人到底救得活救不活，救得活怎样？救不活怎样？王旺发是要考虑的。顾命大的老公河南老九是会找来的，无浪村的河南人是要找来的，毕竟顾命大倒在了烂泥湖村的老槐树底下，你要给人家一个交代。还有一方面，王旺发实在忍不住探究这棵老槐树，十几年来他就硬是没有搞定这棵老槐树，还真邪乎得很呢，为什么顾命大在这里晕倒，还被塑料袋子憋住了？真是有鬼了不是？这顾命大不就是一个老实巴交到连一个屁都没有的河南婆子吗？怎么这个地摊摊主陈富强要跑到老槐树底下去？怎么就会冲着素不相识的顾命大叫一声？树啊树啊，老槐树你究竟是何方神圣？

抢救揉搓顾命大的几个妇女，见顾命大醒不过来，急得不行，其中有嘴尖舌利的泼辣妇女，就不住地骂刘粉娥，说："你这个小婊子，人命关天了，还不说实话！说呀，那个地摊小杂种，冲她到底吼的吗事啊？！"

刘粉娥委屈解释说她也不知道，她也没有听清楚，就那么一声吼，又在老槐树底下，谁也听不清楚谁也搞不明白啊。

妇女反口就骂："放屁！别人搞不明白，你还搞不明白？你这个小骚货和那个地摊杂种眉来眼去的，哪个不晓得？！你九嫂今天也是你带出来的，哪个不晓得？她是多老实一个人，从来不出来逛地摊的！”

刘粉娥顿时脸皮涨得通红，她蓦然发现，原来烂泥湖村人不傻呀，都看出来了呀。

妇女气愤得不停地骂骂咧咧，说：“刘粉娥你妈个 ×，就喜欢犯骚，勾搭这个男的，勾搭那个男的，城里来的那地摊杂种根本就是在和你玩套路，又不是真的鸟你，你心里没得数！告诉你，老子们今天拼命救人了，救不活的话，都是你这个小婊子的责任！这两个人就你认识，肯定都是你在中间搞鬼！你逃不脱的！”

一通臭骂，忽然，刘粉娥如醍醐灌顶，她被骂醒了。可不是吗？！刘粉娥也不是傻子，她也有觉察的，几个月以来，刘粉娥对陈富强，是帮了钱场又帮人场，陈富强的那副装彬彬有礼的酸臭模样，根本就是保持距离，根本就是虚与委蛇，真是一个无情无义狼心狗肺的东西！今天顾命大在老槐树下一晕死过去，事情不就清清楚楚了吗？陈富强是有阴谋有企图的，整个就是利用刘粉娥。陈富强这个狗杂种，要么就是来打探河南人聚居的地方，寻仇来的；要么是明察暗访计划生育或者暗访其他什么鬼的。反正总之，陈富强肯定是一个暗探，来烂泥湖村就是有鬼的，就是一个不怀好意的，也就那副嘴脸，还反向刘粉娥施男美人计，利用刘粉娥收集河南人的情报，今天还要直接搞死九嫂顾命大，啊呀！大事不好！一定是河南老九的仇人寻仇来了！刘粉娥真是瞎了眼啊！通常男女之间，都是刘粉娥玩男的套路，哪有刘粉娥被男的玩了套路的？！恨得刘粉娥甩起巴掌，狠狠扇了自己一个耳光。一旁妇女们痛快地喝彩："好！"妇女们认可刘粉娥了，说："你还算有救。"

刘粉娥挨过了自己的耳掴子以后，顿时心明眼亮了。她立刻想到：陈富强人呢？可不能让他溜了！刘粉娥立刻就放下顾命大，站起身来找陈富强。刘粉娥今天必须报仇雪恨。

顾命大好像一时半会儿醒不过来，又是流口水又是尿裤子的，陈富强一个男的觉得不好意思靠近。广场上的小商贩一哄而散，陈富强也随着大溜准备开溜，先走掉再说。因为事态失控了，陈富强万万想不到，他不过就喊了顾命大一声"妈"，就把她吓个半死了。陈富强也被母亲顾命大的晕倒吓了一大跳。陈富强愣怔了一会儿，就赶紧去收起他的地摊货品。其实陈富强也好想像电视里头的亲人相见那样，拥抱母亲，呼唤母亲，大声告诉母亲同时也是告诉烂泥湖村村民们："我爱你——妈妈！"可是，陈富强怎么都开不了这个口。再说母亲顾命大晕死过去了，陈富强开口也没有用。陈富强双肩包都背上了，开溜的脚步也迈开了，但他感觉不对，他这一走，线索就断了，恐怕这一辈子，就再也找不到母亲顾命大了。爷爷陈有锅不是一再叮嘱：活要见人，死要见尸。今天就算顾命大没有醒过来，那顾命大的尸首，也是他母亲的尸首，也是应该归陈家的尸首。

陈富强停住了脚步。陈富强从慌乱中清醒过来。他自己的人生计划、设想和思路，都被及时想了起来。镇定！镇定！首先，他得打手机！陈富强首先得把老婆、妹妹、弟弟他们叫过来！陈富强孤身一人，烂泥湖村人多势众，他肯定搞不赢的，他说什么肯定都不会有人相信的，关键的是，万一母亲顾命大就此真的一命呜呼，恐怕他就会被认为是凶手，恐怕他百口莫辩，恐怕他们陈家连顾命大的尸体都得不到。不能走！得挺住！

刘粉娥手疾眼快，她看见陈富强要开溜的样子了，她看见陈富强要打电话了，打电话肯定就是喊人呗。刘粉娥绝对不能够让陈富强得逞。“喂喂，等等，有急事！”刘粉娥朝陈富强紧急叫喊，又是挥手，又是飞奔。陈富强就停下来，等着刘粉娥。刘粉娥有心计的，到了陈富强面前，对他说：“你赶紧告诉我你在搞什么鬼我还来得及帮你，我九嫂醒过来了，她说根本不认得你。你到底搞什么鬼啊？！你到底是什么人啊？！”

这又是陈富强万万没有想到的。他的亲娘会说不认得自己儿子。形势愈发诡秘且严峻了，陈富强一个人什么都说不清楚，他得赶紧喊人。陈富强一举起手机，刘粉娥伸手就去夺。陈富强一闪，躲过，把手机揣进自己裤兜深处，另一只手使猛力，推开刘粉娥。刘粉娥一个趔趄，差点儿摔倒。她也不是好惹的，复又顽强扑上来，一把薅住陈富强的领口，两人几乎脸贴脸，眼睛都在喷火。刘粉娥犹如被激怒的母兽，龇牙咧嘴，说："你敢打我？！"

陈富强竭力挣脱，说："谁打你了？！"

刘粉娥说："你趁早坦白你是谁？对我九嫂下的啥毒手？为啥要下毒手？为啥找上她？"

陈富强说："我没下毒手。找上她是，是是是我妈。"

"放屁！活见鬼了，她是我九嫂，眨眼就变你妈了！满口胡说八道！死到临头还不说实话，你鬼鬼祟祟几个月，欺骗我蒙哄我，打探这打探那，你这个骗子！你这个杀人犯！你真是小看了老娘了！"

陈富强赶紧分辩说："喂喂美女，我跟你无冤无仇好不好。"

陈富强又不是不知道刘粉娥的名字，哪一次过来不是喊粉娥喊得亲亲热热的，现在倒成了"喂喂美女"。刘粉娥七窍生烟，仇恨满腔："好你个小狗日的！青天白日装无辜。还敢说跟我无冤无仇？老子就是跟你有仇你心里不明白吗？"

陈富强不屑地冷笑了一下，不再理睬刘粉娥。他把脸厌恶地扭开，举起双手，很是暴烈地企图夺回自己的衣服领子。刘粉娥扭头就朝王旺发那边，发出凄厉的尖叫："来人啦，他打我啊，他要打电话叫同伙了！他要找人来砸场子了！他打人啊——"

英雄救美的时刻到了，王旺发把通顺大超的收银台猛地一拍，挥手遥指场中央，喝道："住手！"话音未落就拉扯上三个老汉跑了过去，一边还没有忘记喝令他老婆替他家守好收银台。三个老汉是王旺发的麻友，长年泡在通顺大超门口玩麻将，好比是一个团队，日常都是紧跟王旺发的。王旺发人多势众，刘粉娥很快获救，陈富强挨了几下乱拳。陈富强本能地反抗，又蹦又跳，又躲又闪，挥拳踢腿，突围出来，拔腿就跑。刘粉娥及时大叫："可不能让他跑脱了！活要医疗费营养费，死要偿命的啊！"

活要医疗费营养费！死要偿命！是啊，现在但凡一出事情，首先就应该考虑赔偿！钱！关键是钱！王旺发特别喜欢刘粉娥的一点，就是这女人特别聪明，脑瓜子转特快，不像一般乡村妇女憨乎乎的。王旺发嗓子大喉咙粗，很有气势地发了话："捆！给我把他捆起来！不许他跑了，不许他打电话喊人，活要医疗费营养费！死要偿命的！让他跑了咱烂泥湖村说不清的！"

烂泥湖村男女老少村民蜂拥而上，陈富强寡不敌众。陈富强寡不敌众就急不择言了，叫喊：“乡巴佬！苕货！我是打 120 啊，我在叫急救车啊，我是在救人啊，你们捆了我，耽误了抢救，是要负法律责任的啊！”这一下，陈富强犯了众怒，大大得罪了烂泥湖村村民，顿时就陷入了人民战争的汪洋大海。陈富强很快就被捆住，五花大绑，扎成了一只结结实实的粽子。村民又去看王旺发，王旺发果断地往水泥电线杆子一指，硕大金戒指在夏日强烈的阳光下一闪又一闪，煞是气派。村民们得令，立刻推搡着陈富强，把他绑在了水泥电线杆子上。王旺发故意没有指向老槐树，老槐树下有树荫，他才不会给陈富强半点儿福利，谁要这个狗日的不长眼睛，暧昧到他喜欢的女人头上来了，这个恨啦！现在正好出口恶气。

直到被绑在电线杆子上，毒辣的太阳顶头晒着，陈富强这才想起“好汉不吃眼前亏”来，急得脸煞白煞白，嘴软了，讨饶道：“乡亲们乡亲们，莫瞎搞莫瞎搞，有事好商量，我不跑好不好，也不打电话，熟人熟事的，莫捆人了，大热天，受不了！”

事已至此，陈富强再怎么服软、赔礼道歉和说顾命大是他妈，都不管用了，都当他胡言乱语，没人睬他。只有烂泥湖村的狗子，跑出树丛，冲到电线杆子附近对陈富强狂吠，做攻击状。谁家两只鹅也跑场子上来了，直直仰起长长的脖子，嘎嘎大叫，没头没脑地追人脚后跟。小孩子们无故亢奋得很，在人群里乱窜。

烂泥湖村的气氛很热烈，村民也很齐心合力。以前村里的赤脚医生已经老迈，深居简出，也被村民喊了过来，对顾命大进行施救。什么风油精、人丹、刮痧的蚌壳片子，都用上了。王旺发刘粉娥他们很有默契地不打120不叫急救车，他们都想自己先行抢救，实在不行再说。万一在烂泥湖村发生人命，最好在烂泥湖村解决。王旺发还是有点儿社会经验的，如果让公家知道了，按法律程序走，就不可能当场逼着陈富强掏钱。现在已经把惹祸的陈富强绑在这里了，出了人命不怕他不赔偿。剩下的事情就是全力救活顾命大。王旺发看出了刘粉娥的羞恼愧悔，也看出她恢复了对自己往常的信赖，抢救顾命大的事情，事事都在依靠他，王旺发就更加慷慨了，让他老婆找出了一套干净衣服，去给顾命大换上，还送过去了通顺大超的一只摇头电扇。

苍天不负苦心人，终于，老槐树下面发出一阵欣慰的嘘气和欢呼。顾命大醒过来了！顾命大进气出气都有了！顾命大脸上死灰色渐渐变成活人色了。

王旺发赶紧要人们把顾命大抬到通顺大超的后院。后院有一个凉棚，顾命大在这里躺着，休息条件就更好了，渐渐就缓过气来了。刘粉娥大大松了一口气，感激的目光一波一波飞向王旺发。王旺发笑呵呵的，感觉好极了。

刘粉娥急煎煎要顾命大给大伙儿解释一下发生了什么事情，大伙儿都在为她忙呢。顾命大紧闭双唇，刘粉娥只好换成另一种方式，她来问，只是需要顾命大点头或者摇头。因为刘粉娥不可能不急：一个大活人还绑在那边了，万一中暑了晒死了怎么办？那也是一条人命啊。刘粉娥问："九嫂你知不知道你为什么晕死过去？"

四周顿时寂静，人们都盯着顾命大的反应。顾命大的反应是：摇头。

刘粉娥问："冲你跑过来的那个人说你是他妈？"顾命大的反应还是：摇头。

"九嫂你真的不认识他吗？"顾命大的反应还是：更加坚决地摇头。

顾命大毫不犹豫否定了一切。顾命大就是要彻底否定和割裂她的前半生。现在的顾命大，是河南老九的老婆，只是！

八

刹那的刹那间，顾命大最后一抹知觉是：这一次，自己终于死掉了。

却又没有。顾命大的一丝游气，悠啊悠的，又被人们抓住了，抢救过来了。一旦回过气来，记忆也就随之回来，挥之不去。顾命大一直在努力忘掉那些不堪记忆。那些不堪的记忆犹如发疯的蜂群，不依不饶追逐她，攻击她。

当年面黄肌瘦的小女孩儿顾命大，村里人都认为她活不到成人的，却出人意料地，顾命大活成人了。小姑娘居然还出落得苗条清秀，有模有样，脸蛋儿也是白白净净的。不知道为什么，顾命大就是命大福大，总是能够化险为夷，逢凶化吉。顾命大的弟弟顾福大，打小就被父母溺爱得蛮不讲理飞扬跋扈，他欺负的主要对象，就是小姐姐顾命大，顾命大从小就是顾福大的丫头和奴隶，动辄暴怒就可以把顾命大的头发拽掉一把一把的。从另一个方面看，顾命大却也算是因祸得福，她也就因此更少下地做农活儿，比她的两个姐姐更少地风吹雨淋、日晒夜露、超重挑担。相比之下，顾命大的两个姐姐，被农田繁重的体力活儿摧残得身材五短，皮肤粗糙，眼神呆滞，不说上学的机会了，就连说个婆家，都很难说得到。而当顾福大长到七岁，该上小学了，顾命大也一同上了小学。只因顾福大自己拉屎都还不会擦屁股，擦屁股穿裤子系裤带，都是顾命大的事情。且上学路远，中途要过河，村里沿路都有狗，还有许多顽皮孩子喜欢打架惹事欺负小孩子，一路都靠顾命大陪同护卫。顾命大和顾福大一起上学，同一个班级，共用课桌课椅——这套桌椅是学生自家拿出来的，当然得自家孩子享用，也必须有顾命大负责保管，每个学期开学闭学，她负责扛来扛去。可是对于农村女孩子来说，上学是最奢侈的待遇，是美梦成真，是一步登天。顾命大两个姐姐，就没有上过一天学。人比人，气死人，姐姐们对顾命大的憎恨与日俱增。当农药在生产队开始广泛使用，生产队屋里到处都是药瓶子，姐姐们的机会来了，她们决定毒死顾命大。姐姐们农药随身带，时时刻刻伺机下毒，让顾命大不寒而栗。但由于永远是一家六口人同吃一锅饭，也永远是同喝一缸水共用一只水瓢，想要单独毒死顾命大，实在没有那么容易。在顾命大获得上学机会以后，在顾命大每天回家可以陪着弟弟看书读书写作业以后，她的二姐终于崩溃了，顾命大的幸福场景太刺激二姐了，有一天二姐突然打滚撒泼，大哭大闹起来，放肆地叫骂顾命大，诅咒顾命大就算上了学，将来也一辈子不得翻身，最后还会得不到好死。二姐骂了一个痛快之后跑了出去，一口气跑到田头的坟地里喝了农药。二丫头的死，被父母直接归因于顾命大。从此父母亲对顾命大再没有个好脸色。兔死狐悲物伤其类的大丫头，发誓要为二丫头报仇雪恨，从此就连看都不再看顾命大一眼，话也不再与她说一句，时时处处，能够刁难和欺负顾命大的，大丫头绝不放过机会。顾命大也自觉害死二姐，连累父母，罪孽深重，她低眉顺眼，忍气吞声，任人欺辱，而呈现出来的形象，却又是一副楚楚可怜的俏模样，村里人还是忍不住夸顾命大越长越好看。顾命大的姐姐就更加仇恨她憎恶她。顾命大的父母开始动心思要拿她赚钱——尽快说个好婆家，尽快开始收受婆家四时八节烟酒茶以及所有礼品。

顾命大胆小如鼠，最初是躲在弟弟顾福大身后，胆怯生生走进学校，悄悄坐在课堂上的，任何人都注意不到她。然而，六年以后小学毕业，顾命大不仅已经可以流利地朗诵课文，还写得一手好作文。文化强大的精神力量，在顾命大身上，体现得特别鲜明。小学一年级的代课老师，是知识青年贺锐，开学第一节课，只见贺锐朝气蓬勃地走进教室，站在讲台上，对学生们说："同学们好！"哇，就像太阳升起来了！这个乡村小学，以前是没有老师向学生问好的，以前顾命大与人相处，也是从来没有谁向她问个好的。顾命大的心，激烈跳荡起来。顾命大在一年级的新生里头，是年纪最大的，她已经懂得仰慕和向往知识青年。自从知识青年来到农村，乡村的青少年们，哪个不仰慕和向往知识青年呢？贺锐老师要求学生们跟着他，用普通话朗读课文，孩子们都哧哧笑，就是念不出声。几次鼓励以后，顾命大勇敢地念出了声，贺锐老师当即感谢了顾命大。顾命大顿时鼻子一酸，热泪涌出了眼眶，这是她有生以来第一次被尊重和被感谢。

在学校，顾命大一天比一天大胆和活跃起来。她的弟弟顾福大，居然也很高兴顾命大成绩好、受老师器重，乐得把他自己的所有作业和考试都交给顾命大，所以学校的情况，顾福大回家也没有告恶状，因此顾命大得以在学校良好的生态环境中长成了一个大姑娘。小学毕业，琅琅书声犹在，顾命大已经缓缓抬头、缓缓挺胸，已经眼睛里可以定定地放出明亮光芒。在必要的时候，顾命大还能够大胆摒弃乡音，顶住同学嘲笑，用普通话朗读课文，比如贺锐老师的公开课，比如公社举行的朗读比赛等。文学在顾命大身上，产生了神奇的魔力。“轻纱般的晨雾，笼罩着麦浪起伏的金色田野”，顾命大一旦朗诵，她的心，就琴弦一般为之颤抖不已。绵长的兴奋和愉悦，不费吹灰之力，就可以让顾命大闪身遁入美丽的虚空，从而成功躲避家人的打骂欺辱。甚至吃饭，前所未有地变得不那么重要，家里不给她饭吃，她可以不吃，可以奔到田野深处，坐在小河边，朗读并长久地欣赏田野里轻纱般的薄雾。小学读书当然没有改变顾命大在家里的处境，但是改变了顾命大对待糟糕处境的态度，使得她的日子不再那么难过。

文学的伟大之处，也许就在于具有魔力。哪怕识字并不很多，顾命大才读了六年小学，她就发生了很大的变化。村里人都说顾命大越长越漂亮了，关键的是，说顾命大漂亮得“像个城市姑娘”了，这是一种带有文化含义的最高赞誉，是姑娘们获得好婆家的最大资本。顾命大的好运，确乎也被文化带来了。媒婆们纷至沓来，顾命大的父母心想事成，开始享受提亲人家带来的茶点礼物，他们把礼物都送到集上去卖掉，变成现钱攒起来，以后好给儿子顾福大娶媳妇。提亲的热潮，一浪高过一浪，最有实力的人家出现了。这就是潮愿大队最有权威的人，大队长陈有锅。陈有锅的独生儿子陈金泉，看上顾命大了。陈金泉发现好多人家都在纷纷提亲，非常担心漂亮姑娘顾命大被别人抢走，逼他父亲亲自出面去提亲。陈有锅是有权有势的人，如果要他出面，那就是志在必得，不出面则已，一出面就要马到成功。自然就有媒婆在此之前，把两边都撺掇好了：陈金泉亲自上门，烟酒茶提一点儿，只是形式的需要，主要是陈有锅口袋里会揣一只大红包，直接给现金呢。顾命大父母一听，果真是见钱眼开，受宠若惊，十分荣幸地答应了这门亲事，至于未来女婿陈金泉是个天生的歪颈子以及好吃懒做不学好的传言，他们没有提出丝毫疑问和异议，不仅满口答应，还保证在陈有锅来提亲的这个日子，让顾命大出来，给未来的公公陈有锅敬杯茶。

上门提亲的日子到了，陈有锅亲自从他们家所在的周陈湾带着见面礼，步行半个钟头，来到潮愿村，为他的独生儿子陈金泉提亲。一路的大小村庄，多少乡民引颈探看，热切议论，人人都羡慕顾命大的父母养出了一个“像个城市姑娘”

一样的姑娘。然而，事到临头，顾命大的父母大红包也收了，烟酒茶也收了，顾命大却躲在厨房，坚决不肯出来给陈有锅敬茶。

这一天顾命大被父母要求换上那件最好看的衣服，梳洗打扮得整整齐齐，等在厨房里，让她烧开水就烧开水，让她端茶到堂屋里来她就到堂屋里来，顾命大就明白自己又被提亲了，但是顾命大万万没有料到是大队长陈有锅亲自上门。正因为是大队长陈有锅亲自上门，顾命大就绝对不可以听从父母的糊涂安排，随便出面敬茶，一旦出面敬了这杯茶，亲事就算铁板钉钉了。顾命大知道陈有锅的儿子陈金泉是个残疾人，天生歪颈子，又整天不学好，绰号就叫歪毛。顾命大父母认为天生歪颈子，不疼不痒不妨碍正常劳动和生活，不算残疾。

大队长陈有锅人都已经坐在堂屋了，香烟都抽起来了，现金大红包和烟酒茶礼品，也都明摆着放在顾命大家的桌子上了，一切顺利，单等漂亮女儿顾命大出面敬茶了。顾命大父母一再找借口，进厨房劝说顾命大，可就是不见顾命大端茶出来。一支香烟抽完，顾命大父亲的脸已经挂不住，急得火烧火燎，再次跑到厨房恳求和催逼女儿。顾命大的声音蚊子一样弱小，却透出一股刚硬的执拗，她对父亲说：现在是新社会，政府提倡恋爱自由，就是媒婆提亲父母决定，也要征求子女意见，在她对陈金泉没有什么了解和好感之前，她是不会出面给陈有锅敬茶的，她没有这么贱，看到人家有权有势有钱就放弃自己的脸面和尊严。顾命大父亲简直不敢相信自己的耳朵，顾命大这个一贯逆来顺受的小女儿，在这个火烧眉毛的时刻，不仅咬文嚼字作古作怪，还夹枪带棒讽刺自己父母，顾命大父亲震惊不已，火冒三丈，他扯起女儿的手，放在茶杯上，逼她端起茶杯，顾命大的手，倔强地垂落下来。父亲再一次扯起女儿的手，放在茶杯上，顾命大再一次让自己的手自动垂下。接下来，父亲扯起顾命大的手，放在灶台上，飞快抓起菜刀砍了上去，只听得顾命大嗷的一声惨叫，捏住自己的手，蹲到地上。顾命大左手的一只小指头，已经被她父亲砍掉了。

顾命大的母亲和陈有锅应声跑进厨房。顾命大母亲见状，冷冷站一边不吭声，她这个女儿实在太恨人了，早就应该教训教训。倒是陈有锅大人大量，又有主见，他厉声呵斥了顾命大的父亲，说："你这个人怎么瞎搞！"又赶紧抓起灶膛的柴灰，撒在顾命大伤口上并替她包扎起来。陈有锅得以近距离观察顾命大，姑娘的确漂亮，比传说的还要漂亮，看来脾性也不错，被父亲砍掉了手指头，姑娘也只是哭泣，一句别的话也没有。陈有锅就更想要这个儿媳妇了。陈有锅不计较顾命大不肯敬他茶了，姑娘生得这么漂亮，心气高傲一点儿更好，别的男人就不敢撩拨。姑娘掉了一只小指头也无妨，生儿育女啥都不妨碍，再说自己儿子天生歪颈子，两人都有点儿小残疾，谁也不嫌弃谁，正好是一对。陈有锅在离开顾命大家的时候，训诫了顾命大父母："以后再不可以伤孩子啊！再瞎搞我可不依的！"俨然已经把顾命大当成他们陈家未过门的媳妇了。

这个结局，是顾命大万料不到的。她的反抗，顷刻间被陈有锅完全消解。所以说事实上，文化就是文化本身，很难说是否会给个人带来好运。顾命大肯定是看不上歪毛的。她思来想去，走投无路，认为还是死掉好，只有死掉才能够解决问题。

这一天，顾命大感觉自己准备好了，就径直跑到学校前面的小河里，扑通就投水了。顾命大没有丝毫犹豫。

学校操场上，却有贺锐老师和知青队的知青们在打篮球。顾命大一投水，随即就被知青们救起来了。这一次的自杀，几乎都算不得自杀。贺锐老师为了扫除顾命大的心理阴影，开玩笑说："顾命大同学今天下河洗了个澡。"顾命大被知青们挽留下来，他们请她吃饭，劝慰她，鼓励她反抗，现在都什么时代了，还搞封建落后的包办婚姻？试看祖国神州大地，早就风行自由恋爱了，历史潮流是不可阻挡的。一起吃过晚饭，知青们聚集在禾场上，遥望夜空，弹琴唱歌，欢声笑语，文化的魔力，又回到顾命大身上。顾命大再一次获得生命的勇气和力量，甚至她也破天荒开口唱歌了，跟着知青们。竟然，顾命大还唱得很不错，似乎有点儿唱歌的天分。贺锐老师见状，高兴地跳起来。因为大多数农村女学生，完全不能够开口唱歌，就算张开了嘴巴，也发不出音来。贺锐老师组建并率领着潮愿小学毛泽东思想宣传队，一直缺少唱歌的女生，这一下子太好了。贺锐使劲夸奖鼓励顾命大，当场就教她发声，顾命大也很乐意学习，进步神速，顾命大也为自己感到震惊和自豪。命运就是如此捉摸不定。这一天，顾命大以伤心绝望的投河自杀开始，以欢欣鼓舞的新生活结束。

顾命大打定主意：不予理睬！只要她自己坚决不认这门亲事，两人的事情就成不了。顾命大精神饱满地回到家里，该吃吃，该喝喝，该干吗干吗，也不再与父母吵闹。父母因为忌惮大队长陈有锅，倒也不再敢随便打骂顾命大了。接着，中国发生了一系列大事，全中国人民的日常生活，都随着国家大事在转动，大队长陈有锅的工作格外忙碌，贫下中农们也都非常忙碌，个人生活方面的事情，能够暂时放一放的，就都暂时往后放了，何况顾命大和歪毛陈金泉两人都还年轻，他们的婚事，双方家长也就没有提上议事日程。国家重大的政治生活大大缓解了顾命大的个人生活窘境，毕竟顾命大也就是十七八岁的女孩子，更加上又总是能够被选拔到大队宣传队，经常参加排练和演出，很是有脸面，并且都是算工分的，顾命大脸色红润起来，身体也壮实起来，不再又黄又瘦了。

贺锐老师排练了一部大型史诗性歌舞《太阳最红毛主席最亲》，被选拔出来代表长垴口公社，赴沔阳县县委大礼堂登台表演，这是他们公社的很高荣誉。在这个过程中，作为女声领唱的顾命大，就认识了男生领唱的鄢继舜。鄢继舜是集木小学的代课老师，是回乡知识青年。作为男女领唱，顾命大要用略微嘶哑的女音，眼噙热泪，深情地唱："太阳最红——毛主席最亲——您的光辉思想，永远照我心——"鄢继舜要用低沉男音，眼噙热泪，深情地接着唱："春风最暖——毛主席最亲——您的革命路线，永远指航程——"鄢继舜清秀、腼腆又谦和，因为家庭出身不好，对人都很恭敬，他歌唱得很好，也没有丝毫的骄傲，他教书也教得很好，也没有丝毫的骄傲，二十岁，还没有找对象。一个才子佳人的故事就自然发生了。革命歌曲对唱变成了少男少女情歌对唱。顾命大鄢继舜，几乎是一见钟情，立刻就陷入了热恋。在沔阳县大礼堂演出后，顾命大鄢继舜这对年轻人，获得的不只是掌声和奖状，更是收获了爱情。就在演出颁奖结束之后的那个深夜，在桃花和野草都盛开的招待所院子深处，顾命大鄢继舜偷偷约会了。鄢继舜主动搂抱了顾命大，顾命大的羞涩扭捏，很快被融化。火热的男女激情，不可抑制地喷发，他们肉体的私密之处，就亲密摩擦在一起了。对于顾命大来说，这就是天大的事情了，她就是鄢继舜的人了！男婚女嫁的诺言与山盟海誓，都随着肉体的亲密一并产生了。翌日，他们向最信任的贺锐老师坦白了他们的恋爱关系，得到了贺锐老师的热烈祝福，贺锐老师鼓励他们要做新时代的年轻人，什么媒妁之言父母之命，尤其还在未成年时候的那种说亲，都是腐朽陈旧的违背人性的陋习，完全可以打破那一套，建设自己更加文明美好的新生活。一个新的春天来到了，一切都将更加美好，顾命大鄢继舜受到了极大的鼓舞。三个年轻人，在县城逛大街，高谈阔论前途、理想和友谊。贺锐老师带领他俩，唱起一首风靡全国的南斯拉夫的电影插曲："啊朋友再见，啊朋友再见，啊朋友再见吧再见吧再见吧，如果我，在战斗中牺牲，请把我埋在山岗上。"贺锐要离开农村了，他已经招工回城了。三个人在大街上告别，依依不舍，都哭出了声，都答应互相写信，保持联络，让革命友谊万古长青。

然而，一回到乡村，浪漫爱情即遭摧毁。顾命大和鄢继舜的私订终身和山盟海誓，很快就被毒打彻底瓦解。顾命大，一个已经有了人家的女子，竟然这么不要脸地要和出身不好的人谈恋爱，太道德败坏了。出于为顾命大一辈子的好，她的父母姐姐弟弟，全家上阵，轮番毒打。一直打到顾命大除了脸部，浑身上下再没有一块好肉，人也昏死过去几次，直至顾命大跪地求饶，发誓断绝与鄢继舜来往。至于鄢继舜那边，很好办，一个出身有问题的人，他敢怎么样？顾命大的父母，悄悄去了一趟集木大队，找到鄢继舜的父亲，严正警告了他，说他儿子动的是大队长的儿媳妇，如果传出去，让大队长陈有锅知道了，那可不得了。鄢继舜家人深表歉意并当即保证，他的儿子绝对不会和顾命大谈恋爱。顾命大鄢继舜的初恋火花，就此被父母家长扑灭了。

顾命大重新回到一死了之的办法上来。一天深夜，趁全家熟睡，顾命大跑到后门口，靠着柴草垛子，喝了有机磷农药1605。但是，顾命大的自杀，没有得逞。她的姐姐大丫，早就把瓶子里头的农药换成了水。顾命大正抱着农药瓶子咕噜咕噜地喝，大丫闪身出来，得意地哈哈大笑，阴毒地说："你想得个好死？没门！"

顾命大再一次没有死得了。顾命大把农药瓶子掷向大丫，唯有呼天抢地，号啕大哭。

知青全部回城，文学也跟随远遁，乡村恢复从前的冷寂。在全家人的严密监视之下，顾命大晴天下地干活儿，雨天在家纳鞋底绣花做家务，只许老老实实，不许乱说乱动，顾命大的姐姐大丫，宁可自己不出嫁，当然也是嫁不到合适人家，数年如一日贴身监视妹妹顾命大。一晃几年过去，顾命大目光日渐暗淡，歌喉完全喑哑，沉默寡言，行动呆滞，直至婚期到来。

顾命大曾经以为，失去鄢继舜，是她最大的苦难。她哪里料到，更苦难的事情还在后头。首先，顾命大出嫁就很不顺利。婚期定了，喜帖子都下了，陈有锅接到告密，说顾命大偷过野男人。陈有锅毕竟长期当干部，还是不同于一般农民，没有火烧眉毛就跳脚，也没有马上退亲，茶礼都送了几年，付出已经太多，这个时候退亲，他家名誉也不好听，以后儿子也不好找媳妇，毕竟儿子是个歪毛，年纪也不小了。陈有锅有更阴毒的一招，他提出要检查顾命大私处，只要她还是处女，陈家就还是要这个儿媳妇。顾命大的父母，一对老实巴交的农民，不仅不敢反对，反而积极配合。某一天，熟睡的顾命大突然就给堵住嘴巴五花大绑起来，被抬到堂屋的饭桌上。陈有锅带着赤脚医生出现了。赤脚医生一剪刀剪破了顾命大的裤裆，当着两家家长的面，拨开了顾命大的阴部：粉嫩的伞状处女膜完好无损。陈有锅瞪大眼睛仔细查看，然后与赤脚医生点了点头。一个未嫁女子，就这样被公爹扒开私处细看，自己父母还在一边帮忙，顾命大再也没有脸面活在人间了。两边家长一离开，顾命大起身就冲出去，一头撞向大门口的石碾子，她的脑袋随即发出开裂声，酷似一只西瓜被一掌拍破。还没有走远的人们赶紧跑了回来，赤脚医生一看，跌脚大叫：“完了！”

顾命大多么希望自己真的能够“完了”。不幸的是，她没有完。陈有锅紧急动用了他的人脉关系，他找了公社书记，公社书记再找县委领导，大医院的救护车很快开来了。顾命大及时动了颅脑手术。住院几个月后，一个漂亮姑娘又复活了，还在县城大医院养得白白胖胖的，不久，顾命大就嫁到了周陈湾，做了歪毛的老婆。

既然已经做了歪毛的老婆，那就认命吧。至少在被花轿抬离娘家的那一刻，顾命大倒也还是感到了彻底摆脱娘家的一种松快。她以为她从此努力生活，日子也有可能好起来一点儿。现实很快粉碎了顾命大的良好愿望。她的丈夫歪毛，不仅是个天生的歪颈子，还是个天生的歪货。周陈湾全村大人小孩儿，没有人看得起他。歪毛好吃懒做，常常和光棍汉二流子们混作一堆，见女人就撩，见母猪母牛也惹。谁家媳妇正奶孩子，他也要跑过去嬉皮涎脸讨口奶吃。生产队集体出工，在田野干活儿，妇女们很容易就哄歪毛脱掉裤子，再罩住他的歪脑袋，一哄而上，用荆棘条、树枝子抽他光屁股，个个咬牙切齿笑骂：“打死这个小畜生！打死这个小畜生！”歪毛也不知羞辱，还与妇女们调笑，实在打重了、见血了、疼厉害了他就哭，就“姑奶奶”“祖奶奶”地乱叫讨饶，其实许多媳妇是他晚辈，乡村特别讲究辈分尊卑，这样自轻自贱，哪里会有人看得起。顾命大发现一回，就哭一回，自己的脸，全被丈夫给丢尽了。歪毛的妈偏袒儿子，见不得顾命大哭哭啼啼，觉得晦气，动不动就哭哭啼啼，咒家里死人吗？只要顾命大哭，婆婆就要骂。骂她臭不懂事，大惊小怪，男人不就是这个样子吗？男人年轻不玩啥时候玩？公公陈有锅，倒是明里暗里护卫顾命大，却明里暗里都在趁机占便宜，摸一把捏一把的，无人处就在顾命大耳边悄悄说下流话，顾命大羞恼不堪，躲又躲不脱，说又不敢说。婚后的日子实在无法过下去，顾命大鼓起勇气，写了离婚书，跑到公社要求离婚。正在这个时候，她却有了身孕。这个孩子来得真不是时候，顾命大真是恨死了肚子里的这个累赘。没办法，顾命大只得闭着眼睛熬到孩子出生。

歪毛是独子，陈家三代单传，全家想男孩子已经想疯了。顾命大在房间里分娩，陈有锅在外屋，热锅蚂蚁似的乱转。歪毛早就睡着了，陈有锅却是一夜无眠。当接生婆把新生男婴的胯下小鸡鸡亮到陈有锅面前，陈有锅激动地连连鼓掌，哈哈大笑，奔到屋外，手舞足蹈，这个时候初升太阳刚刚露出地平线，陈有锅便认定这个孙了吉时出生，紫气东来。江汉平原几百年来的传说，据说陈友谅出生时刻就是紫气东来，后来果不其然，陈友谅做了皇帝。这说明陈有锅的孙子陈富强，绝非等闲之辈。陈有锅高兴得亲自为孙子取名叫陈富强，大请满月酒不说，还要每天都抱一抱，又是亲又是爱的。然而，对于顾命大来说不是什么好事，如果生的是女孩儿，遭陈家嫌弃，她就可以豁出去闹离婚了。而陈富强的出生，牢牢拴住了顾命大，陈家根本不允许孙子失去母亲。陈有锅越是喜欢得紧，顾命大看着越是心烦。陈有锅借疼爱孙子的名义，公然把手伸进顾命大的怀里，故意在顾命大喂奶的乳房上摩擦和停留。哺乳期间，陈有锅等在一边抱孙子是乐此不疲。顾命大没有任何办法阻止陈有锅，唯有冷起一张不耐烦的脸。陈富强从小看的就是母亲这张不耐烦的冷脸，他也不喜欢母亲。打从婴儿时候就是，陈富强只要一到爷爷怀里，就笑，就睡得香甜。除了吃奶，在母亲怀里就会不停地哭闹尖叫。而顾命大，甩起巴掌就揍儿子的小屁股，经常打得鲜红赤赤的。最初顾命大可以打赢儿子，待陈富强长到七八个月，两三颗小牙齿刚刚生出来，一口就差点儿咬掉母亲的奶头。在全家人的百般溺爱之下，陈富强迅速成长为家里最具权威的小男人，很快就凌驾于母亲之上。顾命大开始惧怕凶猛的儿子。陈富强到了八九岁，就已经经常呵斥母亲顾命大了。

现实越来越冷酷：顾命大又怀孕了，生了女儿。陈家觉得只有陈富强一个男孩儿很不保险，不依不饶地要顾命大接着再生。顾命大又怀孕，生了小儿子。尽管陈家如愿以偿非常高兴，但也为此付出了巨大代价。第三胎属于超生，违反了计划生育法，陈有锅受到处分，大队长被降级成副大队长，又被罚了巨款，拿不出钱来就拆屋牵牛，最后还欠下一屁股债。歪毛也被计划生育委员会拉去医院，做了输精管结扎手术。手术也没有做好，歪毛老喊腰痛腿痛，走路一瘸一瘸，本来就是一个不爱劳动的人，趁机就表现出了劳动力的全部丧失。同时世道也在变化，风水也在流转，原本重权在握、无数知青家长请客送礼的陈有锅，就没有什么实际权力了。恰好周家又有几个年轻力壮的复转军人，威武回村，个个都是党员，明枪暗箭逼陈有锅彻底退位。歪毛的妈又气又急，病倒了一段时间，一命归西。家里所有的活计，都落到顾命大身上，全家六口人六张嘴，每天一睁眼就要吃饭，地里还有农活儿，猪圈还要养猪，顾命大一刻不停地忙碌，累死累活。劳累都还不是最可怕的，最可怕的是陈有锅对顾命大的长期骚扰。尤其在老婆死掉以后，陈有锅的骚扰变成了理直气壮的霸占。多次地，陈有锅在顾命大面前公然拍桌子、咆哮。陈有锅一口歪道理，还咄咄逼人，足以压倒顾命大。顾命大在脑袋动手术以后，经常头晕，转个身都只能是慢慢地，人也就不那么灵光了，又一连生养三胎，又屋里屋外劳作忙碌十分辛苦。这个时候的顾命大，已经被生活折磨得身心俱疲，心力交瘁，胆战心惊，顾此失彼。女人们一起谈闲，顾命大连个笑话都不会说，显得十分笨拙。大儿子陈富强，聪明机灵好强好胜，自命不凡，霸道得很，活像他爷爷陈有锅，对母亲也是百般看不起，对她说话，冷着脸子，呼来喝去。顾命大对大儿子，恨又恨不起来，爱也爱不起来，她只是木然。

这一年的春节前夕，顾命大发现自己又有孕了，全村谁都知道歪毛已经结扎了，这当然只能是公公陈有锅的孽种，对顾命大来说，无异于晴天霹雳。她的人生，就再没有生路可走了。这一次，顾命大决定，她坚决要死掉。

鉴于历史上的屡次失误，此次自杀，顾命大进行了周密的考虑和计划。终于到了计划中的这一天，顾命大到长埫口公社镇子上卖了两头成猪，生平第一次狠心花钱，为自己送终。她买了一件最时兴的红色羽绒袄，穿上为自己絮得厚厚的新棉裤，头上戴起花围巾，把头脸遮盖得严严实实，在傍晚的昏暗里，走上了一条与回家相反的路。

顾命大走啊走啊，行了一程又一程，歇了一晌又一晌，她要走得远远的，远远的，远得超过陈家人以及所有人的想象。终于在凌晨时分，东方发白了，曙色出现，顾命大找到了展翅长河，据说这是江汉平原东头一条通向长江的大河。顾命大坐在河边，吞下了整整两瓶感冒药以便让自己昏昏沉沉，再吃完了最后一只芝麻烧饼，然后心满意足地把自己溺入河水。顾命大希望自己的尸体，漂漂亮亮地，顺着大河流进长江，再流进大海，干干净净地，无声无息地，进入无边无际的海洋。

应该说，这是一次完美的自杀。

九

晕倒在烂泥湖村的顾命大苏醒过来，坚定地表示她不认识陈富强。陈富强的处境，一下子更惨了，王旺发刘粉娥认定这里头有猫腻，决定把他交给河南老九们。只要落到河南老九们手里，陈富强不是亏人就是亏钱，这是不用说的，你想搞死人家的老婆，人家就要搞死你。陈富强终于觉悟了，发现大事不妙了，他过高估计了母爱。他母亲顾命大与他们陈家人，恐怕真的是恩断义绝了。陈富强决计彻底放弃自尊，来软的，主动赔小心、装孙子，自我检讨，自我糟蹋，力争在天黑之前扭转颓势，河南老九们天黑以后，差不多就会赶到的。感谢夏日夕阳，兀自就是下山得缓慢，兀自就是那么白热灼亮，让烂泥湖村的傍晚还是亮堂堂的，为陈富强带来了良机。正在眼观六路耳听八方的陈富强，远远看见公路那边出现了一个挑担的。陈富强终究是农村出来的，有经验，一看就知道那是一个卖瓜果的。炎夏季节，下晚时分，瓜农刚摘了西瓜，出门卖新鲜瓜果来了。天助我也，陈富强立刻十分渴求地高喊："瓜！瓜！卖瓜的！过来！买瓜买瓜！"瓜农听见了，就挑担往这边来了。

在通顺大超门口打麻将的王旺发和三个老头子，都被陈富强的喊声吓了一大跳，又听出了他口音变了，就都跑了过来。陈富强主动迎上讨好的笑脸，用家乡的乡村口音说：“王老板，我请客我请客，买瓜买瓜，都吃，全村都吃，这天气太热了，吃什么都比不过吃瓜。”

陈富强态度的大转弯，令王旺发大惑不解，他不敢相信地看着陈富强。陈富强进一步表演了一出狠戏：对准水泥电线杆子，把头使劲一蹭，鬓角顿时渗出血来。陈富强羞愧难当地对王旺发说：“不好意思王老板啊，我错了！我年轻不懂事，好面子，爱虚荣，用满口武汉话和你们抬杠，装城市人，其实我是沔阳人啦，我也是农村人啊，我家就在沔阳长埫口潮愿大队周陈湾啊，我就是一个民工啊，我就是想哄骗婆婆妇女们，多赚几个小钱，不好意思啦，我赔礼道歉赔礼道歉！”陈富强用一口地道的沔阳长埫口乡音赔礼道歉，大家立刻就心软了。老头儿们听到沔阳话，很亲切，就笑起来，说：“哦，是沔阳话是沔阳话，那就难怪了！”武汉与沔阳路隔不过百把公里，王旺发和沔阳人没有少打交道，他大为感慨了：“难怪难怪！难怪你这小狗日的这么鬼精乱钻的，沔阳人嘛。啊！‘奸黄陂狡孝感，又奸又猾是汉川，十个汉川佬，比不上一个沔阳苕。’这话没得说错的！”大家哄笑起来，陈富强也和他们一起笑了。瓜农担子也正好到了眼前，担子一看就喜人，刚刚摘下来的西瓜、香瓜、丑瓜，样样都有。陈富强抢着嚷嚷让他请个客让他赔个罪。王旺发说：“好好好！看你表现！”瓜农是准备挑到经开区大街上去卖的，想卖个好价的。陈富强就问：“好价是多少？”狡黠的瓜农见风提价，八角钱一斤的西瓜说是一块五，老头儿们惊叫起来，说：“你个杂种，乡里乡亲也不客气啊，一刀宰得流血啊！”陈富强说：“哎呀，算了算了，这么热天挑一担，赚点儿钱也不容易。一块五就一块五！这一担我都要了！吃不完放通顺大超，慢慢吃，瓜嘛，又不会一下子坏掉的。”瓜农高兴了，连连夸赞这个老乡义气。

这时候大家才发现，陈富强手脚还被捆着，掏钱都掏不了。陈富强的红票子，是藏在内裤口袋里的。王旺发摆了摆手，老头儿们赶紧就松了陈富强的绑。陈富强从裤裆掏出钱来，一共九十来块钱的瓜，陈富强豪爽地给了一张红票子，一百元整，说：“不用找了！乡里乡亲的，今天不打不成交，多个朋友多条路。”陈富强一口沔阳话，村野土气的，与此前几个月装出来的城市模样判若两人。烂泥湖村人都被惹笑了，还有顽皮少年，在一边学口学舌，嘲弄沔阳话，陈富强也跟着笑。

天气太热了，先吃瓜先吃瓜！大家把瓜都弄到了通顺大超门口，陈富强巴结地装了一筐子瓜，放进通顺大超柜台后面，明摆着是要王旺发留着慢慢吃。王旺发装着没看见。对陈富强的态度却是明显缓和起来。吃瓜吃瓜！来者有份！烂泥湖村村民很快又都聚到了场子上，畅畅快快地都来吃瓜了。

先吃瓜再说。

机会就这样来了：陈富强猛吃一顿瓜，突然肚子疼，捂住小腹，哇哇叫，要拉屎。茅坑在村子里头，大家给他指了指。陈富强内急，脸都白了，王旺发还能够说什么？管天管地，管不了拉屎放屁，拉屎放屁总归比天都大。再说顾命大已经活过来了，陈富强也并不是心怀叵测前来寻仇的河南探子，接下来最多就是要陈富强给一点儿营养费给顾命大压惊了。王旺发就没有说不，其他人自然也不说什么，大家都在吃瓜。陈富强撒腿就往茅坑跑了，只有刘粉娥狐疑地盯着陈富强，一直盯着他跑进茅坑。只有刘粉娥不吃瓜，一个和她一样的乡巴佬出身，一直在她面前居高临下装城市人，太恶心了！

陈富强一跑到茅坑，茅坑四下无人，只有满地蛆和烘烘臭气。当然，陈富强立刻打了手机。第一个电话，打给老婆李莲莲。李莲莲明显很不客气，说："人在哪里啊？说话呀！是要带钱捞人还是要收尸？！"

李莲莲凭她怎么恶毒，她的声音都是陈富强的福音。陈富强激动得都泣不成声说："莲莲！莲莲！我的好老婆！太好了太好了！你这么快接我电话了！你这是救我命了！"李莲莲一听大惊，陈富强这不像是假的啊！陈富强不是假的。不过陈富强自觉不自觉地，将自己处境的危险性放大和夸张了许多，似乎烂泥湖村的乡巴佬与河南老乡，正在置他于死地，就连他亲妈都不认他。哦，他今天终于找到他妈顾命大了，其实他真的是一个大孝子，他暗中寻母二十年了！李莲莲立刻明白了。李莲莲感动了。李莲莲发现自己想多了。李莲莲绝对是一个精明强干的女子，她立刻告诉自己老公："我马上带人赶过来。你撑住，和他们周旋。我知道经开区的烂泥湖村在哪里。"李莲莲知道烂泥湖村在哪里？！她怎么会知道？！情急中，陈富强没来得及多问，李莲莲也不多说。夫妻俩以最快的速度商量好了对策，然后李莲莲立刻去行动。而刘粉娥，也已经朝茅坑走来，她的直觉告诉她，陈富强是假装内急，他的救助电话已经打出去了。不过好在，河南老九们已经到了烂泥湖村。

紧接着，陈富强打了弟弟陈富有的电话。陈富有一听亲妈找到了，哇啊一声就哭了出来。陈富强吼道："头脑简单感情丰富！一个人男人别开口就哭啊！"陈富强喝止了弟弟的哭声，把刚才他们两口子商量好的办法，一一叮嘱陈富有：第一，陈富有赶紧先骑电动车带上李莲莲赶过来，电动车最快，不塞车。第二，其他人让陈富凤带着打车过来。第三，孩子们都带来，给奶奶唱一个《世上只有妈妈好》，看顾命大还能够不认亲不成。第四，今天已经太晚了，估计要在烂泥湖村过夜，带上牛肉店最锋利的剔骨刀和棒子，防止河南人半夜抢人或打闷棍。

“最后，一切行动都听你嫂子的！切记切记，不然大哥我命就没了——”陈富强最后强调。陈富有表决心：“晓得了！”

相貌普通的李莲莲，绝非平庸之辈，这是陈富强知道的，陈富强完全不知道的是，在李莲莲怀疑他外面有人以来，已经果断雇请了私人侦探，最近已经调查出陈富强最近老跑的地方叫作烂泥湖村，且李莲莲也已经去实地踏访过了。李莲莲也已经知道了外面的女人刘粉娥。侦探还拍到了刘粉娥狂热购买陈富强货品的照片。刘粉娥，一个俗不可耐的名字，一个五大三粗口红涂得像鸡屁眼的女民工，李莲莲看了都恶心。刘粉娥与陈富强手碰手的照片，都在李莲莲手里了。李莲莲怒火中烧。但是，李莲莲都忍住了。李莲莲表面波澜不惊，一如往常，该干吗干吗，却已经在暗中准备起诉离婚并对过错方陈富强提出赔偿。李莲莲定要陈富强赔得倾家荡产，妻离子散，死无葬身之地，因为李莲莲还掌握了陈富强偷税漏税的证据。一个乡巴佬陈富强，经由与李莲莲结婚变成城市人的，还敢跟李莲莲玩婚内出轨，看李莲莲拍不死他。爱恨情仇一场，男人的花心和出轨让李莲莲心如死灰，她敢作敢当，一脚踢开陈富强，儿子房子车子款子，都将是她的，李莲莲必须是人生赢家，李莲莲坚信自己的智商和情商，都还是远远超过陈富强的。当然，李莲莲一旦发现这是一场误会，她也会及时收起自己的利剑。这辈子只要陈富强不负她，她将永远不会说出这一次的行动，一切就当没发生。不过，假如日后陈富强还是跟她玩花招，那就走着瞧。现在，别的都不说了，李莲莲直奔烂泥湖村，去救夫。

好了！现在好了！陈富强全然不觉自己待在臭气熏天的茅坑里，绿头苍蝇嗡嗡飞也无所谓。他舒服地大大呼出一口气，尽情地伸展了四肢，然后不慌不忙解开裤子，撒了一泡长长的尿。陈富强尿完，正拿着家伙，抖掉尿滴子，刘粉娥直接闯进了茅坑，慌得陈富强把家伙往裤裆里直塞，旋即，他又不慌了。陈富强想，现在他可以不怕刘粉娥了。

刘粉娥冷笑着，轻蔑地说："这么臭都不怕，厉害！"

刘粉娥当然已经明白陈富强假装内急欺骗成功，他躲在茅坑，已经把电话打出去喊人了。刘粉娥此前所有的全部努力，都已经白费了，王旺发终究还是烂泥湖村乡民，没见过什么大世面，人淳朴也太愚蠢了。陈富强也太阴毒太狡猾了。刘粉娥真是瞎了眼！刘粉娥此前几个月里，还真对陈富强起了爱慕之心，简直好不恨人！这么大一片湖区，这么多婆婆妈妈小媳妇大姑娘，难道真的就是刘粉娥看上去最傻吗？要不然为什么偏偏是她被陈富强选中而且被他得逞？假如有一支枪，刘粉娥觉得自己会毫不犹豫对准陈富强开枪，因为到了此时此刻，陈富强居然还不明白刘粉娥对他的极其厌恶，还敢调戏刘粉娥。他嬉皮涎脸对刘粉娥说："姐姐，你可看了我的家伙哦，王老板知道了会是什么反应呢？”

刘粉娥高度蔑视地连眼珠都不转过，说：“出去吧，我九哥他们到了！”说完扭头就走了。这也算是一场小小的爱恨情仇。爱也爱死个人，恨也恨死个人。

陈富强并没有丝毫的害怕，他哈哈笑着，豪迈地出了茅坑。

一群身穿迷彩服的河南渔民，已经在通顺大超门口，蹲的蹲，站的站，等着陈富强。河南老九叫了五六个人来了。渔民们黧黑的脸膛，胳膊手指如钢铁般，人人都穿迷彩服，脚下是球鞋，裤腿挽起来，一段同样黧黑的胫骨，刚强有力。河南老九在里屋，正在照顾老婆顾命大。陈富强出现后，刘粉娥把河南老九喊出来了。王旺发也从通顺大超出来了。

现在王旺发才弄清楚，不是赔偿的问题了，是陈富强要把顾命大带走的问题了，是河南老九坚决不让陈富强把顾命大带走的问题了。问题变得很棘手：顾命大被陈富强认定是自己亲妈，自己亲爹还在，又没有离婚，陈富强肯定要把她带回家。可是河南老九也是明媒正娶顾命大的，两口子都一起过了十二年日子了，十二年过得好好的，凭什么人都没有权利把人家老婆带走。刘粉娥看着一群男人争来争去不得要领，她实在忍不住了，走到男人堆，说：“别扯了！很简单。就算有人一口咬定我九嫂是他亲妈，怎么亲妈认不得你？既然亲妈都认不得你，你就先走人，有什么好纠缠的！”

王旺发大声喝彩：“是的！对头！就这理！陈富强你就赶快走人吧！”

河南老九也明白过来，说：“走人走人走人！不走可不要怪俺们了！”

陈富强灵机一动，他想起来了，他说：“她就是我妈！她左手缺一个小指头！”

刘粉娥更机灵，马上挺身做证，说：“她是我九嫂，十几年生活在一起，她左手啥都不缺！”

河南老九这下恍然大悟。他是有脑筋的，当务之急，是尽快赶走陈富强，然后赶紧把床铺底下高压锅里头的钞票带上，把顾命大带走，远走高飞。

河南老九把胸脯子挺出来，几乎顶到陈富强胸前，眼睛睁得红红的。一群河南渔民，跟着河南老九，地动山摇一齐往前推。陈富强一个人势单力薄，又怕被打，步步后退。很快，河南老九他们把陈富强逼离烂泥湖村，驱赶到了公路边，试图拦一辆摩的。就在这个千钧一发的时刻，一辆电动车疾驰而来，陈富强的援兵到了！

陈富有来了，李莲莲也来了。陈富有把电动车一歪，拔出剔骨尖刀冲向前，大叫：“我妈呢？我妈呢？”紧跟着，陈富凤到了，她丈夫也到了。两辆的士，挤满了大人小孩子，接二连三出来的还有陈富有的老婆，他老婆还牵着三个小孩子。陈富强顿时来了精神，振臂一呼，组织反攻。李莲莲打头，一手牵一小孩子，表情坚毅，无往不前。陈家妇女儿童打头阵，所有男人跟后面，齐齐向前走，河南老九们节节败退。一团人群，嗡嗡地，推推搡搡地，回到了烂泥湖村。

见势不妙，刘粉娥泪水就要涌出来，赶紧拿指头去堵，一抹一抹地，又使劲吸鼻子。王旺发亲昵地拍了拍刘粉娥的肩膀。刘粉娥肩膀僵硬着，不去理会王旺发的安慰。刘粉娥对王旺发失望了，看穿了。王旺发还是土气，土在智商，一个男人的土气原来并不在于他是戴大板子金戒指还是戴时尚腕表。陈富强的几个瓜果加一点儿屈就附小的伎俩，就蒙哄了王旺发。刘粉娥转身穿过通顺大超，到屋子后院去了。她得去和顾命大告个别，她已经预感到了陈富强必赢的结局。顾命大被抬到这里，气色好了不少，只是还起不了身，躺在一只老旧的竹床上。

刘粉娥过来，拿起顾命大的左手，紧紧握住，这就看出缺一个小指头了。刘粉娥什么都明白了，说："九嫂，亲，我对不起你！都怪我疯疯癫癫，把你拉出来逛街。"

顾命大说："是福不是祸，是祸躲不过。不怪你。"平素言语很少的顾命大，也知道刘粉娥心里明白了，就多说了一句话："你去告诉他，我不会认他的，他的亲妈，二十年前就死了。"刘粉娥把这话一听，心如刀绞，想顾命大这是遭受过多大的虐待啊，她再也忍不住，泪水纷纷滑落，说："亲，咱来不及了！"

忽然间，外面人声鼎沸，呼啦啦大群的人拉拉扯扯就寻到了后院。河南人拦不住陈家婆婆妈妈大人小孩儿了。李莲莲带过来陈家的三个小孩子，往顾命大面前一跪，还笑嘻嘻的，以为就像电视剧，又害羞又顽皮又好玩，叫了几声"奶奶"，就唱起歌来，唱的是："世上只有妈妈好，没妈的孩子像根草。"陈富强兄弟姊妹三个人，加上各人的配偶，一排六个年轻人，挤到顾命大面前，叫了声妈，这一叫，心一酸，就抽抽搭搭了，尤其是陈富有陈富凤，顺势就悲情大释放了。

此情此景，便再也由不得顾命大了，也由不得河南老九了，也由不得王旺发了，更由不得刘粉娥了。谁都无奈何了。儿孙都跪在面前了，血缘就是血缘，没人能够违背。陈富强赢了。

陈富强赢了但他并没有被胜利冲昏头脑。在老婆李莲莲的帮助下，陈富强安排全家人今夜就宿在烂泥湖村。陈富强的表面理由是：因为时间已经太晚了；因为大家都还要好好吃一顿晚饭；因为母亲顾命大身子虚弱经不起折腾；因为河南老九还是不肯放手，死缠烂打守在顾命大身边不肯离去。

好在地方阵营最聪明的刘粉娥，已经被她老公带回他们河南人的无浪村了——刘粉娥最后一刻还狠狠挖了陈富强一眼。陈富强当作没看见。李莲莲分明看见了，原来刘粉娥是陈富强寻母的劲敌，是深仇大恨的，李莲莲很高兴。李莲莲听不到的是刘粉娥低声对她老公说的话："你认准这个男人啊！一个坏种！将来总要他不得好死！"

烂泥湖村有的是空房子，再在王旺发的通顺大超买一批宿夜的必需用品——王旺发倒是发了一笔意外之财，他自然就高兴并客气起来。王旺发转而帮陈富强一大家子安排住宿，因为情势发生了变化，因为陈家儿子孙子来了一大群，充分证明了他们与顾命大的血缘亲情，这个就是硬道理了。何况陈家是出钱的，陈富强的老婆李莲莲做事大气利索，与王旺发一笔笔算钱，算好了当即就转账，连房租带食品和用品，王旺发的报价，李莲莲都没有讨价还价，这可是一笔不小的买卖，这也是今天太阳出来的时候，厌恶陈富强的时候，凝望老槐树的时候，王旺发都没有想到的，世事难料，坏事变好事，好好好。

其实，这是陈富强的谋略，早就想好的，现在只是照计划进行。哪怕陈家全家都临时将就一夜，住宿一次烂泥湖村，花掉一笔钱，也是值得的。现在世界上，哪个广告不需要投入呢？哪笔生意不需要成本呢？明天清早，好几家媒体将会赶来，邀约的记者将会进行现场采访。当年只有十四岁的乡村少年陈富强，立志寻母，离开家乡，一边打工一边寻母，吃尽千般苦受尽万般罪，坚持寻母二十年，感天动地，今天终于找到了母亲——这个感人的故事将会成为轰动一时的社会热点新闻。通过媒体渲染，陈富强将成为名人，到处演讲，成为弘扬中华民族孝道的正能量人物。那么陈富强就可以借势出售在网络连载的故事版权，改编电影，受邀做电视广告，把连锁店开到全国去，火到全国去。到那个时候，荣誉、金钱、社会地位，将滚滚而来，滚滚而来。

有志者，事竟成。陈富强坚信，在烂泥湖村星光灿烂的夏夜，陈富强李莲莲夫妇在老槐树下乘凉，陈富强这才把自己全盘的雄才大略一一告诉老婆，李莲莲这个惊喜啊，佩服得五体投地，连连说爱死我的老公了。夫妇俩一边乘凉，一边巡逻，一边倾诉，一边展望未来。不过李莲莲还没有傻到把自己此前的离婚准备吐露出来。她更多的是听陈富强的心声，附会和夸奖老公，而时刻保留自己的一份警醒，她知道越是有本事的男人越容易出轨。他们还一再细化了明天计划的种种情节。在寻母成功后，陈家兄弟姐妹非常团结，紧紧围绕陈富强。他们彻夜守候，不让河南老乡的任何企图得逞。陈富强夫妇值守上半夜，陈富有夫妇值守下半夜。陈家兄弟们几乎一夜无眠。

一个平安无事的烂泥湖村之夜过去了。

翌日，陈富强按部就班，实施了他的计划：新闻热线特邀记者早早就赶过来了。另外几家媒体的记者以及自媒体记者，也都陆续来了。母亲顾命大，被媳妇李莲莲率领的陈家妇女们簇拥着或者说是挟持着，她们将母亲顾命大收拾得干干净净，一身新衣服，戴上了一条红色的辟邪项链，配合陈富强接受现场采访。陈富强说到动情处，抱头痛哭。母亲顾命大并不与谁抱头痛哭，可是陈家子孙都纷纷来抱母亲顾命大，叫的叫喊的喊，思念亲人的热泪，泪满烂泥湖村。人们都感动得一塌糊涂，寻母二十年啊，二十年不见的亲人终于相见啊！只是母亲顾命大一言不发，表情呆滞，却有儿媳妇李莲莲的花言巧语，她解释说老人身体欠安，耳朵也不好使了，聋了，听不见了，被人贩子拐卖的生活颠沛流离，已经被折磨到奄奄一息了，云云。现场采访差不多要结束了，顾命大和河南老九都以为正如陈富强告诉他们的，只要配合了采访，他们就可以回家了。这个时候，却有警车呜呜而至，前来解救被拐卖妇女，当然是陈富强报警的。警察一来，河南老九的拼命劲儿，就不管用了，他还拼得过警察？！

十

二十年前，一场精心策划的原本完美的自杀，怎么就稀里糊涂变成活到了现在呢？如今连顾命大自己都不明白了。

那一年春节前夕，顾命大在集市上卖了猪，为自己买了一身暖暖和和鲜鲜艳艳的羽绒服，替自己装殓送终，步行了老远老远，吃了好多感冒药，人已经昏昏沉沉了，这个时候投入展翅长河，肯定是能够自杀成功的。顾命大料不到的是，她竟然就一直没有沉下去。在好长一段时间里，顾命大一直浮在河面，直挺挺，熟睡一般，顺水漂流。漂至汉川，正是清晨，晨雾蒙蒙中，打鱼人河南老九，出船舱撒尿，发现了河面上漂浮着一个衣服穿得红艳艳的女人，就急忙救人了。顾命大被拖进船舱，还没有苏醒，却是有气的活人。河南老九与他的河南婆子一起，在船舱赶紧烧热水，焐被窝，把顾命大救活了。顾命大睁开眼睛好半天，都拿不准自己是死是活。顾命大没有住过船舱，躺着看船舱顶棚又低矮，也不知道这是哪里，就问些昏话："你们是鬼吗？我死了吗？我下地狱了吗？"河南婆子对河南老九说："你看你，救了一个傻子。"河南婆子抬手就打了顾命大两嘴巴，问："疼不？"顾命大说："疼。"河南老九夫妇就笑了起来："不傻不傻，活了活了。"

一条破旧的小渔船，就是河南老九夫妇的家。顾命大在河南老儿家里躺了几天，喝了新鲜鱼汤，身体就慢慢恢复了。顾命大的漂亮模样，也就显现出来了。河南老九见了漂亮女人，眼睛都没处放，整天都乐呵呵的。河南婆子心里不高兴，面子上也不说，其实已经起了心思，她要把顾命大卖了，赚一大笔钱。河南婆子有自己的道理：顾命大的命是他们救活的，顾命大的身子是他们养好的，顾命大本来就应该报恩。这顾命大又是一个没家没口到处流浪的，不如给她找个人家正经过日子，也是他们给她最好的安排。更加上河南婆子常年患病，看病就医已经欠了外面一屁股债，分明这顾命大就是一个来替他们还债的。河南信阳偏僻乡村，愁的就是娶媳妇，不怕卖不出去。河南老九最初是反对的，可是河南婆子骂道："敢情你是做美梦想养个小吗？你妈个 × 就算我宽宏大量，咱养得起她吗？"

顾命大倒是很懂事，她完全同意河南婆子的主意。顾命大想这对河南打鱼夫妻救活了她，她也不能够再寻死觅活，死在人家这里，叫人家做了好事还得晦气。顾命大还怀着身孕，是她公公的孽种，说都说不出口的，也需要赶紧上岸设法打胎。更加上眼看着河南老九对顾命大一天比一天色眯眯的，河南婆子已经忍不住要发作了，顾命大感觉自己不可以做这种缺德事情，拆散人家夫妻。河南婆子一见顾命大开通，挺高兴，很快就托了人贩子，人贩子验货时候看到货色不错，也就很快把这笔生意做成了。临走，河南婆子打开天窗说亮话，告诉顾命大："妹子俺们不兴坑人的啊，到人家里，不可以跑掉。跑得了和尚跑不了庙，人家会找到我们，我们得赔钱，信誉也没了。我们救你命，可不兴坑人跑掉的。你发个毒誓吧！"

顾命大就发了个毒誓：“我要是跑掉，出门就让汽车撞死。”

河南老九舍不得顾命大。顾命大下船跟人走掉，他就一直蹲在岸上闷头抽烟。最后两个人啥话都没说，只默默对了一个眼。

顾命大去了河南信阳，被人贩子带来带去，辗转到一处穷乡僻壤，做了一个光棍汉的老婆。光棍汉对顾命大倒也不错，顾命大啥话都不说，她的过往怎么问也问不出来，人家也就算了。顾命大得以休养生息。缓过劲儿来，她偷偷找了一个乡村接生婆子，把肚子里陈有锅的孽种拿掉了。顾命大终于安心了，觉得自己终于干净了。光阴荏苒，吃喝拉撒，一晃就是几年。顾命大遵守自己发的毒誓，没有跑掉，她也没处可逃。也没有再寻自尽，人家对她还不错，她也不可以给人家添麻烦，突然冒出一个丧事要人家料理，人家买你花一大笔钱，葬你再花一大笔钱，都是穷苦人家，顾命大也不能太没有良心，何况人家还会被乡亲们说闲话，好端端一个媳妇自尽了，村里做人怎么抬得起头来？问题出在顾命大再也怀不上孕了，几年过去，光棍汉家里就撑不住了，人家花钱买媳妇就是要传宗接代的。顾命大就被转卖了。转卖也是坦诚相见的，说：“这几年我们家对你不薄，你不能生养就没有办法了。我们家有一个亲戚死了老婆，家境还行，脾性也温和，只是人有点儿年纪了，好在也不再需要生养孩子，你嫁过去也没有心理负担，只好好过日子就行。”这种两好合一好的事情，通情达理，顾命大也就无法不同意，就点了头。到年纪大的老头儿家过了一年多，老头儿做不动床上的事了，蛮羞愧的，就与顾命大商量，要她转嫁给一个年轻力壮的，那男人仅仅是出过车祸，缺一只胳膊而已，为人还不错。顾命大反复解释说她不在意床上的事，老头儿很固执，说：“我在意，你在我面前晃来晃去，我觉得蛮没有脸的。”老头儿也对顾命大推心置腹算了一笔账，说他买顾命大花了不少钱，欠债还没有还完，要是顾命大肯跟人贩子走，老头儿就可以得到一笔钱，把债还了，可以安心养老了，顾命大就算是他的恩人了。这么一说，顾命大也就无法不同意了。加上口齿伶俐的人贩子把思想工作一做，说花无百日红，人无百日好，年纪轻轻还是应该趁早享受年轻生命，相逢是缘，那年轻力壮的男人虽说少一只胳膊，却一点儿都不计较你。顾命大也就跟人贩子去了年轻力壮的男人家，男人在床上也果然是一个有力气的。话说一日夫妻百日恩，男人又还是一个残疾人，需要顾命大照顾。顾命大也就过下来了。这个时候了，顾命大还怎么寻死？还怎么自尽？人家也没有得罪她，人家花大钱买来的女人，也还是比较爱护。这前前后后的几个男人，都是好人，都比陈有锅父子人品好，陈有锅祖孙三代没好人。而且关键是，人家这还都是一笔生意，万一顾命大突然没了，不是人贩子要退钱就是卖家要退钱，买家也人财两空，顾命大是不可以这么害人的，这么害人死了也会背上骂名，人人都恨她。如此，顾命大还能够咋的？只能活着呗。不料有一天，忽然有警察来打拐，突袭了村庄，原本是解救其他女孩子的，顾命大也被发现了，顺便也给解救走了。

顾命大被解救以后，非常高兴。她简单的脑子冒出一个简单的想法：现在她终于解脱了，终于可以无牵无挂无忧无虑地自尽了。因此顾命大告诉警察实话，她是湖北人。警察就替顾命大买了一张去武汉的火车票，武汉那边有解救站的工作人员接车。但是，顾命大没有出站，她沿着铁轨走了。她的打算是设法走到长江边上去，找一处荒野的防浪林，等夜深人静了，在林子上吊，这不就一死了之，一了百了了。好在顾命大也算是没有做孤魂野鬼，还是回到湖北老家附近来死了，死后说不定就比较容易碰到别春芳，这个救了她小命也是最心疼她的女人。顾命大这么一想，还是充满憧憬和愉快的。事情是该有一个结局了。顾命大一路问路，武汉城里人都还挺好心，一路告诉你怎么走，顾命大就顺利来到了汉口的江边。入夜，准备好绳子的顾命大，有条不紊地照计划进行了。顾命大套上脖子以后，毫无留恋地、几乎是喜悦地一脚蹬开了垫脚的砖头。也就是在她蹬开那一摞砖头的时候，树林子里蹿出人来。来人不由分说，果断挥手，一刀割断了顾命大的吊颈绳。

顾命大被救过来了，一看，真不敢相信自己眼睛，这人却是河南老九。河南老九一手提着杀鱼刀，一手搂住顾命大，号啕大哭又哈哈大笑。这两个人，该是怎样的缘分啊！

原来河南老九的河南婆子已经病死了，他们一群河南打鱼人，早就来到武汉打鱼了，毕竟武汉大江大湖多，赚钱容易。这一天是河南老九的生活常态：他一条打鱼小船，独自夜宿江边，半夜跑到岸上拉屎，手里随时都带着防身的杀鱼刀，蓦然发现有人吊颈，一个箭步冲过去，只管救人再说。却万万想不到，救的是他日思夜想的顾命大。顾命大这是第二次被河南老九救命，在他面前，她是再也不敢死了，也是再不愿意死了。他俩心里都明白，他俩原本就是有情有意的一对。

河南老九已经在汉口经开区湖区的无浪村有了自己的房屋，只是为了多打鱼多赚钱，又是一个单身汉，他更多住在船上。现在他有了顾命大，带上她就回家了。顾命大的新生活，从此开始了。苦尽甜来，顾命大把河南老九抱来的猪崽可以养到三百多斤。只是，顾命大依然如此地害怕这个世界。她大门不出二门不迈，深深躲藏在他们简陋却温暖的小窝里。日复一日，吃喝拉撒。日复一日，紧张地警惕地守卫着他们的吃喝拉撒，珍惜着他们的吃喝拉撒。顾命大一直躲着，开心地躲着，也怕怕地躲着。十二年都过去了，顾命大不知道自己还在怕什么，但她就是怕。

直到这一天，她家门出现了刘粉娥，嘻嘻哈哈疯疯癫癫的刘粉娥，嘴唇涂得鸡屁眼一样的刘粉娥，不达目的誓不罢休的刘粉娥。还有风油精，一瓶小小的风油精，风油精打动了顾命大的心。

尾 声

阔别二十年，顾命大踏上了回乡之路。道路都变了，都变成宽阔大道了，洋气得很。顾命大都认不出东南西北了。当然她知道陈富强是在送她回乡，回周陈湾，回陈有锅陈歪毛的家。才刚刚上路，陈富强就已经耀武扬威了。据说周陈湾，也还有新闻热线的记者在等着采访他。

顾命大很不愿意。但是，没有谁管顾命大愿意不愿意。她肯定是不愿意了。她都擅自嫁人了，她还会愿意？这在陈富强看来，就是下贱。陈富强无法认可母亲顾命大自己随意地嫁人，那只能够说是脑子糊涂，被男人诱骗。母亲顾命大还有丈夫，又没有离婚，后面的结婚，当然不算数。总之顾命大是他们的母亲，是孙子们的奶奶，是他父亲的老婆，是他爷爷的儿媳妇，血浓于水，血缘关系就这样明摆着的，顾命大生是陈家人死是陈家鬼，绝对的！陈富强已经给爷爷陈有锅，爸爸歪毛都打了电话，他们那个惊喜啊激动啊！今天正眼巴巴等在家里，爷爷陈有锅已经买了一万响的电光鞭炮，单等顾命大踏进陈家大门，就要放它个满地红光。哇呜，陈富强，陈家的大儿子，驾着小轿车，把二十年前跑掉的母亲顾命大给送回来了！这是何等的奇迹！何等的荣耀！这小子出生的时候紫气东来，他注定就是一个要做出惊天动地的大事的人。

大家都看陈富强的脸色。大家都听陈富强的话。陈富强长得和他父亲歪毛一模一样，奇怪的是，同样的嘴脸，长在歪毛身上，是歪瓜裂枣；长在陈富强身上，是相貌堂堂。有记者说，陈富强长相还真有几分与母亲相像，顾命大不接受。相貌堂堂的人，也有心坏的。陈富强就是坏心人，连自己的亲娘都要利用，连自己的亲娘都不让她好过，就是一个人面兽心的东西。母亲顾命大太了解自己的大儿子了，从他出生那一天开始，她就了解了，如今更是寒彻肺腑。

今天，是历史性的一天，陈富强把一切都安排好了。一切，也都在陈富强的指挥下顺利进行着。

因为雾霾严重，高速公路封闭。陈富强走了老公路 318 国道。老公路也修得不错。陈富强自己驾车。他要直把小车开到周陈湾的陈家大门口，要为他爷爷爸爸他们陈家家族，赚足脸面。小车后座，顾命大被夹在中间坐着，一边是她的小儿子陈富有，一边是她的女婿小王。还有李莲莲陈富凤带领的全家男女家属包括小孩子们，是租的一辆面包车。上路了不久，陈富强是春风得意马蹄疾，跟在后面的面包车，已经跟不见影子了。陈富强告诉李莲莲慢慢开不着急，安全为重，反正大家都有手机随时联系就好。

顾命大一路不说话。在陈富强记忆里，母亲顾命大就是最不爱说话的。他也不要跟她说话。他已经当着她的面接受记者采访，表达了太多对母亲的歌颂、对母亲的爱，抱了母亲的头。顾命大自然是听到的看到的感受到的。顾命大却全然不做出任何反应，一点儿不懂得帮衬儿子，半点儿母爱亲情没有。一个都是做母亲和奶奶的女人了，竟可以如此麻木不仁自私自利，陈富强也是信了她的邪。当然，也可能是早年把脑袋摔坏了。陈富强已经懒得计较历史了。除了陈富凤偶尔问一问母亲“要不要喝水”，车里谁都不说话。

小轿车沉闷地跑着跑着，陈富强就把手机上的歌曲打开了。驾车听歌，现在都兴这样的。陈富强选择了他最喜欢的《心雨》，一首经典老歌，还是陈富强特别喜欢的版本：杨钰莹毛宁的对唱。大事已经胜券在握，陈富强的思绪，就跑到了他自己隐秘的感情世界。每当《心雨》一唱响，陈富强就会想起他那漂亮的情人嘉玲，心里会隐隐作痛，但是，理智会立刻出来，安抚他的心。陈富强的心知道李莲莲对他更合适。李莲莲绝对是帮夫旺夫的好老婆。老婆当然是合适的好，但是合适等于爱吗？似乎并不是。嘉玲实在生得漂亮，是爱死人的那种漂亮。算了算了算了！听《心雨》吧，万千纠结，就靠听听《心雨》了。平时李莲莲最反感陈富强听《心雨》，李莲莲认为，这种文艺小情调烂歌酸不叽叽的，早就过时了，过时到原始社会去了。杨钰莹毛宁这种歌手也过气了几代人了，本来嘛，当年这首歌，也主要都是县城乡镇小文青喜欢。像陈富强这样的杰出才俊，就不要再听了，再听蛮落伍蛮丢脸的，还会影响儿子的文化素质——李莲莲就是这么强势。她对《心雨》这首歌的深仇大恨，就好像直接对准的是嘉玲，一个她并不知道的情敌。女人的直感太厉害了，直感一上来，人就很强势。李莲莲强势的时候，把陈富强恨得牙痒痒。可这一次寻母成功，李莲莲又表现得太出色了。爱恨情仇，一团乱麻，真是说不清。不过这支歌曲，属于陈富强的私人爱好和私心寄托，他绝不让步，手机里肯定是要收藏的。有的时候，陈富强就是想听听。比如此时此刻，人生得意须尽欢，陈富强要献歌一首给自己。陈富强也想让这种柔情歌曲敲打一下母亲的僵硬心灵。呵呵，或许敲打不了吧。母亲顾命大有心灵吗？为什么她会不认自己的亲生儿子？儿子辛辛苦苦寻母二十年啊，她却可以彻底否认，六亲不认，简直不可思议。算了，莫难过莫悲伤不纠结，且让杨钰莹和毛宁的《心雨》来安慰。小车里，歌声轻柔地响了起来——

我的思念，是不可触摸的网
我的思念，不再是决堤的海
为什么总在那些飘雨的日子
深深地把你想起
我的心是六月的情
沥沥下着细雨
想你想你想你想你
最后一次想你
因为明天，我将成为别人的新娘
让我最后一次想你

歌声中的顾命大，脸上没有任何表情。她的没有表情，其实就是她的表情。她的孩子们，都不了解她，也没有哪个想了解她。他们都是受爷爷陈有锅的仇恨教育长大的，他们都恨死了母亲顾命大，他们绝对是要把她往火坑里送的，为了他们陈家，为了他们自己的脸面和各种好处。他们陈家从来不把人当人，从来不把顾命大当人，从来都是。对于他们一家，顾命大早就死心了。歌声响起来，顾命大隐隐约约熟悉，似乎也是听过的。不过这种外界飘来的歌声，再也触及不了顾命大心里深处的柔软。顾命大还是少女的时候，就和她的初恋鄢继舜男女对唱来着，声情并茂，他们唱的是《太阳最红毛主席最亲》，其实他们的歌里都是他们自己，只是心照不宣而已。顾命大这辈子，是不愿意再想起鄢继舜的，想起一次，心就破碎一次。幸亏后来出现了一个河南老九，这个男人多年来一直帮她修补破碎的心灵，是顾命大的救星和福气，可惜夫妻不能够到头。不知道没有了顾命大，河南老九独自怎么活？还有那些猪鸡猫狗，没有顾命大怎么活？她养到三百多斤的大肥猪啊，可爱得不得了。顾命大的心尖尖，疼是疼得直哆嗦。原来她，是早就该死的！

歌声悠悠，陈富强得意忘形，还在方向盘上轻轻打节奏。车过侏儒山了，侏儒山一带，到处都是小石灰窑，天上地下都是灰扑扑的。顾命大在歌声中拍拍陈富强的肩，说："尿尿。"陈富强把小车缓缓停在路边。陈富有打开车门，顾命大钻了出去，站下来，四处地望了望，再走下路基，钻进树丛。三个都是儿子的男人，为避免看见母亲撒尿，都把头扭向另一侧，神情茫然地听歌，还跟着瞎哼哼，等着，等着。

然而，他们等到的是一声异样巨响，一声大车的急刹。一辆满载石灰的大卡车，避让不及，活活撞上了扑上来的女人。大车在小轿车前面紧急刹住，白白的石灰粉尘漫天飞扬，母亲顾命大，在弥漫的石灰粉尘中血肉横飞，身首异处。这一次，顾命大终于如愿以偿，干净利落地死掉了。她最后的遗言，只是两个字：尿尿。

大卡车与人猛烈撞击后的一瞬间，世界静如史前。

她的城

一

这是逢春的手，在擦皮鞋。

二

这还是逢春的手，在擦皮鞋，十五分钟过去了。

三

蜜姐瞥了一眼收银台上的钟，瘦溜的手指伸过去，摸来香烟与打火机，取出一支烟，叼在唇间，噗地点燃，凑近火苗，用力吸一口，让烟雾五脏六腑绕场一周，才将脸一侧，嘴一歪，往旁边一嘘，一口气嘘得长长的不管不顾，旁若无人。

蜜姐是逢春的老板，开着一家不大的擦鞋店。

蜜姐眼睛是觑的，俩手指是黄的，脸是暗的，唇是紫的，口红基本算是白涂了，只她觉得必须涂，觉得女人出来做生意就是要这样子。就这，一口香烟的吞云吐雾，蜜姐当兵的底子就显出来了。要论长相模样，蜜姐也算清秀，但再清秀的女子，军队一待八年，这辈子就任何时候往民间一坐，总是与百姓不同。蜜姐说话笑呵呵热情嘹亮，但一急起来又立刻目光森冷眉毛倒竖，一股兵气伐人。国家经济改革开放初期，蜜姐在汉正街窗帘大世界做了十年窗帘布艺生意，批零兼营，兴旺红火，闭着眼睛都瞎赚钱。但是对蜜姐来说，最主要不是赚了钱，是人生又锤炼了一回。汉正街是武汉市最早复苏的小商品市场，做生意的有些是绝望而敏感的劳改释放犯和被社会抛弃的闲杂人等，与他们竞争和拼搏，那是要心眼要胆量要本事的。蜜姐就这样炼成了：她眼观六路耳听八方，胆大心细遇事不慌，见人说人话见鬼说鬼话，活活一个人精。所以蜜姐脸面上自然就是一副见惯尘世的神情，大有与这个世界两不找的撇脱与不屑，做小生意好像也很大，不求人的。在汉口最繁华的闹市区，只开这巴掌大一擦鞋店，怎的过日子？蜜姐自是每一天都过下来了，分分秒秒都有掂量有分寸，不是一般人能够晓得的，也没可说。

四

蜜姐又瞟了一眼收银台上的钟，二十分钟过去了！

逢春还撅着屁股，陀螺一样勤奋旋转，擦着那双已经被她擦干净了的皮鞋。

“他妈的”这三个字，无声却狠狠掀动了一下蜜姐的嘴唇。许多时刻，人总得有一句解恨的口语。不代表什么，就代表解恨。武汉人惯说“个巴妈”或者“个婊子样的”。蜜姐十六岁就当兵了，也说惯了国骂“他妈的”。

就逢春擦的皮鞋来说，的确，是一双顶尖好皮鞋，蜜姐看得出来这货色不是意大利原产就是英国原产，可那又怎么样？他妈的，这单生意也还是做得时间太长了！

“时间是检验真理的唯一标准”——这是蜜姐的警句格言之一。警句格言与粗口国骂，蜜姐都喜欢。时间的确就是检验真理的唯一标准，比如爱情，又比如擦鞋。擦鞋比爱情更容易说明问题：五年以前擦皮鞋，都要替顾客解鞋带的，角角落落和缝缝隙隙，都是要一一擦到的，手脚再麻利也得七八上十分钟。随着物价飞涨，前进一路批发的鞋油，最普通的，三角钱涨到了三块钱，分分秒秒地，市面万物都在涨价，没道理的是，擦鞋店却不能涨。六渡桥那边的翰皇擦鞋店想涨到五元，人们就愤愤地，说："你不是那个沈阳一圆擦鞋服务公司的连锁店吗？连锁来武汉，本来就两元了，还涨！"好像擦皮鞋就该尽义务似的。他妈的，这就是民意。民意在有些事情上就是刁蛮，但它就是很难违抗。那么就凭你刁蛮好了，蜜姐顺应就是，蜜姐不涨价，坚持两元不动摇。她傻呀？她不傻。人们怎么就不明白，天底下只有买错的没有卖错的。蜜姐可以明不涨暗涨啊。可以擦皮鞋不涨，擦其他任何鞋都涨啊。还可以用文字游戏涨啊。顿时，不叫擦皮鞋了，叫"美容你的第二张脸"。休闲鞋旅游鞋类也不叫擦了，叫"养护你的立足之本"。就一双简单到几乎是拖鞋的凉鞋，蜜姐一见就可以拍案惊奇，夸道："哇，好精彩的鞋，好个性化！你这鞋需要个性化美容，必须的哦！"就这一句，肯定搞定。一番"个性化美容"之后，你说五元他也付，你说八元他也付。若不付，那他自己都要面孔涨红下不来台的。流行时尚就是一个店大欺客的东西，大凡喜欢在繁华闹市逛街的人，不怕多付三五块钱，就怕别人看自己老土。现在做生意不再是什么"质量是生命，信用是根本，顾客是上帝"，是玩概念、玩时间、玩顾客了。把以前擦三双的时间变成擦六双，把以前的一盒鞋油变成六盒鞋油，不就是赚了？并且眼见得进出店子的人多了，人气就高起来。人都是人来疯，把人搞疯就赚钱，这一点绝对。

蜜姐唯一的问题在于，她是老板，她不亲手擦鞋的，时间不掌握在她手里，要靠全体工人的灵活机动。

“嘿，都给我听好了，必须时时刻刻掌握时间！”每天开门之前，蜜姐都要凶一句，再一笑俩酒窝：“拜托了姐妹们！”蜜姐又会打又会摸，几个擦鞋女，被她盘得熟熟的，要怎么捏怎么捏。蜜姐什么人？是在汉正街做成了百万富翁的人！

今天逢春在一双皮鞋上耗费了二十分钟了，她太过了！恨得蜜姐眼珠子都鼓出来了。

五

逢春不是真正的擦鞋女，蜜姐没有和她签劳务合同。擦鞋女都是农民工的家眷，城市女人再不肯做这种苦力活儿了，除非有特别的原因，逢春自然是有特别的原因，只是她不说。她不说，蜜姐也知道。

逢春是汉口水塔街联保里超级帅哥周源的妻子，婚前是汉口最豪华的新世界国贸写字楼的白领丽人。周源逢春这一对小两口，郎貌女才，又会生儿子，在水塔街一带人人羡慕，很是引人注目。他们两家的老人出出进进，总是脸盘子笑成一朵花，光彩得很。这一切，都在蜜姐眼里。蜜姐祖宗三代都居住在联保里，家家户户什么状态都了如指掌。那天逢春跑来说要打工，蜜姐说："你吓我？你和我开国际玩笑？！"

哪里知道逢春蛮认真的。她梗着脖子说："我哪里开玩笑！"

蜜姐毫不客气一针见血："和你老公赌气还不是开玩笑？"

逢春就大吃了一惊："你怎么知道我赌气？"

蜜姐不屑地把眉梢一挑，就算回答了。

逢春被揭穿，吭哧吭哧了好一会儿，老实回答："好吧，我承认我是赌气。周源太懒了！大事做不来，小事又不做，在前进一路电器公司做事都嫌低贱。我就是想出来做做事情，让周源看看。"

蜜姐打了一个"哈哈"，说："是啊，你蛮会挑地方的，再没有比我这里更低贱的了。"

逢春连忙说："蜜姐蜜姐，我不是这个意思啊！我我我我——"

"不用解释！我是夸你呢！好吧，看在都是街坊邻居的面子上，我就让你在我这里做个秀场，在这里装模作样闲待几天，羞辱羞辱周源和他父母长辈，等他们臊得来求你了，你就赶紧跟他们回家。玩玩就行啊，见好就收啊。"

当然，其实蜜姐是很不愿意的。蜜姐把自己店子看得很郑重的。但是蜜姐懂得什么叫作“兔子不吃窝边草”，联保里的街坊邻居，蜜姐总是有求必应，不仅不赚他们的，还总是给优惠。

“闲待几天？不！蜜姐啊，我又不脑残，知道你这里是庙小神仙大啊，开店做生意，生意就是头等大事。我保证和其他人一样，踏踏实实干活儿，该怎样就怎样，我也要看看自己是不是有毅力有能力把这份工作做好。”

蜜姐把逢春这话一听，不免对逢春刮目相看，退开一步，抱起双臂，上下仔细打量逢春一番，说：“咦——在这街上也算看着你长大，原以为是一没口没嘴闷葫芦女孩儿，想不到说话还蛮靠谱的。难怪那么多女孩儿追源源，源源却跑去追你，现在我知道了。”

逢春只把脸一低，笑笑，也没有个花言巧语，只说：“我也要和她们一样，签个劳务合同。”

蜜姐说：“我才不和你签。你做三天了不起了，做一天我也给你按工计酬，如果你真做，那就放心好了，我不会少你一个子儿。”

逢春委屈地说：“不是啊，是我必须尊重你呀蜜姐，你对我这么好，肯帮我，又不嫌我嘴巴笨说话得罪你，那么我得按合同要求做工啊！再说了，三天肯定是不止的嘛。”

这一番话，把蜜姐说得心头滚烫滚烫，热乎乎地暖。做生意许多年了，见过的人不计其数了，肯定都没有谁给蜜姐这种感觉。原来逢春竟是这么一个乖巧懂事到少有的呢！倒是再看逢春的穿着打扮，素面素颜，头发只隐约几缕小麦色挑染，牛仔裤，黑毛衣，学生球鞋，三十多岁人看上去也就二十五六，很像在校女大学生。蜜姐从来都没有细看过逢春，这一定睛，真是蛮顺眼蛮好看的，心里就已经有几分喜欢，便允了。

既然允了，蜜姐的风格还是要摆出来，她明人不说暗话："好吧逢春啊，那我可把丑话说在前头了啊！这一，擦鞋可比你想象的要低贱和苦累得多，世人的目光，联保里街坊邻居的眼睛，都会刮骨得寒，你心理上要充分准备好。这二，咱是开店铺做生意不是尽义务，你眼水要亮，手脚要快，石头缝里也给我挤点儿水出来。这三，生意上的赚钱多少坚决不许出去和街坊邻里多嘴多舌。懂吗？"

逢春说："懂了！"

结果，不幸。三天过去了。一星期过去了。一个月过去了。周源没有出现。周源家父母上辈们，也没有出现，活活把个白领丽人逢春，生生晾在蜜姐擦鞋店了。街坊邻居个个震惊，新闻传播得跟长了翅膀一般，连原来新世界逢春的同事，也有人找来店里瞅瞅。周源家老人们的脸，顿时就被人家打了耳光一般，出出进进再也不得自在，绕弯走远路尽量避开蜜姐擦鞋店，但就是不过来接走逢春。

这倒是大大出乎蜜姐的意料：僵局了！

当初其实蜜姐与逢春两人心里都有数，都以为逢春也就是做个三五天，最多一个星期吧，哪怕周源发了牛劲，再不情愿来找逢春求和，周源家父母拿鞭子抽也是要把周源抽到店里来接走逢春。再不成，周源父母还会亲自过来，老人只要往擦鞋店门口一站，叫声逢春，做媳妇的，当然再没有任何理由不跟着走的。可是！居然！周源和他们家父母，一直都坚决不露面。逢春呢，居然也就一直硬抗着坚决不妥协。

这个局面一僵持，就是三个多月了。逢春搞得还真像一个擦鞋女了。逢春竟也不怨天尤人，也不责怪咒骂周源，也不求谁调解，就是每天按时上下班积极做工往死里吃苦，这样的城市女孩儿，蜜姐还真没有见过。

“我信了这两个人的邪！”蜜姐暗说。蜜姐又只好独自暗暗地痛骂周源：“他妈的这个臭小子！明摆着老婆都做到这种地步了，还不赶紧来接走她！赌气几天也就罢了，还装不知道，把这种窝心苦让自己老婆吃，算什么男人？”

蜜姐实在不能不骂周源了，其实早在逢春来的第一个星期，蜜姐就给周源发了短信，周源竟然一直没有回音。如果宋江涛活着，这种离谱的事情，看周源他敢？宋江涛不在世了，蜜姐也总还是联保里的一辈老大，还是有自己派头的，周源居然不买她账，也太没大没小了！去他妈的！蜜姐一愤怒，不理睬周源了。她也就任由逢春做下去了。不管别人怎么小看蜜姐擦鞋店，蜜姐自己还是昂首挺胸做生意的。逢春一个大学生出身就不可以擦鞋了？人家北大清华毕业生当街卖猪肉的也有呢。周源竟是这么臭不懂事，那就活该他们家老人脸面受不了！活该！

相处三个多月，蜜姐更对逢春另眼相看了。逢春这小女子不是一般的乖，是真乖。凭她身份，硬是就在家门口，熟人熟眼地看着给别人擦皮鞋，虽说赌一时之气，可说起来容易做起来难，逢春倒说话算话，真敢放下面子，硬撑着做了下来。说逢春真乖，是她不似现在一般女子，只嘴头子上抹点儿蜜，眼头子放点儿电。逢春眼睛不放电，目光平平的，像太阳温和的大晴日，却这晴日里有眼水明亮，四周动静都映在她心里。那些档次高一些的鞋，几个擦鞋女做三五年了还是畏惧，到底是农村女人，进城十年八载也对皮鞋没个把握，逢春就会主动迎上去把活儿接下来。一般皮鞋，逢春打理得飞快，就两三分钟：掸灰，上油，抛光。给钱，走人。她懂得现在快节奏是两厢愿意。顾客进店只顾一坐，脚只顾一翘，拿出手机只顾发短信，擦鞋女只顾擦鞋就是，眨眼之间就“扮靓了人的第二张脸”。其他擦鞋女受了一点儿职业培训，说要尊重顾客，她们就鹦鹉学舌死搬硬套，不管什么顾客，一律都机械地说：“拜拜！欢迎光临！欢迎下次光临！”逢春会看人，许多顾客她就把“拜拜”免了，值得说的人才说。这使蜜姐加倍赞赏，本来嘛，擦皮鞋是多大一点儿生意，无须自作多情。那些根本不懂尊重人，只管高高翘起鞋子，眼睛望天上，随便把钱一甩的主儿，的确也用不着把他当人。利利索索做自己的活儿，眼皮都不撩起，逢春擦鞋，还真擦得出来一份自己的冷艳。看来三百六十行，确实行行出状元。世上的确没有下贱的事，只有下贱的人。

只因逢春是这般真乖，人又几分憨气，又默默受着老公和婆家的冷落羞辱，蜜姐逐渐生出了一份真心的疼爱来。

六

问题是：麻烦来了！

蜜姐原本急流勇退，撤离汉正街窗帘大世界，回到联保里坐镇自家小小店铺，生意红火，安安逸逸，心如古井，这是多好的日子！蜜姐真的知道这是多好的日子！她失去过，所以懂得什么叫作拥有，懂得珍惜和享受。就是这样的日子，波澜不惊的时时刻刻、分分秒秒，真舒服。就算来了一个逢春，就算是为邻居排忧解难，都是日常事，依旧无风无浪。更有运气的，这逢春又是一个真乖的女子，看着都舒服。够了！蜜姐只锁定自己舒服的感觉，不作他想。够了！她愿意这样的日子，天复一天过下去。

不料，突然，今天，逢春出毛病了！

二十五分钟过去了，逢春当然还是在擦鞋。逢春与被擦鞋的顾客，都十分投入。一个愿打一个愿挨，默契地无限延长着时间。初期两人都不说话，后来逐渐偷偷地四目相接，悄悄说话，不时还会意笑笑，最后完全如入无人之境。

把个蜜姐气得！居然，她心里陡然激荡，五味翻涌，又酸又涩，怎么啦？！蜜姐不懂自己了。蜜姐生气逢春的同时，更是生气自己。蜜姐是老板啊，她直接呵斥一声不就结了，就像她无数次呵斥其他擦鞋女那样。她们躲懒、走神、犯傻、出毛病，蜜姐发现了就直接呵斥直接骂，一声出口，擦鞋女一惊，不再敢，事情就过去了，如风掠过，如电闪过，如蜜姐吐出的香烟烟雾，一吹即散，都在面子上，从来不往心里去的，从来！可是，今天，蜜姐好为难，她的心，不听她的，连她自己也不知道出了什么问题。

蜜姐考虑了一会儿，她断然决定：必须强迫自己停止考虑；必须不再追究自己纷乱的心思；必须把逢春的行为，定位于眼前发生的男女调情上面来，务必遵循街坊邻居之间的和睦相处规则来了断此事。蜜姐要让自己的日子，沿着以往的道路前行。

蜜姐在不停抽烟的漫长的二十五分钟时间里，调整好了自己，藏匿好自己。于是，现在，蜜姐开始针对逢春，考虑了断办法。蜜姐就那样在烟雾里觑着眼睛看逢春，又恼又恨又感慨：逢春怎么可以这样啊！逢春怎么是这样的人啊！难道现在年轻人用情，都是这样肆无忌惮的吗？难道世上独独这男女之情，说来就来，就像失火，完全没有一个预兆，也完全不管一个常理吗？

小夫妻别扭，本来事情不大。但是这桩公案涉及蜜姐这里，却有一个底线：逢春不能在蜜姐擦鞋店搞绯闻！就算周源再不靠谱，就算蜜姐再心疼逢春，也不表示逢春就能在蜜姐擦鞋店搞红杏出墙。逢春到哪里搞，都与蜜姐无干。现在逢春在蜜姐擦鞋店做工，蜜姐就得管住她。蜜姐擦鞋店就开在自己家里，整个水塔街都是几代人的老街坊，近邻胜远亲，大家整日里抬头不见低头见。万一真的闹出什么腥不腥臭不臭的状况，逢春的公婆骂到店铺来，蜜姐脸皮往哪里搁？蜜姐在水塔街树立起来的威信，好容易？！街坊邻居人人信赖她，好容易？！就算事情可以捂过去，蜜姐还是没法交代。对自己八十六岁高龄人人敬重的婆婆，蜜姐也没法交代，尤其这擦鞋店就是老人的房子，尤其老人就住在擦鞋店楼上！周源那里，蜜姐也没个交代。周源不懂事可以，蜜姐不可以让自己不懂事！

逢春究竟怎么回事呢？蜜姐观察着眼皮底下发生的情况，百思不得其解。

要说逢春，蜜姐也算知道根底，她父母不都是市油脂的吗？一家三口不都住油脂宿舍吗？男技术员女会计，一对老实夫妻，现都退休了，养个女儿也老实，就会读书，自小在前进五路来来去去，总是一身松垮校服一只行囊大的书包。待几年大学毕业后在新世界国贸写字楼做了文员，这个时候走在前进五路的逢春，就很时尚了。一身紧腰小西服，高跟鞋，彩妆，身材有了曲线。逢春带同事来联保里大门口吃炭火烧烤，周源就从联保里跑出来，抢着请客买单。说周源是超级帅哥一点儿不掺水，谁看了谁服气。水塔街多少男孩子，多是普通模样，歪瓜裂枣也不少，独独就是周源相貌不凡，那身条子活生生就是玉树临风，又会玩，有本事从狭窄坎坷的联保里穿旱冰鞋溜出来，在前五大街上一个飘逸急拐弯，戛然而止在烧烤摊前，掏出钞票大包大揽付款，也不管逢春连声说不。逢春的同事看得眼睛发直，没有不惊叹和艳羡的。一来二去两个人也就好了。儿女好了就是两家父母的事了，都是汉口人，都懂汉口规矩：请媒，求亲，下聘，择日子。周源父母为儿子腾出耕辛里住房做新房，逢春父母准备一点儿床上用品小家电。日子到了，水塔街老街坊们都收到大红请柬，都纷纷揣上红包去吃喜酒。蜜姐宋江涛夫妇自然是贵宾了。八年前正是蜜姐夫妇的人生巅峰，吃街坊邻居的喜酒，送的红包都厚得像砖头。新郎新娘频频来敬蜜姐宋江涛。周源敬宋江涛酒，感激得眼含热泪，杯杯自己都先干满饮。蜜姐只见两个新人牵线木偶一般，又似鹦鹉学舌，乖乖地不停歇地说“谢谢，谢谢”。那时候蜜姐看逢春，只不算陌生人，其他一点儿特别的印象也没有。

蜜姐更了解周源。周源就是联保里长大的孩子。前进五路街道两边的里弄，周源经常混吃混睡在宋江涛家或别的男孩子家，连他家里父母都无须问的。周源天生漂亮，儿时就唇红齿白的，街坊邻居无人不喜欢，他打小就被东家抱来西家抱去，个个都要他叫爸爸。他也就个个都叫爸爸，个个就都夸赞他小宝贝真漂亮真听话。他也就成了一个喜听众人好话的人，只小有脾气，最多犟半天，宋江涛出面一讲就顺，他看朋友面子比天大。周源念书一般般，就是酷爱玩，玩东西上手就会，高中以后就一直在前进四路电子街打工做事。

话说喜酒吃过，转眼就是逢春生了儿子。周源家三代单传，老人是朝思暮想要男丁。这孙子一得，老人们高兴得不得了，又张罗了孙子的满月喜酒遍请街坊邻居。这一次蜜姐夫妇不可能赴宴了。宋江涛在医院检查出了肺癌，确诊以后人就倒下了。蜜姐带丈夫北京上海到处大医院治病，花钱如流水，可是半年以后宋江涛还是去世了。蜜姐自己出了天大变故，每天镜子里头都是放大的自己，眼睁睁看着脸上生出皱纹，每时每刻都感觉有泪如倾又再哭不出来了。世上所有别人的故事，顿时也就远了，淡了，模糊了，市声也稀薄了。

是这会儿，逢春忽然闯进蜜姐擦鞋店。蜜姐一个恍惚过来，定睛一看，这才发觉世界并没有走远，大街上一切，也都还是在她眼睛里。原来心死了只要人悠悠一口气还在，心还是要活过来的。蜜姐居然就是知道逢春和周源在赌气，是气周源的懒惰好玩不养家。这不就是在眼睛里的光景嘛：最初是小两口一道推童车，争给儿子拍照，一家三口往璇宫饭店麦当劳店吃东西。逐渐地，周源出现得少了，逢春牵着儿子的时候多了。再后来，基本都是逢春一个人了。什么叫作“时间是检验真理的唯一标准”？这就是！蜜姐不会说错。若是从前，这种平常人家故事，蜜姐肯定不管。从前蜜姐数钱都数得手发酸，忙不过来呢。肯拿出时间应酬交际的，都是有用场的人物。现在蜜姐就不一样了。蜜姐现在看人家夫妻心里都是爱惜，觉得世上男男女女满大街的人偏就你俩做了夫妻，这就是不易！别看天天平常日子过得生厌，其实聚散都在眨眼间，一个散伙就是永远。因此蜜姐唯愿逢春周源小两口和好。逢春要来蜜姐擦鞋店演个苦肉计激将周源，蜜姐也答应。年纪慢慢长起来，又经历种种世故变化，蜜姐逐渐变成了一个刀子嘴豆腐心。不过心再软，蜜姐都不可能放弃她的底线。蜜姐做事情，绝对有谱。否则她就不是今天的蜜姐，在水塔街多年如一日立于不败之地的蜜姐。有史以来，谁不说蜜姐公道、正派、人品好、有魄力、慷慨大气？

蜜姐必须为自己的良好形象而战。

别的呢？不想了！想多了，还活不活？

蜜姐嚓地再次点燃一支烟。

三十分钟过去了！逢春还撅着她的小屁股，陀螺一样勤奋旋转，那双戴着医用橡胶手套的手，围绕那双精致的黑皮鞋这么摩挲那么摩挲，是像花朵那样看得见的盛开。逢春中了邪。

七

没错，逢春今天确是中邪了。

只逢春的中邪，她自己都无办法，既无预料，也无可猜想，是命中注定。

今天早晨，逢春在睡懒觉。周源已经是夜不归家。他们出了感情状况，儿子就交给逢春父母去带了，逢春的早晨就是睡懒觉。因大城市没有早晨，早晨人马都拥挤在路上，无数车辆的烟尘气与无数早点摊子的烟尘气交织在一起，把晨时的轻雾变得浑浊滞重，太阳在高楼大厦之间是如此模糊和虚弱，不像早晨。没有早晨。在汉口最繁华的中山大道水塔街这一带，没有早晨。人们注意不到清晨的微风，注意不到清晨的太阳，务必要注意的是公共厕所。每天早晨，前进五路路边一座公厕，肯定比太阳重要。附近几个老房子里面，多少人起床就奔过来，盯着它，排队，拥挤，要解决早晨十万火急的排泄问题。这座公厕历史悠久，有好几十年了，在好几十年里水塔街早晨的太阳就硬是没有这座厕所重要。待人上过了厕所，魂魄才回来，才回家洗漱。再去路边早点摊子吃热干面。热干面配鸡蛋米酒，热干面配清米酒，热干面加一只面窝配鸡蛋米酒，热干面加一根油条再配清米酒，这是武汉人围绕热干面的种种绝配。不是武汉人吃着热干面也轻易吃不出好来，美食这个东西同样也是环肥燕瘦各有所爱的。睡懒觉、吃热干面，这就很爽了。够了。

逢春懒觉起床之后，正要去吃热干面，眼皮跳了。眼皮一阵乱跳，跳得逢春心烦意乱。她认为这是应在热干面上头，她今天肯定吃不到那家最好吃的热干面了。后来果然，她想要的热干面已经收摊。眼皮阵阵乱跳，逢春立在巷子口，发了牛劲：我就不信这个邪！逢春头一埋，目不斜视，就一直往前走，一家摊子一家摊子地找她中意的热干面，竟然跑过了中山大道，直直地跑到了江边，终于，逢春吃到她比较中意的热干面。逢春吃完热干面回来，已经快到中午了。

逢春是中午十二点的班。中午十二点是城市兴奋的起点。午后开始，无数行人从城市各个角落每条道路会聚到大街，之后就是川流不息川流不息川流不息。随着太阳一点点偏西，阳光一点点通透起来，晚霞铺排得恣肆汪洋艳丽娇蛮，夕阳也就借势横刀立马，把那明净煌亮的光线射向城市，穿透所有玻璃，大商厦小商铺，一律平添洋洋喜气。即便陌生的人脸对人脸，也皆有光：繁华大街的黄金时段这才到来。

凡被蜜姐要求十二点上班的，都是能干的人。逢春上工才三个月，一跃成为专业骨干，逢春自己想想都要苦笑。是逢春自己一气之下来求蜜姐做擦鞋女的，蜜姐给面子一口答应她，也把丑话都说前头，逢春就没有什么退路了。逢春打掉牙往自己肚里吞。周源不要脸，逢春要！

好在逢春硬着头皮做着做着，倒是逐渐做出感情来，也逐渐做出感觉来了。看来真就是没有卑贱的工作只有卑贱的人。

热干面吃到了，逢春还是眼皮跳。用热毛巾敷了，还是胡乱地跳。逢春剪了一点儿创可贴贴在眼皮上，在走进蜜姐擦鞋店之前，她又抹掉了。擦皮鞋也是上班，上班就要像模像样。逢春本来想问问蜜姐是左眼跳财右眼跳祸，还是左眼跳祸右眼跳福，话到口边又一个转念：不可以问的！逢春觉得：问清楚了都添心病。其实就这么几个转念，逢春今天已经添了心病。人的感觉不能随便来，一旦来了就丢不开。今天究竟要出什么事呢？莫非周源要来？如果真的周源来了，当面就要逢春跟他回家，逢春怎么办？逢春觉得今天眼皮跳大约就应在周源的扯皮上头了。逢春心事重重，这么想来想去，眼睛就不自觉地四处看，在别人看上去，只是觉得逢春今天眼神格外水灵流盼。

骆良骥带着一身的偶然性，大摇大摆晃进蜜姐擦鞋店。

一眼就对上了逢春这双水灵流盼的眼睛，就再也离不开。

蜜姐擦鞋店位于中山大道最繁华的水塔街片区，联保里打头第一家，舰头门面，分开两边的大街，横街是江汉一路，纵街是前进五路，两条街道都热闹非凡。江汉一路上有璇宫饭店和中心百货商场，都是1949年以前过来的老建筑，老建筑总是有一副贵族气派的。前进五路路口就是大汉口，大汉口院子里，清朝光绪十二年聘英国人设计修筑的水塔，一袭紫红，稳稳矗立，地基五六层，六楼顶上有钟楼，真是怎么看怎么好看。中山大道另一边是近年崛起的幢幢商厦，玻璃幕墙巨幅广告，光怪陆离，赶尽时尚。蜜姐擦鞋店，就占在这块最好的地方。可是，虽好却小。蜜姐擦鞋店小到只是大门里面的一个踏步，厅堂门外的一片出场。出场通天，一方小天井。天井里凌空搭建了一个吊脚阁楼，楼上住着蜜姐的婆婆，楼下就开着蜜姐擦鞋店。实在是又无规矩又无方圆的巴掌大地方。硬是蜜姐精明能干，一一地把缺点转变为优势：老旧的砖瓦墙壁，故意不贴砖，也不粉刷；板壁鼓皮部分，故意不油漆；不装修的部分朝古色古香靠，必须装修的部分靠欧美情调。除了五六个擦鞋女坐在地上擦皮鞋之外，店子墙壁与所有拐角与角落，都尽其所能设置了挂杆和搁板，把布衣、椅垫、泥捏、烛台、盘盏、陶罐与里面插的大蓬狗尾巴草、泡菜坛子与带苞的棉花秆子、酒瓶与蒲公英，都作装饰品放上去，又都是商品可以卖，都随口开价，就地还钱。

蜜姐故意与全国连锁擦鞋店不同风格，她走文化品位的偏锋，随手捡来的东西，偏都搞成文化。蜜姐擦鞋店很快就口口相传了，尤其在高校，名气不胫而走，大学生们不擦鞋，蜜姐也都一律欢迎。一般搞文化情调的小店铺，都要端架子，好像端架子就是文化的一部分，所以都是要谢绝顾客拍照的。蜜姐却由大家随意拍照。不就是搞搞文化嘛，搞文化不就是噱头嘛，不也还是为了生意嘛，蜜姐深谙生意要旨，她要的就是人气，大学生们进来，随便玩，随便拍。蜜姐本来就是汉口人，她不怕汉口繁华压头，再小店子她也庙小神仙大。开初逢春之所以下得了决心拉得下脸面来蜜姐擦鞋店做工，其实首先也还是看上蜜姐擦鞋店的文化品位。有文化品位，逢春就不算太掉价。不就是赌口气嘛，不就是激将法嘛，擦鞋谁不会？摊上周源这么个中看不中吃的老公，逢春只能剑走偏锋啊。想不到的是，三个多月下来，逢春真心再也不愿意跟周源回家了！

问题是，周源并没有出现，出现了骆良骥，是另外一个陌生男青年。

一桩意外故事就这样突然发生了。就在午后的黄金时刻，就在蜜姐擦鞋店正迎着西边射来的阳光，小店铺被照得通透明亮，所有饰品都镀金焕彩，两扇老旧的木板大门，黑漆的斑驳都变成了熠熠生辉的细碎花朵。青年男子骆良骥，一步跨进了蜜姐擦鞋店。他在光灿灿的背景里出现，逢春水灵流盼的眼睛正好迎上这道光辉。目光交接处霹雳闪电，逢春只觉得一股热辣径直冲到心口。诡异的是，逢春与骆良骥一对上眼神，她的眼皮就不跳了，平静了，舒坦了，波澜却是跑到心里头激荡，狂涛乱卷不由人。逢春自己都好生奇怪，她睁大眼睛看着骆良骥和自己，不理解！完全不理解！但理解不理解都没有关系，事情本身的发展不由人。逢春来了好感觉：老公不看重你，自有别的帅哥看重你！自己是白领丽人的时候，被周源追求，自己是擦鞋女的时候，也还是有帅哥追求啊！破碎的心，太受安慰了。就是这一口，迎面冲来的好味道，毒品一样诱人，不由自己地要吸上一口，何况眼皮跳跳已有预示，管他三七二十一！

人生有时候就是这样乱七八糟的没有道理。

八

骆良骥是在严格的计划生育年代偶然出生的人，他原本是被要求学好数理化走遍天下都不怕的，又偶然做起了生意。有一单生意发展到武汉，他又偶然来到了武汉。所有这些偶然性集中在骆良骥身上造成的是一种漂萍般的随意感。他又很随大流地喜欢名牌喜欢奢华喜欢虚荣，也很随意地轻率糟蹋：一身原产意大利的杰尼亚西装根本不知爱惜，肘子弯里皱褶已经过深，袖扣处油渍斑斑，骆良骥无所谓。一双意大利皮鞋沾了呕吐物，骆良骥也无所谓。一般人见惯的前辈商人们那种时刻注意夹着尾巴做人的谨慎拘谨，那种总还是担心投机倒把罪名卷土重来的紧张害怕，骆良骥身上已不再有。因此，青年男子骆良骥的随意感又是充满轻松浅薄的，就披洒在外表。这种感觉在逢春看来，就是一种难得的潇洒了。男人的潇洒，不管是哪一种，对于女人，永远有着致命魅力。尤其没有什么阅历的年轻女子，比如此刻的逢春。

骆良骥从明亮大街跨进蜜姐擦鞋店，仿佛熟门熟路，面孔充满初生牛犊不怕虎的自信，这种自信有着无知的大胆气势，活像电影大片里的主角忽然走出了屏幕，逢春在瞬间就不知不觉把自己移位到女主角的角色里。逢春此刻的年纪，就是容易被电影暗示和支配的，越是烂片，越容易给她白板一块的头脑深刻影响。

蜜姐就坐在大门边，客人都先是她看在眼里心里有盘算的。先是有司机过来，在门口就给蜜姐歪了一个嘴，大拇指朝身后做了一个手势，蜜姐立刻会意。这是骆良骥在汉口雇请的司机，以前开过出租车，熟悉蜜姐擦鞋店的。紧接着，司机闪开，骆良骥进来。蜜姐拿眼睛指挥逢春，蜜姐早就给逢春以及所有擦鞋女都发过手机段子，用段子给她们上课，教导她们辨认顾客身份。有道是："裹西装勒领带，一天到晚不叫苦，哥们儿肯定在政府；勒领带裹西装，一天三餐都不脱，肯定是个商哥哥。”骆良骥显然就是一个商哥哥，浑身上下一看，本身就是一钱包，太便宜了都会被他笑话，不宰他宰谁!

就在逢春迎候骆良骥坐下的时候，蜜姐笑着朗声道：“这位先生，你这么好一双皮鞋，我们一定要好生养护的，不好生养护都对不起这双鞋。”

这是蜜姐在暗示逢春注意宰客。哪知棋逢敌手将遇良才，骆良骥也是生意场上的人，他看透蜜姐这点儿小诡计，给了司机一个眼色。司机立刻过去，递给蜜姐一张十元钞票。骆良骥不怕宰，但也不让你宰出血，就十元而已。蜜姐接到这张钞票好比接到暗号，懂了，这是一个精明小子。蜜姐心照不宣地又打了个哈哈，只说声谢谢了，便钞票往银包一塞，抖落笑意，只顾招呼新顾客去了。

可是逢春倒是为蜜姐抱不平了。尽管第一眼，两人意思都在那里了。逢春却还是没有忘记袒护蜜姐。又心里只想与骆良骥逗一逗玩儿：要看他到底有多潇洒，又要看他手面到底是不是大方，又要看他是否真的对自己另眼相看。

问题是骆良骥的皮鞋太脏了！一双鞋呈喷射状地沾满了酒席呕吐物，实在是污秽不堪！逢春首先庆幸自己母亲曾在市油脂工作，从前市油脂的深蓝色大褂，现在派上了大用场。逢春也庆幸自己坚持戴口罩和手套。她知道蜜姐最初有点儿嫌她小题大做，逢春解释说她这样注意卫生是为了儿子，儿子年幼，体质又弱，风吹草动都感冒发烧。蜜姐自己是有儿子的人，听罢手一挥，慷慨地过了。逢春私心里觉得，到底蜜姐中年人了，也就知道涂脂抹粉，不知道更要紧的是护肤，而且眼孔小就是有点儿时代局限，汉正街瞎赚乡巴佬钱的时代已经过去了，现在是以“高端豪华上档次”的名义，对所有人走过路过绝不放过的新时代了。给蜜姐十元钞票，她就满足了，怎么可以？！就凭皮鞋脏到这种程度，至少二十元钱。逢春很自豪自己不是那种为情所困的女人。现在女孩子，是情也要钱也要的。

逢春正想着，骆良骥俯身下来，在逢春耳边低声道了一个歉，说：“不好意思啊确实太脏了！由你打理，那点儿钱是不是少了呢？”

逢春大惊，怎么骆良骥恰好与她的心思对上了话？啊哈，原来是知音！逢春缓缓撩起眼帘，含笑看了骆良骥一眼。这是何等年轻光滑线条优美的眼帘，骆良骥痴痴地盯着看，逢春又赶紧把眼帘垂下。这一垂帘，逢春又觉得自己不妥，太早露出慌张来了！顿时她就对自己有了一种说不清的恼，那般娇娇的恼，带一点儿羞，浮上脸颊，脸颊就泛起了一片飞逝而过的绯红。

这样一种貌若天仙之美，简直让骆良骥的心里扑通扑通一阵猛跳。他喜欢地看着逢春发恼，故意要搭讪，故意要表现自己的好，接着就解释说："你以为是我喝醉了吧？不是啊。是朋友喝多了，吐我一脚。"

逢春只点点头，也不再抬眼，手里勤奋擦鞋，心里却还是不由得应答：未必我会管你的鞋是谁吐的，告诉我做什么？

骆良骥就好像她的心思是透明，又答："我啰里啰嗦的，是想告诉你，我不想让你误认为我是一喝就醉的人。你这样的女孩子肯定是只喜欢干净男人的。"

句句都是逢春要的话。逢春不由得暗暗吃惊世上竟有这样一种知心。她不由得就要比较自己老公周源。周源与她说话，那都是简单没逻辑，说了上句没下句，从来都没可能知心知意的。

骆良骥这句话说得磕磕巴巴，一边说一边都已经发觉自己说的都是笨拙的讨好话，他希望自己说话更为俏皮一点儿潇洒一点儿。骆良骥越是对自己有了发觉，脸也就愈发热了起来，络腮那一带都是红赤赤的。

骆良骥的不自然，让逢春更加情不自禁。她带着娇嗔的恼，又向上睃了骆良骥一眼。两人目光再一次接通，二人身上都是电闪雷鸣的悚然。骆良骥只觉得逢春眼波一横，潋滟得无比艳。逢春看到的是骆良骥单单给她一个人的全神贯注与如火如荼。寂静忽然排山倒海降临笼罩他俩，蜜姐擦鞋店都不再存在，外面热闹大街也不见了，就只他们两人被封闭在一个真空里，不存在擦鞋与被擦鞋，却又分明看得见逢春在擦鞋。两人都有点儿害怕了，都在挣扎。片刻，挣扎刺破梦魇。两人前后出来了，现在又市声汹涌，店铺里人来客往，手机声此起彼伏，擦鞋女们双手翻飞，呼吸里是浓烈的皮鞋油气味，蜜姐在柜台边，一手香烟，一手茶杯，在招呼顾客的同时，老练又阴险地暗中盯着他们。

感觉顿时长出了翅膀。依然埋头擦鞋的逢春，十分清晰地知道了骆良骥的穿戴、表情、肤色与口音。知道了骆良骥头发干净爽利，浓密到额头仿佛要压住眉毛，眉毛宽宽的，眼睛却秀气。骆良骥倒是第一眼就见到逢春的与众不同，逢春工作服工作帽大口罩，全副武装把自己包裹严实，搞得像高科技流水线的操作工，是全中国任何地方都没有见到过的擦鞋女。肯定是个伪擦鞋女，多半是女大学生搞社会实践。在擦皮鞋的过程中，骆良骥已经透过严实的包裹看见了逢春的身体，正如她那一抹眼帘，处处都是饱满、光滑、匀称和优美。骆良骥怎么就从来没有见过让他如此心动的身体线条呢？骆良骥也三十多岁了，也娶妻生子了，全国各地大城市几乎也跑遍了，饭店酒楼餐馆洗脚屋几乎是他做生意的一部分，经常进出着，各种漂亮女孩子，他见得多了，也常与她们一起 K 歌喊麦，还可以随意搂进怀里。怎么他就是人走茶凉，再也很难记得她们的模样。怎么唯有这一刻，在这个擦鞋店，骆良骥的眼睛自动变成了放大镜，连逢春额头几缕发丝都是电影里的特写镜头，每一根都纤毫毕露，结实圆润，闪闪发亮。逢春让骆良骥顷刻之间比照出此前他见过的所有线条都不完美，都有许多生硬处，都划伤或者划痛过他，唯有此时此刻，如此柔顺和美花好月圆，让他无法控制自己要说出许多可笑的话。骆良骥搞不懂自己了。不也就是萍水相逢吗？骆良骥不觉也对自己有了一种恼。一般动情男子内心一恼，面子上看不出是恼，竟是平添深沉。

两个陌生的青年男女，此一时此一刻，竟然一模一样发生了别样的心思。这种心思也简直是老房子失火。一时间完全不受人控制，火势蔓延很快，又情况都迷蒙不清，也都不知道这是为什么，就是心里头温暖舒服，小火苗兴兴头头地煽动，还有头小鹿活泼乱撞，随时都叫你心惊。两个本该无多余对话的人，都管不住自己，有一搭没一搭地说话挑逗，还不约而同都把声音压得低低的假装不是在说话，默契地要把世界上别人都从他们之间排除出去。

骆良骥说：“看你做得这样细致和辛苦，十块钱哪里够？我司机不懂事，手面小气，得罪你了啊。应该付多少，你说了算。”

逢春道：“一百！”

骆良骥说：“没问题！”

逢春笑道：“擦个鞋就一百，那我得替你擦出一朵花来。”

骆良骥说：“看看，这不，你已经擦出来了。”

逢春问：“哪里？”

骆良骥说："我眼里啊。"

逢春扑哧笑道："你就这样习惯性泡妞啊？"

骆良骥喊冤枉，说："我泡了吗？我又没有叫你美女，我连你人都只看见一双眼睛，也没问你名字，又没找你要QQ号，也没有要手机号，算泡吗？"

逢春说："有没有泡你自己心里知道。"

骆良骥说："我不知道。你知道。"

一双意大利的巴利牌皮鞋，在逢春手下眉清目秀地出来了：皮光，型正，缝制严谨，端庄典雅，好鞋就是惹人爱。逢春歪着头打量，颇有成就感，说："哎呀好鞋就是惹人爱！"先头逢春在新世界国贸大楼上班，午休就要和同事去隔壁逛百货商场，好鞋的知识积累了一箩筐。逢春周源小两口都渴望穿好鞋，特别是周源，不管有钱没钱，也不管家里柴米油盐，断然在新世界百货买了一双英国其乐牌皮鞋，这是他出去和朋友玩的脸面，他必须拥有一双！那一次小两口是恶吵一顿，因为逢春就是顾家，就是舍不得钱，她自己最多只买了莱尔斯丹或者百丽。没有那么多钱，逢春隔三岔五逛商场那还是要跑到进口人品牌专柜去挂挂眼科，看看人家的款式与设计，感受感受也是养眼的。逢春真是喜欢好皮鞋！

逢春由衷地说："喂，这么好的皮鞋我看真得用真的好油养护一下。"

骆良骥说：“我巴不得！”

可是像意大利巴利这样好的牛皮，一般鞋油是不能用的，前进一路进货的最低廉鞋油那根本就碰都不能碰。唯一一盒正宗进口养护鞋油——巴西棕榈油，由蜜姐专管，仅供重要顾客：那都是水塔街地面上的街办领导、片警、协警、工商税务和城管，他们才是蜜姐擦鞋店的VIP，其他人休想。

逢春叹了一息，说：“可惜好油不在我手里。”

骆良骥看出逢春怕蜜姐了，他忍不住要表现自己男子汉气魄了。他说：“你想做什么你就做！不要怕！有我！我会付她钱！”

有钱人大多数小气，这是肯定的。以前逢春认为这就是定律。有钱人谈到钱，脸就寒了，就躲闪，就逃避。就是周源，完全凭的他爹妈那点儿积蓄，那也是对逢春寒冷嘴脸。

现在骆良骥的话，是每一个字逢春都无法抵挡了，多少日子以来她心底里那三尺冰冻的寒冷，瞬间被融化，逢春心里已是水汪汪荡漾着柔情蜜意，她泪水都要涌出来了。逢春终于下定决心去找蜜姐要鞋油，她站了起来。因为蹲久了猛一站立，逢春一阵眩晕。骆良骥及时扶住了逢春，他的一只手，在逢春身后的腰间扶了一把。逢春装作那手并不存在，却瞒不住自己的惊心动魄。

九

逢春走到蜜姐跟前，找蜜姐要那盒巴西棕榈油。

蜜姐就等着逢春找上门来。蜜姐已经忍耐够了，从毛毛细雨到惊心动魄，都在蜜姐眼里。她隔岸观火，分外洞明，已经随时随地准备好灭火。

蜜姐故意用极其淡漠的眼神对着逢春流光溢彩的眼睛，假装不懂，说："什么？"

逢春说："你知道。"

蜜姐说："我知道什么？"

逢春说："你知道那皮鞋值得做保养。"

蜜姐朝逢春喷了一口烟雾，说："我什么都不知道。"

逢春说："那么好的皮面被烈酒烧了，真的需要保养。"

蜜姐说："你说需要就需要吗？！"

逢春叫道："蜜姐啊！"

蜜姐压低声音说："喂！这里可是我说了算啊！我说需要才是需要！你迷糊个什么！醒醒啊！你已经为一双鞋花费太长时间了！十块钱我已经没赚头！好了！赶紧过去让他走人！"

逢春叫道："蜜姐蜜姐！"

蜜姐的香烟停顿在嘴唇间，双手抱肩："叫什么叫？叫个鬼！你没听见我的话？！”

逢春说：“你怎么能这样？！怎么能赶顾客？！你怎么知道保养了人家不加钱？”

蜜姐说：“你有能耐你先让他加钱！他再拍出二十块钱，我立马给油。”

蜜姐话刚说完，骆良骥的司机过来了，给蜜姐递上了一张百元钞票，说：“老板说不用找零了。”

百元大钞！保养一下皮鞋就付百元大钞？！蜜姐怎么能够拒绝？！蜜姐立刻换作笑脸连声道谢，但，她一转身塞给逢春鞋油的时候，脸子复又拉了下来，什么不再说，只冷冷挖了逢春一眼。

逢春胜利了，她得到的已经够了。她闪电般瞥一下骆良骥，热泪再也抑制不住。逢春拿过鞋油，返回骆良骥跟前，蹲下，不吭不哈，全神贯注地涂油、抛光，一双手像春天的燕子，欢快灵巧地上下翻飞。逢春的倔劲上来了。她一不做二不休，用手指指骆良骥袜子上面的污迹，骆良骥问：“脱掉？”逢春肯定地一点头，把站在门口的司机招来，连她都不敢相信自己会吩咐司机：“快去买双新袜子回来。”又追一句：“出门一拐弯两边都是卖袜子的。”

司机倒是有一点儿发蒙，骆良骥连忙呵斥司机：“听见了？去！赶紧照办啊！”

司机跑出跑进很快就买来了一双新袜子。骆良骥忽然有点儿羞涩，他背过身子，脱掉自己的脏袜子，掏出口袋的餐巾纸包好了，要司机到外面找一垃圾桶扔掉。从来没有这么细致的男人，忽然就这么细致了。骆良骥穿好新袜子，逢春给他穿上皮鞋并扣好鞋带，放好裤管，一双脚整整齐齐，干干净净，漂漂亮亮。这情形忽然又把蜜姐擦鞋店远远推开与隔绝，一个空间里只有两个人，两个人前一刻都是陌生人，后一刻却同时都有感觉，正如他们是夫妇一般，日常里女人正给要出门的男人收拾，也不说什么，就是有一种你知我知的感觉，从心里头贯通到指尖，到处都是暖融融。

但是这两个人，并非无家无口的单身男女，是连孩子都读书了，才忽然邂逅在一个擦鞋店里，被唤醒早该有却没有的感觉。这些话，逢春好想说给骆良骥听，骆良骥也好想说给逢春听。待要说，蜜姐擦鞋店又回来了。二人又都很明白他们说这些鸡零狗碎没有必要，甚至他们都没有互相倾诉的可能性。他们在蜜姐擦鞋店呢！又二人都知道皮鞋擦好了，骆良骥该离开了，才相见又分离，仓促得心里生生难受，两人都躲闪，都不看对方，都把动作放得无限慢腾腾也挽回不了事物本身的规律：一个顾客的皮鞋擦好了。他该离店了。

蜜姐猎手一般，有耐心又犀利，就在不远处盯着他俩，一见这般光景，立即大声送客："谢谢先生慷慨，欢迎下次光临！"

逢春也只好公事公办地说："谢谢光临，欢迎下次光临。"

骆良骥顿时手足无措，摆摆双脚，踩踩地面，拿手撸撸头发，有一瞬间似乎要崩溃。到底他也不是毛头小子，还是竭力稳住了自己。拿出皮夹子，从里头取出一张百元钞票，递给逢春。

逢春说："给老板。"

骆良骥说："老板的给过了。这是给你的。"

逢春忽然不知道从哪里又冒出了一阵恼。噢，他真以为她是擦鞋女啊？付过一百元了再付一百元，他可真喜欢炫耀自己有钱啊！他到底姓甚名谁从哪里来到哪里去是个什么样的人怎么今天就是与她冤家路窄啊！逢春不接骆良骥的钞票，就那样木呆呆站了一刻，突然就去脱自己的手套。医用橡胶手套时间戴长了，手又发热出汗，紧紧吸附在皮肤上不易脱，逢春就用力乱扯，扯着扯着就一句一句用力说话，说得辣辣的呛呛的："知道你有钱！知道你是有钱人！不用这么显摆！本人不收小费！"

骆良骥连忙说："哪里是小费？我们刚才说好擦出一朵花来就是一百嘛。"

我们？！逢春心口一记钝痛：她与谁是我们？她与周源是我们，可惜周源连她做了擦鞋女都不管不顾啊！逢春想着泪就又要往外奔涌，她拼命地忍，忍得心疼，疼得难受。

蜜姐适时过来救场。她大大方方地，用两根指头轻轻拈过那张百元大钞，再一板一眼有理有节地对骆良骥说："真是非常感谢这位先生！把您这双皮鞋打理养护出来，说实话真的不容易，我这员工的确付出了太多辛苦。本店当然收小费，做服务生意哪里有不收小费的道理？不收小费简直对顾客都是不尊重。给小费是先生自己表现的绅士风度嘛，她年轻不懂事，也是好心生怕顾客太破费了，又不会说话，还请先生多包涵。这钱我就先替她收下了。”

骆良骥五心烦乱地胡乱点头，就是脚步不肯移动。逢春在一旁已经把手套扯破了，脱下来丢进垃圾篓，只见一双因为手套戴得久了而格外苍白潮湿的手，毕现的青筋在她手背上画了水墨一般，却也有一种惹人怜惜的好看。骆良骥眼睛落在上面直直地看着，今天世间就是一切都格外不同格外迷人！

蜜姐见状，只好加大灭火强度，一把拉过逢春在自己身边，说：“好了！这位先生你放心，回头就算她真不好意思收这钱，我也绝对不会让你人情落空。她儿子最喜欢吃麦当劳，我带小孩子去吃就是。我当兵出身，当兵人就是豪爽，有什么说什么，我要说小兄弟你够豪爽的，我祝你好人有好报，生意成功！我也看出你不是本地人，再祝你回家旅途顺利，合家幸福。拜拜！”

蜜姐说到“她的儿子”，还顺手在逢春身上比画了一下她儿子的高矮，甚是强调逢春为人妻母的身份。强调孩子强调家庭强调现实，蜜姐懂得这就是重拳与法宝。现实，只有现实，是粉碎任何空想的铜墙铁壁：这女子是为人妻为人母的人啦，你就不要太过分了，再过分就是破坏人家庭啦。蜜姐这一手很厉害，是一石二鸟，把一时间忘乎所以的逢春和骆良骥，当场震醒了。青年男子骆良骥，在人情世故方面那显然远不是蜜姐的对手。一时尴尬、狼狈、羞愧、歉意、难为情，种种颜色都从面上过了一回，搞得脸红脖子粗，他别无选择地回应一个“拜拜”，转身就出门了。

这里逢春一愣，脸无处放也无处搁，双手把面捂住，掉头冲进里屋。

蜜姐擦鞋店就只巴掌大，里屋与店铺，只挂一张蜡染印花帘子相隔，平时工人们不可以随便进去，只开饭时间可以进去一个人把几个盒饭端出来。里屋太狭小了，是做饭的地方，堆满了锅盆碗盏，到处都是百年来烟熏火燎的黑与暗。又还是蜜姐私家地方，蜜姐的婆婆就居住这楼上。一道楼梯从洗碗池上腾空架起来，也简陋狭窄得仅容一个身体上下。里屋没有光亮，日常只有老人家下楼做饭才会开灯。最关键的还是规矩，这里屋再狭小逼窄，也都是私人住所，不是擦鞋女的公共场所。老板就是老板，伙计就是伙计，人家就是人家不是你家。

只逢春一急，不管不顾平日的规矩，就一掀帘子跑进里屋，眼睛一黑，撞上楼梯，顺势一屁股坐在楼梯口，摘下口罩，大口大口深呼吸，又捂住嘴巴又揉搓胸脯，不知道是何等的难受疼痛，分明在痛哭，却也是无声的号啕。

十

蜜姐连眼珠子都没有转过。

不理睬！憋死她！蜜姐就是这么干脆利索地处理逢春。小孩子是越哄越撒娇的。蜜姐不想哄逢春。逢春虽说年轻，但是已经不是小孩子，是小孩子他妈了！哪个女人没有年轻过？哪个女人年轻时候没有被爱慕过？一生如此漫长，哪个女人可以保证从来不昏头？男人的穷追猛打，蜜姐又不是没有见过，九百九十九朵玫瑰，蜜姐又不是没有人装模作样地送过。逢春今天遇到的这一下子，简直是蜻蜓点水毛毛雨啦，也值得大犯其晕？如此未经世面，逢春的确应该交点儿学费了！那就哭吧哭吧！那就思量思量吧！

有好事的擦鞋女过来，到蜜姐跟前，满脸同情与忧戚，她知道蜜姐平日总要宠一点儿逢春，以为自己可以替蜜姐排忧解难。蜜姐也根本都不正眼看工人的脸，只挥挥手，示意工人赶紧去做自己的活儿，少管闲事！蜜姐什么人？多大年纪？多少经历？还值得针尖麦芒地与逢春计较？这个不知好歹的小丫头，蜜姐收拾她，那是早晚的事！逢春跑到人家里屋去干什么？真没有规矩！人家的里屋可以躲藏一辈子吗？

就今天都是憋不过去的，逢春终会自己怎么跑进去怎么走出来。待她自己自动走出来，事情就已经过去，伤口的鲜血就已经凝固，正常的世界会重新开始！蜜姐自己有自己的世界。蜜姐得继续做生意。蜜姐最重要的事情是做生意。不错，蜜姐生意很小。再小生意，只要红火，就有意思。现在蜜姐要的就是意思，一个人活的就是要生出一点儿意思来。口张开了，笑不出来，那就没有意思了。不是钱的问题。钱对于生意来说它就是一个铁的规矩，一个硬的道理，一个吉祥的物，那是一定要喜欢它要尊重它的，那是绝对不可以对它说不的。其实蜜姐不缺钱，蜜姐是瘦死的骆驼比马大。汉正街做的那些年不可能白做，维持一家老少三口人的日常小康生活，供儿子上中学，还是有这个经济实力的，还是没有问题的。再说宋江涛再生病住院，他这个人还是死都要顾家，一坛子金银首饰早就被他偷偷埋在家里，现在根本还不需要动用。蜜姐现在都懒得再戴那种金光闪闪的黄金板戒了。现在蜜姐主要是想要自己感觉活着是有趣的。蜜姐得靠自己的能力让自己觉得有趣，容易吗？蜜姐这个小小擦鞋店，她容易吗？

谁容易？全世界就她逢春一个人委屈？蜜姐简直好笑！

晚霞渐渐收了去，大街渐渐亮开了。擦鞋店生意又来了一波高潮。因逛街大半天的男男女女们，皮鞋都蒙了一层灰，在路边吃烧烤或者餐馆晚饭的时候，又溅了一些油点子，这就有必要擦皮鞋了。皮鞋干净了锃亮了，才好意思去泡酒吧。

酒吧在国内重新开张也有二十多年了，是随改革开放复苏的。终究是国外文化，并不是人们都适应，早先许多店子也是惨淡经营，关闭的并不比开张的少。洋人做生意顽强，没有一口吃成胖子的急切，也不怕赔本赚吆喝。硬是挺到这十来年里新一代人长成。这一代人从儿时的麦当劳肯德基比萨饼过渡到酒吧，顺理成章，无须做广告拉他们。武汉市大街上活跃的这些年轻人，现在就是好个时尚讲究个品位，夜生活首先地方多是酒吧。男女朋友，成双成对，夜间谈情说爱，再没有比酒吧更合适的了。洋人开店没有旁门左道，就是把店子搞得窗明几净，音乐低回，烛光花草，香氛氤氲，再加上咖啡这个东西，煮开了飘出的气味，就是好闻，面包烤熟了的气味，也就是好闻，这是没有办法的事情。要叫你穿一双邋遢皮鞋走进去，是连自己都没脸。

更加上武汉眼下正是大搞建设，几千个工程同时做，昼夜不息的灰尘飞扬，蜜姐的生意不红火才怪。现在人又懒，鞋又多，连球鞋都不愿意自己洗。附近市一中的学生，把球鞋、旅行鞋乃至凉鞋，都送到蜜姐擦鞋店来。像这种著名的重点中学，但凡能够进来读书，家里父母就是把裤带子勒断，也要供孩子花钱。孩子们在外面，一个泡网吧一个送洗鞋子，铁定不会对父母说真话，都说是吃不饱买东西吃了，搞得父母还牵肠挂肚。现在中学生的时尚把戏是家长万想不到的，男生好名牌，女生更妖精，要涂红指甲的，要偷穿高跟鞋的，就干脆连指甲油和时装鞋，都寄存在蜜姐擦鞋店，需要的时候就跑到这里换鞋。蜜姐生意真是不好才怪。

在这个夜幕初降华灯溢彩的时刻，顾客成群结队拥进来，个个抢着要自己皮鞋先干净漂亮。有许多顾客认识蜜姐，一口一个“蜜姐”地叫，都希望自己皮鞋尽快得到打理。蜜姐“好好好”地答应着、安排着、抚慰着：“马上马上！马上保证你漂漂亮亮！”

被人迫切需要，这真是很开心的事情，这就是活得有趣了。

开心就是凝聚力。是个人，就眼睛都乐意见到一张开心的脸。开心时刻的蜜姐那一心扑在生意上头的热情，谁见了都像看见家乡父老一般亲，不擦皮鞋都想进店铺。这是多么好啊，蜜姐喜欢死了。真开心与假装开心是绝对不一样的，假开心只是你自己挂一笑脸招揽生意而已，人见了就会捂住钱包躲远点儿。真开心是热络人眼睛里有人，真开心才可以真正吸引人。这个诀窍蜜姐是太懂了。就在逢春痛哭流涕的时候，蜜姐把哗哗作响的钞票不停地往银包里塞，眼睛对谁都笑眯眯，脸蛋子像朵春天的花。

随着人气高涨，蜜姐兴致也越发高起来。她亢奋得脸发红，印堂亮亮的，索性坐到了大门外，大街似乎都成了她家的。蜜姐与顾客招呼寒暄，与街坊邻居招呼寒暄，与隔壁左右店铺的人招呼寒暄，大开玩笑，左右逢源，如鱼得水。一个熟识的出租车司机驾车从门口经过，渐渐慢下来，胳膊肘搁在车窗上，蜜姐就递过去一支香烟。

司机说："没点火啊！"

蜜姐说："自己点！"

司机说："自己点那我还要吃你香烟做什么？不如我把烟你吃。"

蜜姐连笑都不与他笑，只是面上有暗喜，只是再从香烟盒子抽出来一支新的，叼在自己唇上，低头点火，吸得火星一冒，再送过去，塞进司机嘴里。

司机说："香！"

蜜姐说："呸！"

司机说："我要是不给你拉生意来我就不是一个人了！"

蜜姐说："我又不是青楼妓馆天上人间，要你拉生意？我帮你点个烟是学雷锋做好事，怕你自己点烟不当心撞了人。"

司机说："咒我啊。"

蜜姐说："我这个人喜欢说穿话。说了就穿了。穿了就没了。说穿说穿，说穿了平安——小孩子啊还年轻啊，跟蜜姐学着点儿。"

司机的车子是开着的，不得停，慢慢地也不得不走远，脸却一直朝蜜姐扭着，眼睛里最后一抹光亮都还映照着蜜姐的影子。蜜姐却早已经收回自己的眼神，去满腔热情应酬自己跟前的人。

可是，蜜姐这个黄昏为什么倍加热情地逢场作戏？只有她自己心里明白：她是在和逢春较劲。逢春不肯自己走出来，蜜姐今天就要憋死她。逢春自己犯了错，跑进里屋是错上加错，天黑了都不出来更是错错错。蜜姐只是以为逢春乖巧温顺，却这才发现，原来逢春可不是一般般的倔脾气。

这可怎么办？

十一

逢春在里屋的确是憋得太久了，到后来泪水自然干涸了，情绪也渐渐平复了。奇怪的是，到后来，她发现自己并不知道那男子的名字。这个没有名字的男子，好比渐行渐远的影子，在悄然消退。逐渐笼罩逢春的，还是蜜姐。蜜姐平时那么疼她，又那么豁达，今天怎么可能让她在里屋待这么久呢？逢春也没有做出什么太不得体的举动吧？和一个男的眉来眼去激动了一下下，连手都没有碰，姓名电话都没有留，值得蜜姐这么严重生气？何况逢春还替蜜姐赚了两张红票子，蜜姐应该高兴才是呢。逢春还以为，蜜姐很快就会把她喊出里屋，或者她自己进来，冲两张红票子，给她一个拥抱。可是显然，蜜姐不肯饶人。

为什么？逢春悄悄掀开帘子的一丝缝，暗暗观察蜜姐动态。蜜姐的话，她都听见了。蜜姐的举止表情，她也都看见了。似蜜姐与大街上的士司机这样的一些日常戏谑，村言俗语，无伤大雅的打情骂俏，往日逢春根本视而不见听而不闻，从小长大长在这闹市里，都是一个耳朵进一个耳朵出，不从心上过。今天在里屋窥视外面的逢春，却句句都听到心跳，处处都发现了男女，原来蜜姐也有着多少男人的爱慕渴求。而蜜姐的热面冷心，不扫男人的脸面人情，却无一丝一毫拖泥带水的私情，绝对是骨子里头的冷漠冰凉。蜜姐好狠！蜜姐的眼睛绝对不跟任何人走，单单只是自己的，就只罩着自己的店铺，全心全意自我陶醉地做自己的事情：蜜姐这个女人真是有狠啊！

今天的波折，对逢春震撼太大了。尤其是躲进里屋一段时间里的万千思绪，是她有生以来都没有过的。与其说她是因为陌生男子的爱慕而震撼，还不如说是因为蜜姐处理这件事情的做法和态度。以前人生三十来年，逢春一直都是小姑娘，都是人云亦云被动做人的，直至来到蜜姐擦鞋店以后，她才发觉自己开始主动做人了。而今天跑进里屋以后，有长久的时间这样独自面壁，不得不敏感，不得不思与想，在逢春，也是人生第一次。

最开始，逢春生怕蜜姐跟进来看见她哭。哭了好一会儿，泪就慢慢没有了，逢春又纳闷蜜姐为什么不管她，也不要她出去做活儿。逢春到洗碗池子那边，冷水拍拍眼睛，护手霜从口袋里掏出来，手和脸都擦了一遍。倾听阁楼上，没有人要下楼的动静。又坐在楼梯口，托腮想心思，一面暗暗期待蜜姐进来找她。待在暗处时间长了，暗处慢慢就变亮了。逢春才第一次把里屋看个清楚。一楼原是厅堂，被分割后分隔，剩下一个不规则的小块，从地上到墙壁与天花板，都堆满家具用品老旧东西，到处烟尘吊吊的，看着都糟心。逢春对联保里老房子并不陌生，但他们家一直居住单位宿舍，房子虽小，也还是一个四四方方的空间啊。据说宋江涛家从前还是大户人家，自家房屋居然被侵占和分割成这样了！这样了她们婆媳也坚决不肯离开。现在的人，尤其蜜姐赚过大钱的本城人，很容易就会去买新房，搬离老城区这种老旧腐败透顶摇摇欲坠的老屋，是人都更容易接受现代化新生活，是人都好个虚荣脸面怕人家笑话你一穷二抠。蜜姐不。蜜姐还不是简单说不。蜜姐还不是简单就这样住着，迁就着，勉强着，敷衍着，不是！从前做街坊邻居的时候以为是，现在逢春深入到擦鞋店才发现：不是！

太不是了！

蜜姐明显是在坚守这座老屋。逢春坐不住了，开始在这间不成形状的狭小里屋到处细看和摸索，处处都是蜜姐维护老屋的修缮痕迹。阁楼窗户下面还钉了一只花槽，原来倒挂在擦鞋店空中的一丛羊齿状蕨类植物，不是天生的，是蜜姐刻意种植的。另外还有一枝云南黄馨，原来也不是天生的。它酷似迎春，却要比迎春粗放泼辣，哪里都肯生长，又花期长，初春就开出朵朵小黄花来，要错错落落不慌不忙开到暮春去，现在秋天还是满枝条的叶，郁绿的叶，褐色的齿边。逢春一直以为擦鞋店悬挂的这些植物，是天不管地不收自生自灭的，却原来都是刻意与匠心，是废墟里特别艰苦的建树。逢春爬上楼梯半中央，从门帘缝隙里瞥见了蜜姐八十六岁的婆婆。老人家坐在窗口喝茶，再把喝剩的凉茶，往花槽慢慢浇水。她尽力地伸长着胳膊，很不容易地浇灌着这些植物。老人每天都会很长时间坐在窗口看大街、喝茶，此前逢春却不知道她还负责浇花。蜜姐，带着她的婆婆，她们就是这样认真的皮实的顽强的啊！如果换了自己，逢春早就放弃这种老屋，怎么也要折腾到新社区去。

此前的逢春怎么可能注意到别人的居住和生活呢？怎么会觉得别人的居住和生活与自己有关系呢？春风得意马蹄疾，一日看尽长安花。年轻人眼睛都长在额头上，哪里会去看花朵的根部和泥土？懂也不懂的。今天是个极大偶然，逢春情急之中跑进里屋，万料不到蜜姐不肯进来劝慰她，倒是让她睁大眼睛看见了蜜姐的笑哈哈背后的真实生活。看着看着，蜜姐这个人在逢春眼中放大着，放大着，而且发出光芒来。蜜姐实在是一个不可思议的女人。过去逢春不明白，这会儿忽然就有点儿开窍了。逢春的确正是一个乖的女子。她一番将心比心，好生佩服蜜姐。逢春的委屈和苦楚再大，还大过了蜜姐不成？周源再不靠谱，毕竟他活在人世，逢春的儿子毕竟还有亲爹存在。蜜姐的丈夫宋江涛，早就没了！蜜姐上有老下有小都靠她一个人养活和照顾。擦鞋店再红火也就是一个小店！老屋子位置再是在繁华市中心，也就是日益颓废的老屋。年复一年，日复一日，蜜姐居然一直坚持下来了，真的是有骨气！逢春太佩服蜜姐了！佩服到她回过头来想想自己今天的事，觉得还是自己理亏：先撇开她今天的故事，只说蜜姐，逢春在人家店子里打工，又不是人家得罪了你，你自己倒赌气跑开不干活儿了？这算什么事？

本来蜜姐在店子里，当面打人脸，辣口辣嘴对付逢春与顾客，又干晾了逢春两个多小时，逢春原本是非常悲愤，非常委屈，非常难受，非常不肯服气的。却不料在这漆黑的里屋，面壁坐坐，倒是因祸得福了：一个女人在生活中经历着、见识着、顿悟着与成熟着。

末了，逢春自己走出去了。似她一股脾气上来比牛还倔强的个性，原本从后门跑掉也不会自己走出去的。逢春是要蜜姐明白她知好歹了，她懂事了，她认输了。

也就在逢春撩起门帘正要出去的时候，手机响了，吓她一大跳，她连忙去看，是蜜姐给她发来的一条信息：“我姆妈要下楼做晚饭了。”

这就是蜜姐，她甚至都不直接命令逢春出去做工。她就要逢春自己怎么进来就怎么出去。逢春觉得蜜姐就是有狠，就是强大，自己就是胳膊扭不过大腿。这也就是蜜姐，如此洞悉她的心思，又还是先发来了信息，算是给了逢春一步台阶。

逢春掀开帘子走出去，擦鞋店已经是个光明新世界，蜜姐是她怎么都服气，怎么都崇拜，怎么都不愿意离开的人。蜜姐正欢天喜地张罗生意，也不看逢春。店铺里人声鼎沸，人手不够，都没有谁看逢春。逢春也不管那么多，就迎上顾客，带到自己的位置，埋头干起活儿来。

夜是更加亮了起来，华灯大放，霓虹闪烁，大街上电车的两条辫子刺啦啦碰出电光火花，各种流行歌曲在各种小店小铺里哇哇混唱一气，几条大街一片噪声轰鸣，人们感觉这是热闹。蜜姐擦鞋店开夜饭了，里屋的盒饭是老人家料理好了，蜜姐去里头拎出几盒来，擦鞋女们轮流吃饭。照旧是大家都吃完之后，蜜姐与逢春一拨，并肩坐在柜台后面。逢春的饭盒一打开，醒目的是一条红烧带鱼。

蜜姐就嚷："怎么你有带鱼我没有？"又嚷她婆婆，"姆妈，怎么逢春有带鱼我没有？你好偏心啊！"

老人家还以为自己忘记给蜜姐带鱼了，从里屋出来，夹一块带鱼放进蜜姐饭盒，却发现蜜姐饭盒里分明有着一块带鱼。蜜姐哈哈大笑："骗你的啊！人家就想多吃一块嘛。"乐得老人家拿筷子头直打蜜姐。逢春忍不住也就跟着笑了，一笑泯恩仇。蜜姐就是厉害，她这就算是与逢春说话了，起和了。今天一番恩怨就算烟消云散了。

一切恢复正常，只把个逢春佩服得一塌糊涂。心里拥塞了好多话，要与蜜姐说，都是全新的话，全新的感觉。

笑归笑。蜜姐却还是一直不对逢春另眼相看，与所有擦鞋女一样，都是一样的老板对员工的那种客气。到了下班时间，蜜姐响亮地拍拍手宣布：下班了下班了，大家辛苦了。赶快回家吧，拜拜啊。

擦鞋女们就赶紧收拾自己，往镜子跟前照一照头脸，各自取包包，成群结队往外走。逢春被裹挟其中，逢春无可奈何。逢春想蜜姐肯定会留她下来，她们应该有好多话要说，可是蜜姐绝对没有这个意思。逢春仓皇失措。逢春委屈死了，心酸得要命，脚步还不能不随大家一起走出店外。

蜜姐擦鞋店挂出打烊的牌子，大门缓缓合拢。

十二

其实，蜜姐还是忍不住留了一条门缝，她躲在门缝后面看。

今天蜜姐擦鞋店生意兴隆，大家都很开心。工人下班散去，个个笑着与蜜姐说拜拜。乡下少妇或女孩儿进城，立马改换头面：一是文眉，二是染黄发，三是穿吊带，四是说拜拜。蜜姐只不收穿吊带的工人，说她们投错了门子，那应该是去休闲屋或者洗脚屋。其他三样，蜜姐理解。一群土不土洋不洋的擦鞋女，走出蜜姐擦鞋店，走上大街。唯独逢春这个汉口本市女子，是一双自然眉毛，但修去了杂乱溜溜地顺，头发也只打理得熟滑，最重要的是她皮肤保护得紧，洁净细白，瓷一样有光。就这么几个女子少妇在大街上，唯逢春鹤立鸡群，果然有一种质地晶莹的动人。蜜姐愈发发现，原来逢春竟有这样一份与众不同的纯与美！

就在人人都与蜜姐大声说拜拜时刻，逢春没有说，她只无声地出了一个口形，目光却是牢牢看着蜜姐。蜜姐硬着心肠，冷眼对逢春，随口呼应其他人，按部就班地打烊关门。不睬逢春！就是不睬！坚决不理睬，坚持下去纠葛就过去了，问题就解决了，心就会回到从前。坚决不睬！

就这么做着日常的一切，但已经不是日常的一切，蜜姐心都碎了。现在哪里找得到像逢春这么乖的女孩子？没人劝，没人说，没人拉，最后到底是自己主动走出里屋，出来神情已经没有一点儿别扭和怨恨，一句不得体的话也没有，就只是坐下来做事情，擦鞋飞快，不讨好任何顾客，不搭讪，高贵冷艳，好可爱好惹人疼的女子！也难怪有男人对她一眼情动了。蜜姐多想把逢春一把搂进怀里，好好表扬和抚慰。但是，一个“搂”字，让蜜姐自己肉体和灵魂都阵阵地发抖，不可以的！蜜姐无声地呵斥自己：不可以不可以绝对不可以！绝对不可以有任何肢体接触！不可以让逢春觉察，不可以让逢春惊醒，蜜姐年纪大阅历多，有责任维持良好现状，有责任首先约束好自己，同时约束好逢春。蜜姐不可以崩溃，不可以泛滥，不可以决堤，不可以让人知道被人发现给自己祖辈父辈丢脸，让自己儿子和老人不能正常做人！男婚女嫁，人之大伦，生儿育女，顺天应地，一代代人，在联保里，都是这样过来，都以此为德，以此为荣，以此为道德律条，街坊邻里相处生活在一起，都是人家过日子，脸面上的尊严与光彩就是命根子。蜜姐又不是十八九岁无知青年，也不是二三十岁懵懂少妇，就算她咬碎牙，也得吞进肚子里。

蜜姐在大门后面，默默目送逢春，脸面上是纹丝不动，内地里心如刀绞，多少念头已经是千回百转，百转千回。

接下来，不管周源是否来接走逢春，也不管逢春是有多么乐意在蜜姐擦鞋店上班，逢春这样的女子，也是不能多留她了。

蜜姐终于重重地关上了擦鞋店大门。她让自己加倍忙碌：清算当天收入，登记入册，钞票进保险柜，盘账。再上楼，与婆婆说了说话，没话也要找话说。再照顾婆婆睡下。再下楼收拾里屋灶台。再看钟点，儿子下晚自习了。再一会儿，蜜姐披了件外套，开门外出，来到门首，一手打儿子手机，一手夹香烟，引颈遥望，直至她儿子出现在大街那头。儿子在一群中学生里头，蜜姐一看走路的姿态就认出儿子，和她死去的丈夫宋江涛一模一样，走路大摇大摆的。儿子儿子儿子！儿子就是一切，就是光彩脸面，就是后继有人，就是比没有儿子的所有人都幸福都牛气都不容小觑的。你有儿子，还有什么不满足的？！蜜姐眼睛不眨地看着儿子走近，她强烈要求自己涌现母爱，上去就拍拍儿子肩膀，又挽了儿子手臂，说："哥们儿，今天上课累不累？现在你饿不饿？我陪你吃点儿夜宵好不好？"

儿子大惊，脸也红了，很不好意思地挣脱蜜姐亲热的手臂，说："喂喂，今天太阳从西边出了吗？！你别这样啊，别吓唬我啊！"

蜜姐烦了，说："怎么啦？母爱都不要吗？我平时没有这么贤惠吗？"

儿子更惊奇，说："老妈你是不是病了？"

蜜姐说："你才有病！"

儿子反过来哄哄蜜姐，说我好饿好饿呢！儿子答应蜜姐现在就一起去吃消夜，不过蜜姐一定不要对他搞勾肩搭背亲密无间那一套，万一被同学看见，他在学校就惨了。为什么？蜜姐很不理解。但蜜姐是个干脆人，不理解也同意："好吧好吧，少啰嗦了。"

母子二人大马路上各人走各人的，洋洋地摆手迈步，走得跟兄弟一样。母子俩买了两根精武鸭颈，再跑到麦当劳坐着吃，儿子不好意思白坐麦当劳，还是去买了两根甜筒。甜筒就精武鸭颈，中西结合，就这么怪怪地吃。消夜完毕，蜜姐让儿子先回联保里对面耕辛里，在家里写作业。蜜姐自己又回到蜜姐擦鞋店，这里摸摸，那里整整，灰尘擦擦，物品摆摆，至少她可以把满腹心思排解在劳动上，蜜姐擦鞋店明天就会更加光鲜洁净地开门见人。今天这个夜，蜜姐实在太难熬了。

常年里，蜜姐已经找到了这样一种自我解忧的好办法，就是独自在擦鞋店消耗时间和精力，有时候甚至是通宵。宋江涛去世两年以后，蜜姐开始了这样的生活，天天复天天，年年复年年。在街坊邻居眼里，蜜姐是烹小鲜如治大国，把男人缺失的日子过得勤勤恳恳踏踏实实。当然，也是。但是，也不仅仅是。疯狂劳动是缓解心灵折磨的法宝。所有心思，唯有蜜姐自己知道，只是无可说而已。

凌晨了。蜜姐惦记儿子，准备还是要回一下耕辛里的家。她悄悄开门，悄悄碰上门锁，不能吵醒楼上的老人家。这时刻，大街静了，静如原初，真好。水塔街的夜是她独自的夜。蜜姐听着自己的脚步声，咯嗒咯嗒，一步步坚实有力地在汉口回荡。这是她祖孙三代的街道，她熟悉得没有一点点怕，只有亲。更舍不得离开，除非死。

蜜姐走出了老远，忽然感觉身后异样。她一惊，回头看，逢春坐在联保里牌坊附近的一只废弃沙发上，垂着脑袋，手里握着一瓶矿泉水。

这一下，蜜姐傻了。她根本来不及想什么，本能地就奔了回去。蜜姐奔到逢春面前，理智恢复，她厉声喝道："小姐啊，深更半夜了啊，一个人呆坐这里干什么啊！哎呀我的老天爷，真是一个没有见过的倔的！你要干什么呀你！"

逢春说："你到底和我说话了。"

蜜姐张口结舌。她双手一摊，唯有仰望夜空，张口结舌。

逢春站起来，拍拍屁股的灰，满脸期待面对蜜姐。

简直太出人意料了，蜜姐满以为自己已经把问题处理掉了。看来，问题不仅没有处理掉，显然比她以为的更麻烦。

逢春说："蜜姐，我不信你就这么对我。"

蜜姐说："我怎么对你？！"

逢春的委屈大爆发，她说："今天发生好多事，你总得教教我啊。为什么死活不理睬我啊？我到底做错了什么？有那么严重的错误吗？周源对我这样，难道别的男人安慰我一下就不可以吗？也就是精神安慰而已啊，手都没碰啊，你是道德法庭法官吗？你一个这么新潮的人满脑袋腐朽封建思想吗？又没有耽误你的生意，又没有少赚钱，你想打想骂随便，怎么可以睬都不睬我啊？我究竟哪里得罪你，让你见不得我呢！"

逢春说着说着就哭了，泣不成声，抽抽搭搭。蜜姐把她的话一听，反倒冷静下来了，因为逢春还是想着男女的事情。蜜姐倒是好解决。蜜姐等逢春说完，抽了几口烟，说：“教教你什么？这种事情还需要我教教？今天这算什么事儿啊？今天的事哪里就够得上男女啊？我说小姐，这不就是一个小小的激情相撞吗？不就是一个刹那间的灵魂出窍吗？半个小时，萍水相逢，手都没有碰碰，姓甚名谁也不知。风吹过，水流过，都是不再复还的东西。还值得你这等痴情，不过是鬼迷心窍罢了。回去！睡觉！明天早上起来去吃热干面米酒！好了！解决了！”

蜜姐再一次当机立断，把心一横，说完话就毅然下了人行道，大步过马路，奔回对面的耕辛里。蜜姐一直走到要进耕辛里社区大门了，心就横不下去了，她还是要回头看一眼，以为逢春会跟在她后面回家。夜已经如此深，两三逛荡出来的人，不是醉鬼就是瘾虫，逢春一个年轻女子，就这样待在大街上很不安全的。这一回头看，蜜姐又被治住了。逢春坚决地不跟上来，逢春又坐下了。还是坐回那只废弃的肮脏的沙发，还是垂着脑袋，手里还是握着那半瓶水。蜜姐站在耕辛里大门口，看着街对面的逢春，叫她也不是，不叫也不是，又知道叫不叫她都是没有用的，逢春就是一副不回家的样子。蜜姐气得就这样直眼睛看着逢春，直到烟头烧到手指。蜜姐恼火地掼掉烟头，用脚尖蹍得火星直冒，又大步横过马路，返回联保里牌坊，冲上来就拽住逢春胳膊，把逢春拖进了蜜姐擦鞋店。进去一拉开关，忽地大灯亮刺刺的，把两人眼睛都刺花了，蜜姐急急地又关掉了灯。关掉灯，两人都接连绊脚碰掉好多东西，逢春又叫："把我胳膊拽痛死了！"这一下，蜜姐是真的烦了，她只好把逢春拖进里屋，从热水瓶里，给自己倒了一杯温水，一仰脖子喝干了，坐在楼梯上，抱住膝盖，声音压得低低地问："我的姑奶奶！这么晚了你到底要干什么啊？！"

逢春动了动嘴巴，千言万语都堵在嗓子眼，说不出来，忍不住又是泪珠子先扑簌扑簌流下来，她知道这是深更半夜，知道楼上老人家在睡觉，她知道要强烈抑制自己不哭，便是更加难受，喉咙哽咽得厉害，肩头激烈抽耸。

蜜姐说："好吧好吧。我想起来了我想起来了，我忘记了给你钱！"

蜜姐从自己包里拿出一张百元钞票，递给逢春，这是骆良骥下午给逢春的小费。

逢春不接，哭腔哭调地说："我又不是这个意思！我不是要这个钱！这钱我不要！"

"错！"蜜姐把弄着钞票，说，"如果今天你一定要我教教你什么，我只有一句忠告给你：钞票就像婴儿一样无辜，你任何时候都不要拒绝它。"

蜜姐再一次把钞票递过去，严厉地说："拿去！这是你的劳动所得。难道还真的要我去带你儿子吃麦当劳？我哪有这个时间。拿去拿去！”

逢春迟疑半天，还是接过了钞票。在接过钞票的那一刻，哀求地叫了一声“蜜姐”，便抓住蜜姐的手。

蜜姐一下子崩溃：逢春的手，融化了她。

十三

罢罢罢！蜜姐没有退路了。蜜姐只好一不做二不休了。蜜姐想：那就索性不睡了，今夜索性就把问题彻底解决算了！要不然似逢春性情这样痴又这等倔的，还不知道以后会闹到哪步田地。

蜜姐轻轻地但是坚决地，拿开了逢春的手，说：“别闹了。”

眼下的事情，蜜姐是必须拿出决断与魄力，快刀斩乱麻了。主意一定，坐在楼梯上的蜜姐就伸直了腰背，摆出居高临下之势，声音压低仿佛耳语，出语却有雷霆之威，她对逢春说：“从明天开始，你就不用来上班了！”

这是逢春的晴天霹雳，逢春失声道：“为什么？”

“不为什么。”

“我又没有做错什么！”

“等你做错就来不及了！”

“什么意思？”

“你心里明白。”

“我不明白！”

“只要你明白你被炒鱿鱼了就行了。”

“蜜姐啊——”

“别求我。没用的。我这巴掌大店铺里的事情我说了算，没有改！反正你也是演个戏又不可能长做。走吧，回去吧，得睡觉了。以后一样还是好街坊，你常来玩玩坐坐就是。”

蜜姐说着扶了扶手站起来，打了一个大呵欠，拿巴掌直拍嘴巴，是完全不想再说话的样子，她今天的确是累极了。

逢春怎么也想不到蜜姐心肠硬到这种程度，她接受不了。逢春伸手挡住了楼梯口，气得浑身发抖，说：“你！你凭什么这么不讲道理？是的，是我先求你的，可是我也样样都照你说的做了。你待我很好，姐妹一样，奶奶也待我像自家人，我从心里感激你们。可我又做错什么呢？我又哪点对不起你呢？我尊重你，处处维护你，完全和其他工人一样地做，我还比她们做得更好，这段时间我的回头客最多这是你知道的。今天我让你有损失吗？没有！分明还让你多赚了钱！你刚才不是说了你的人生格言‘钞票就像婴儿一样无辜’吗？可是你怎么能够这个样子？翻脸比翻书还快，到底为什么也不肯说就要我立马滚蛋。那我也告诉你：我就是不滚！打工也有个劳动法来保护的。”

逢春的发泄，蜜姐自然是料到的。让她发泄吧。蜜姐疲倦地托着自己下巴，冷冷瞅着逢春。逢春稀里哗啦一大通倾泻出来，忽然也就说完了。止住。天地却似一阵眩晕。昏暗迷蒙中一片静，只闻洗碗池上水龙头一滴一滴漏水声都敲打到有气无力。

蜜姐这才说："发泄完了？"

逢春无言以对，只是恨恨的。

蜜姐说："好了。你有狠。你有法律。随便你怎样。我可说的话就是算话。你给我回家去睡觉！拜拜！"

逢春绝望的眼泪大颗大颗地滚了出来，她也不去擦，任泪珠子从脸颊上骨碌骨碌地落下来，嗓子也嘶哑了，一边她说："蜜姐，你再狠我也不服的。明天你就是拿棍子打我出去，我抱着大门也不离开就让你打，除非你告诉我真实原因。就是法院杀犯人也要让犯人死个明白吧！"

蜜姐一听，大叹一口气，只好又去摸香烟抽，她想：真正是冤家路窄！原以为逢春温顺，哪里晓得是一个更倔的，比蜜姐自己还要倔。早知如此，她怎么会答应逢春做工呢？这种倔脾气，蜜姐惹不起还躲得起啊！

蜜姐没有办法了，她说："好好好！我就让你死个明白。"

蜜姐长长吸了一口香烟，再长长吐出去，酝酿了一个破釜沉舟的语气，说："很简单，我不能让你在我店子里搞红杏出墙！为什么？道理也很简单，我没脸面对源源和你们两家的父母还有所有水塔街的街坊邻居——这是你逼我说出来的！我本想给你脸，是你自己不要脸！”

“红杏出墙？”逢春说，“我做什么了？就叫红杏出墙了？”

逢春居然不认账！

蜜姐是个吃软不吃硬的人，她被激怒了。蜜姐把香烟一摔，道：“嘿，你还给我之乎者也？他妈的！今天你身子没有红杏出墙，你敢说你的心没有吗？你两个人眉来眼去忘乎所以当我不存在？他平白无故一张张百元大钞送给你就为你擦了一双皮鞋，他傻 × 了？你这样深更半夜不让我睡觉纠缠不休是因为你太热爱蜜姐擦鞋店？不就是害怕我让你滚蛋了你就再没有机会见到那人——你在盼他来，你觉得他会再来，你在给自己编故事，你在为自己拍电影呢，你心里那点儿小暧昧小情调小酸词，还以为瞒得过我？你们没有留下任何联络，就只有蜜姐擦鞋店是你们唯一能够再见的地方，难道不是吗？逢春，我告诉你，我让你死个明白，你也就应该懂得咱俩必须直截了当点到即止。我把你当人，你还做鬼吓人呢。少给我来之乎者也这一套，也不看看自己才多大年纪？才吃过几斤盐？走过几座桥？吃过几次亏？见过几个男女？”

其实逢春的心思都是朦胧的，她自己的确不明了，一下子被蜜姐揭穿，逢春不免又吃惊又羞恼，一时间脸面火辣辣受不了，奋起护短，急煎煎口不择言，书生意气也出来了，说："关关雎鸠，在河之洲，窈窕淑女，君子好逑。几千年前古人就很分明，你懂不懂男女爱慕是一种自然的健康的正常的感情呀！有你这么臭人的感情的吗？难怪别人说最毒莫过妇人心，你自己没有爱情，就硬是见不得人家有。我还一直认为你是一个好女人，原来你的心这么毒啊！"

蜜姐没有想到兔急还真咬人。逢春这一下子也戳伤蜜姐的心了。蜜姐狠狠一拍楼梯，说："这就稀奇了，你怎么知道我没有爱情？你被宋江涛睡过？你在我们家做小？"

"蜜姐你侮辱人干什么？宋江涛谁不知道他？水塔街谁不知道他？我又不是聋子瞎子！宋江涛对于朋友来说是一个大好人，可是对于你呢？他好吃好喝好赌好嫖，谁不知道？他在窗帘大世界，与那些小嫂子大姑娘公开打情骂俏，摸这个屁股捏那个奶子，你当大家都没有长眼睛啊！"

"够了！"蜜姐喝住了逢春。

蜜姐闭上眼睛，喘匀了气息，摸着楼梯慢慢站起来，披发立在黑暗陡峭的楼梯上，说道："够了。看你大学生模样，想不到说话也够粗的。我真是小看你了。周源为什么死活不睬你？现在我终于明白了。你把我臭够了没有？这下你我总该两清了吧？走人哪！"

蜜姐说着一掌推开面前的逢春。逢春猝不及防跌倒在楼梯口。蜜姐毫不犹豫从楼梯下来，跨过逢春的身体，兀自往外走。说："你不走，我走！我怕你好不好？！"逢春像受了欺负的孩童般哇哇地大哭出来。

阁楼上的房门打开了。蜜姐的婆婆出现在门口，她叫了一声："蜜丫！"

蜜姐立刻站住，回身叫道："姆妈。"

蜜姐说："姆妈不好意思把你吵醒了。"

蜜姐的婆婆说："把春扶起来。"

蜜姐迟疑了一下，还是听了婆婆的话，俯身去扶。蜜姐手指刚碰到逢春，逢春自己就顺势爬起来了，口里忙说："谢谢！"是愧悔的意思，也不再哭，只忍不住抽抽搭搭。

蜜姐听从她婆婆的，带逢春上楼。八十多岁老人也没有什么多余的话语，她就是有一种慈祥，是颜面素到没有表情的老人。却原来老人家早就被蜜姐逢春闹醒，早就在为她们做安排，在地板上为蜜姐逢春打好了一个地铺，垫的厚厚两床棉絮，盖的两床薄薄被子，都已放好，房间走路地方都没有了。进得房来，老人家先自去睡觉，上床，脱衣服，躺下，也不肯要蜜姐逢春的帮助，就自己不慌不忙地睡下了。蜜姐与逢春面面相觑，再无话可说，也不再敢说，只依照老人的意思：睡觉。两人默默呆了呆，坐在地铺上，各人拿手机飞快发了短信，又各人打开一床被子，躺下。两人都躺得心神慌乱，战战兢兢，却又充满意外之喜。

这一天，已经够长。连这个夜，也已经被她们人生漏掉。她们躺下的时候，黎明曙色，已现窗帷，好比她们深藏的心思，在渐渐明朗。

十四

居然，突然，竟然，世事难料，亲密来得如此容易和简单。蜜姐和逢春，就睡到了一张地铺上。逢春是小孩子一样，似乎也还不知道那渐渐明朗的心思是什么，把手往蜜姐身边一搭，哭过的眼睛犯困得不行，又实在累，立刻就睡着，呼吸变得轻柔又均匀。蜜姐今天也是累极了，却无法入睡。逢春就睡在她身边，一张年轻脸庞就如此可爱地侧对着她，蜜姐简直难以相信这是真的。蜜姐既甜蜜又惶恐，生怕老人家识破她的心思。生怕逢春不懂她的心思，也生怕逢春完全明了。生怕自己一不当心，管束不了自己，要把自己的手也伸过去。老人家也就睡在这里，近在咫尺啊，蜜姐哪怕胡思乱想也都算是辜负了婆婆的信任啊。蜜姐的婆婆啊，这位老人家，总是这样好，总是宽厚得无边无际。对蜜姐从来不计较不猜测不挑鼻子挑眼，硬是要叫蜜姐自己做不出对不起她老人家的事。蜜姐正是个吃软不吃硬的人，这次真是为难死她了。

问题在于，蜜姐不是自己单个人在生活中，不是自己单个人在历史中，蜜姐和她的婆婆，拥有她们共同的历史来历，她们子孙三代的来历与生活，是如此紧密交织在一起。也正因为如此，她们才生活得没有嫌隙，不似别的婆媳，一种天敌关系。蜜姐的日子里充满敬重与和美。她知道何等不易，她警钟长鸣地提醒自己要珍惜。

到底逢春也还是一个混沌无知的年轻人，说出来真是怕吓着了她。逢春父母所在单位市油脂公司，哪来的？蜜姐家的！ 20 世纪 20 年代初，蜜姐家祖辈就在汉口做桐油，那时候就与外商有做生意，那都是英国怡和、美国福中、法国福来德、日本三井与三菱等一些正经老牌大公司。抗战胜利以后，蜜姐的父辈又接着做，把储炼厂都开到汉口江边租界的六合路去了，厉景文经理这个名字，汉口桐油业谁不知道？！是中华人民共和国成立以后搞公私合营，政府不断派进来干部，油脂公司不断改制分解，这才慢慢变成了公家的。变成了公家的又怎样？油脂是有技术含量的生意，还是离不开厉家。开玩笑，几代人，都学储炼油，都做储炼油，这是谁能够替代的？！蜜姐与宋江涛结为夫妇齐心合力闯到汉正街东山再起，不还是成了油脂公司这一片水塔街这一带个体经营第一户百万富翁！

宋江涛呢，他们宋家的曾祖父，就是汉口第一家既济水电公司股东之一。宋江涛的父亲，1949 年以前老早就是江汉路邮政局局长。那是什么分量的邮政局？谦虚一点儿不说全中国第一，也敢说全中国没有第二。那是做着对面整条交通路的邮发，还开辟一柜台专供全中国最牛的书报杂志宣传册。汉口交通路那都是什么名号的书馆书局杂志社？商务、中华、大东、世界、开明、生活、全民抗战、新学识，都是哪些人在交通路办刊物杂志？随便哪一个都是文豪或者名人，像沈钧儒、李公朴、邹韬奋……

汉口之所以成为汉口，水塔之所以在湖淌子之中拔地而起，是宋家厉家以及许多家有识之士，拿出自己祖祖辈辈积累的财富，开办水电厂、油脂公司，建筑水塔，建筑了中西合璧的楼房民居联保里、永康里、永寿里和耕辛里，就这样形成了城市。宋江涛和蜜姐的祖辈父辈，开创了汉口这个城市和最先进的城市文化。居民们深深的信任，就是这样来的。宋家厉家两家的友好亲密，就是这样来的。蜜姐的婆婆对蜜姐的好，以及蜜姐不能够辜负老人家的好，就是这样来的，事事有因，因因都是深深的根，牢牢扎进这个城市的一砖一瓦。

这也就是真正的门当户对。婚姻也好，婆媳也好，最坚实的基础就是门当户对。门当户对哪里只是人们以为的物质条件呢？是家族家门有着同样的来历。

尽管后来一次又一次的战乱、革命、分割、改建，导致了城市的创伤与腐烂。联保里每一处危墙颓壁每一处破残雕栏，剥剥落落，污水油烟，处处都是难管难收的无可奈何花落去。但是，人不是物！人是会一代代传来下的，一辈辈人的感觉与感情是断不了的。只要水塔街的街巷还在，只要联保里最后一根柱子还在，城市居民之间那种因袭了几代人的无条件信赖就在。那是一种面对面的大义与慷慨，一种连借了一勺子细盐都要归还一碟子咸菜的相互惦记与诚信，是人与人之间的心灵与情感联盟。就凭这份人间义气，将来楼房可以重建，街道可以重修。蜜姐她们坚守市中心老城区，就是相信联保里会重建，就是相信城市必定是城市。为了不让老城区被打工出身的小商贩一点点蚕食损毁，她们不走。她们也变成小商人。她们宁愿苦熬与等待。怕就怕人间义气彻底散失，街坊邻居可以不负责任，不懂人情，不顾大义。在这里，在水塔街，在联保里，在蜜姐祖祖辈辈创造出来的城市里，蜜姐和婆婆就是守着这样一份人情和大义，就是过得有滋有味有志气，就是邻居街坊没有人不信赖她们，于是蜜姐怎么可以做事情不负责？怎么可以只顾自己不顾他人？不顾她的婆婆以及所有街坊邻居？

这是逢春不懂的。就凭逢春在学校课堂埋头一口气读书十几年然后穿一紧腰小西装，在办公室颠来跑去复印、接电话、发传真、发电邮，就能够懂吗？逢春不懂，就痛苦少，困扰少，睡得熟。辗转难眠和内心挣扎，就都是蜜姐的了。

待到蜜姐好不容易入睡，逢春睡过一觉，醒了，终究是有心思，睡不沉。

逢春醒了就偷偷看蜜姐，这么近，这么真切，她越看心里越崇拜。怕老人家发现，逢春闭眼假寐。心里决定：她再也不离开蜜姐擦鞋店了。将来她还可以与蜜姐一起，把左邻右舍门面盘下来，扩大生意，做出真正的文化创意来，说不定还很赚钱呢！逢春是越想越美了。

逢春觉得也是自己没有办法了，她无法不跟着感觉走。蜜姐就是有气场，就是有吸引力。逢春虽说是赌气来的，虽说是演苦肉计的，但是生活就是要改变人，生活就是有它的力量。想想逢春的第一天、第一个星期，多难熬。看见熟人要躲眼睛的。头一个月过去，慢慢地，不知不觉，情形发生了变化。逢春手头活儿做得越是利索，蜜姐对她的满意和赞赏愈发溢于言表，逢春心下竟逐渐喜悦萌生。蜜姐想让逢春做重要钟点，逢春心里竟然也生出大喜悦来。逢春让自己父母下午替她去小学门口接儿子，她开始做中午十二点到晚八点的工。逢春的父母一百个怨恨周源和周源父母，也没有什么办法，又怕在逢春面前说多了加深小两口的矛盾。逢春的父母是一对老实人，逢春也无法对父母多说话。只因从小他们家父母孩子之间都是不多说话的。逢春结婚之前，她母亲对她说话也就是说个功课如何，考试多少分，在班级与同学要搞好团结，不要单独和男生一起出去，念书就好好念书，不要早恋，晚上出门早点儿回家，路上当心坏人。逢春与同学在一起，也有打闹也有几句俏皮话，与她父母在一起，就是一个没有嘴巴的闷葫芦。连逢春出嫁，她妈妈也只当女儿多过了几条马路去睡觉而已。逢春生儿育女，她父母自然也高兴，可也都当一般人间常事，与她还是没有多的话可以说。是逢春来到蜜姐擦鞋店以后，才慢慢感觉到，家庭不一定必须有父母，没有父母的家庭也可以比有父母还知冷知热的。比如蜜姐没有父母，只有婆婆。蜜姐的儿子没有父亲，只有奶奶和妈妈。他们这一家人就是像对方是世上唯一宝贝那般地稀罕。就连逢春来到擦鞋店以后，逐渐也被他们一家人当作宝贝，就是稀罕，就是重要。饥饿冷暖，就是要问，就是要说，就是要知道，知道了才妥帖。这感觉真的是亲啊！

做中午十二点到晚八点的工，蜜姐要提供两顿饭，晚饭要比较正餐一点儿。饭菜是蜜姐的婆婆现做现炒，她们只请了一个厨房帮工，老人就可以每顿做好热腾腾的菜饭，按人份一盒盒装好，工人们都说好吃。蜜姐擦鞋店的工作餐的确特别好，蜜姐从来不叫外卖的。前五一条街的商铺都叫外卖盒饭，简单方便，吃完把一次性塑料盒子往垃圾桶一扔，不用洗碗水费都节省很多，加上盒饭本身价格便宜得惊人，味道也都是大辣大鲜要人吃得刺激。蜜姐绝对不动心。她坚信只有买错的没有卖错的，越廉价越是地沟油，无论她儿子和婆婆，无论蜜姐擦鞋店几个工人，蜜姐都视为一个大家庭，不是说说漂亮话的，就是实打实每天自己掏钱买菜。蜜姐已经深知健康是世上最重要的东西。奶奶是老寿星了，能够吃到她亲手做的菜肴，那就口口都是吃的福气！蜜姐煽情的本领十分了得。大实话从她口里出来也煽情，人听了就是要感动。蜜姐给擦鞋女的报酬并不多，可是就凭她家的工作餐，就凭蜜姐对她家工作餐的不断阐释、演讲和夸赞，几个擦鞋女都是死心塌地给蜜姐做事。逢春就是喜欢听蜜姐说话。蜜姐就是这么会说话啊。

蜜姐自然享有自家特权，她的婆婆是要给她加菜的，她也单独使用自己的保温饭盒。工人都是先吃饭，工人吃过了，蜜姐再从容吃饭。当逢春来店差不多个把月的时候，蜜姐也给了逢春一只专用的保温饭盒。她俩饭盒一模一样，两层的，只是颜色不同，一个浅蓝，一个浅粉。从逢春有了浅粉色饭盒之后，她的菜也和蜜姐一样，两荤一素，里头有时候会多加一两样私房菜，比如一勺子香椿尖子炒鸡蛋，或者一块红烧臭鳜鱼，这都是蜜姐婆婆自己吃的，都不是大众口味，都是小炒的，老人家也不说多么甜蜜的话，她就是把逢春当了自家孩子，叫她“春”，让她和蜜姐一起吃饭。蜜姐要叫水塔街的街坊邻居，要叫逢春和周源两家的老人都看着：蜜姐并没有轻视逢春。自然也首先是逢春性格乖，做事情用心用力，没口没嘴不搬弄是非，很讨蜜姐的婆婆喜欢。蜜姐当然也喜欢，连蜜姐的儿子也喜欢。蜜姐一家三代三口人，是齐齐地一致。

在蜜姐擦鞋店，蜜姐叫自己婆婆是姆妈，逢春依着蜜姐的儿子叫老人奶奶，又叫蜜姐是蜜姐，是平辈相称；蜜姐的儿子刚满十六岁，唇周围已经隐约有青森森的胡楂子，不肯让面嫩的逢春占便宜做长辈，又不好意思叫姐姐，就什么称呼都没有，却进出也是平辈的意思，贪玩的时候还央求逢春帮他写作业，二人也会去打个羽毛球认真争一个输赢高低的。逐渐地，逢春与蜜姐一家三口都不见外，不生分，十分自在起来。连逢春搞点儿特殊性，蜜姐也能够理解与接受。逢春到底是城市女孩儿大学毕业出身，到底不能与其他擦鞋女平等，逢春干活儿是必须要口罩帽子工作服的，其他擦鞋女从来没有这个概念。几辈子的城市人与几辈子的农村人，终究有隔。几个擦鞋女总是叽叽喳喳说笑，逢春从不参与的。蜜姐也不怪逢春清高，倒是很有几分赞赏她的。逢春当初是万万想不到，自己在蜜姐擦鞋店倒是得到了好日子和人自在。

不知不觉地，逢春可以大大方方地进店上班了，街坊邻居再过来看她，她眼睛也不躲闪了。周源来不来接走逢春，逢春已经不在乎了。生活的力量就是这么强大，周源给逢春的痛苦，就被逢春的新生活减弱了，这种减弱还在进行，在加速进行，这就是逢春的希望。她在蜜姐擦鞋店过得比此前所有日子都要好。

逢春怎么可以就这样被蜜姐轻易赶走？

怎么可能？

蜜姐是这么喜欢逢春，今天为什么突然发作，坚决要赶走她？就因为一个偶然撞进门来的小白脸？到这里逢春纠结住了，死活就想不通了。想着想着，又要哭。想着想着，又睡着了。

天大亮的时候，蜜姐逢春两个人，都在沉沉梦乡中。

蜜姐的婆婆轻手轻脚起床，她端详了蜜姐和逢春一会儿。这对孩子，昨夜吵架吵死了。老人家也许什么都明白，也许什么都无须明白。只是又是新的一天了，蜜姐擦鞋店需要正常开门营业，需要老人家出面撑一回了。老人家当然会去做的，她慢慢地来，还是做得动的，这样的特殊情况，也不是第一回了。老人家没有叫醒蜜姐和逢春，她自己慢慢下楼，慢慢打开店铺大门，工人们陆续来上班，老人家在柜台里头坐店，衣裳整洁，白发梳理齐整，颜面也白净，如果说繁华市中心的早晨要有太阳，那就是在自家升起的一张有光有亮和颜悦色的脸庞。

这一天也还是人间日子，没有什么过不去的，没什么两样。

十五

翌日，蜜姐和逢春二人都睡得起不来床。待蜜姐逢春真正清醒过来，已近午饭时刻。二人先是互相看着，迷迷瞪瞪，既不敢相信现实，又不能不相信现实；既不能够说什么，也不知道说什么才好。继而拥被坐起，蜜姐睁大眼睛看逢春，逢春也睁大眼睛看蜜姐。两人都眼睛鼻子还是懒怠无劲，嘴唇干涩，肤色因血气未动又是没有暖意的姜黄，都蓬头乱发，乍一看令人吃惊，再一看又被真实吓住，这吓住过后又有些私密的亲近，觉得两人都见了真人真相，便有了一个无言的共同秘密，就不免都笑了。一笑之间，蜜姐已经觉得这就是好时光啊，这好时光分分秒秒正在逝去啊。她冒出了一个主意：为珍惜这一夜，得好好享受和延长现在这一刻。无论如何，别的都不说了，她要善待她们自己一次。

所以蜜姐似乎没心没肺到完全忘记了昨夜的不快，她大大咧咧笑笑呵呵说：“今天我们出去吃个饭吧。”

逢春喜出望外，一副受宠若惊小模样，立刻抢着说：“我请我请啊。”

蜜姐说：“你不要和我争，我昨夜就说了要请你吃饭，我先说的。”

逢春说：“你昨夜说了请我吃饭吗？”

蜜姐霸道地说："说了！"

逢春嚷道："我怎么不记得？我只记得你都在骂我。"

蜜姐说："少提不痛快啊！"

逢春说："好呀好呀，不过真的让我请吧，我要谢谢你收留我，谢谢你对我这么好，我想今天大吃大喝一顿，和你拜个干姐妹，好不好？"

蜜姐说："拜姐妹没有问题啊。只是别以为我对你有多好，你以后别骂我别恨我，就不错了。"

最后自然还是蜜姐请客，蜜姐说逢春你算了吧，你胳膊扭不过大腿的。

逢春笑嘻嘻认了，她觉得自己在蜜姐这里，的确是胳膊扭不过大腿。

二人就开始起床。逢春撒娇，在地铺上伸手要蜜姐拉她起来，蜜姐也就去拉了她，只低垂眼睛不暴露心思。两人一起收拾地铺，棉絮被子都一层层为老人放进柜子，把房间拾掇整齐，再各自梳洗一番，整理头脸，化妆打扮。

蜜姐拿过手机，用手机屏幕当镜子照，说："我像个鬼。"

逢春也说："我更像鬼，眼泡肿得像金鱼。"

蜜姐说："是啊，女人夜里不能伤心流泪，只能快活流泪。"

逢春赶紧问："啊，还有快活流泪的？"

蜜姐意味深长地看了逢春一眼，说："说你年轻没经历还不服气，还给我上课，还给我背什么古诗。”

“好了好了，别说了啦！”逢春怪不好意思的，拿枕头去捂蜜姐的嘴巴。蜜姐把枕头推过来，逢春又推过去。两人哧哧笑了，这就闹了一会儿，把昨夜的争吵尴尬都遮盖过去了。二人又各自打手机，找父母的，问儿子的，问楼下生意的，种种不一，都是家常的呼应打点，琐细庸常，但这就是正常生活的维系，每一天，人都需要来操持，只有时刻操持，一个家庭才能安安妥妥。逢春已经对蜜姐没有任何遮掩，就当面打电话给自己父母，让他们把电话给孩子，与孩子说几句亲热话。逢春的父母是无奈有怨的口气，问周源在哪里，怎么不来管孩子？逢春简单说她也不知道。逢春假装不知道父母的烦。周源甚至连自己孩子都不管了，他们小夫妻间，连这种日常维系都没有了，问题真是够严重了。男人冷漠到了这种地步，逢春也不对他人絮叨诉说，也不对任何人抱怨责骂周源，让蜜姐从旁看着，愈发怜惜和喜欢逢春。逢春年纪这么轻，做人其实还真是够大气的。蜜姐对逢春的喜爱，偏是琐碎生活里都有强劲生发，这真是没有办法了。

但蜜姐并没有失去最后的理智。

收拾打扮完毕，蜜姐逢春出来街上，两人面貌焕然一新，都眉毛黑，唇膏亮，头发漂亮。天气是由凉渐至冷的秋了，是夜里下过霜的萧瑟，在城市繁华街区，霜留不下痕迹，只是教人感受到更严肃的冷。蜜姐逢春出门就凭空受到一个冷的刺激，人一收紧，身体就挺拔起来。蜜姐黄的脸颊也透出红来，逢春眼睛一亮，昨夜的红丝彻底遁去，涌出清澈秋水一层，眼眸黑亮如点漆。逢春是牛仔裤、短夹克、特长大围巾。蜜姐是皮靴、长裙、低领毛衫，外罩风衣，当过兵的人，步伐是那样遒劲有力，咯噔咯噔地有精神。两人走在大街上，并肩联袂的样子，抖擞又飘逸，恰就是那些时尚杂志上的一对都市丽人。一路上都有人看她俩，她俩分明知道，就当是不知道的那一种骄傲。她们已经省了早点，要去街上直接吃午饭。

二人一边大街上走一边商议走去哪里，吃什么。

蜜姐做东，逢春是客。蜜姐要逢春选择饭馆。逢春说："麦当劳。"蜜姐喷出笑来，嘲弄道："麦当劳又不能算饭馆。"

逢春说："麦当劳近啊，环境好啊，这边有一家，那边一家民众乐园还有一家，都包围我们了，又好边吃边说话。"

蜜姐继续嘲弄说："就吃吃这种小女生的快餐，能够拜中国干姐妹？"

逢春自嘲道："是有点儿不对劲啊！"

蜜姐说快餐到底算不上正经请客吃饭，也到底还是没有饭菜好吃。蜜姐说算了不搞民主了，就我带你去吃点儿好饭菜吧。

逢春兴奋得不得了，欢呼："好哇好哇！"

蜜姐扬手招来一辆红色出租车，她俩坐了进去，司机照着蜜姐指的饭馆开去。她们穿街走巷，越过无数人、无数市声，高架地铁无数工地水泥柱子高大得人渺小，马路边有人拉拉扯扯，因电摩托车与小汽车冲突，摩托司机用手摸了自己额上的擦痕，有血，举到自己面前看，霎时眼睛瞪得像牛卵子。两个女子怀了一副昨夜风雨昨夜寒的心肠，是这样在城市中穿越与观望，就别有滋味细细丛生，想要叹气，想要摇头，觉得这一城市的人都这样活着啊真是无聊、猥琐和不值得，更觉得自己要好好珍惜自己，豁达一点儿，都不计较，要比车窗外面种种人种种地方都漂亮都大方都值得。

待到下车，进了蜜姐熟知的一家餐馆，认识蜜姐的领班热情洋溢地迎上来，领到一个面临山水风景的窗前小台。待到两个女子坐定，平视，目光里满是欢愉和欣悦，万水千山艰难险阻谈笑间已然越过，以前的不好，见不到了。只为今天好。今天必须仔仔细细地过，认认真真地吃。

菜谱自然先给逢春，蜜姐说她想吃什么只管点。

逢春说："随便吧。"

蜜姐嗤道："莫瞎说，哪里有随便这道菜？吃是大事，要点最爱的。"

逢春把一本菜谱阅读完毕，抬头说："好像都爱，又好像都不爱，菜名看上去都好吃，就不知道菜端出来好不好吃。"

蜜姐说："那还是我来？"

逢春说："你来你来。平常我都是随便的，不会点菜。你点我吃吧。只是不要点太多了吃不完。"

蜜姐听也不再听逢春客气话，啪地合上菜谱，往餐桌边上一推，招来领班，自己吩咐厨房做菜。蜜姐要了一份泥巴封口文火煨的瓦罐老鸭雪梨汤，秋燥嘛，这是秋天最滋润的甜蜜蜜的汤，冬季里才适合喝排骨藕汤，莲藕要待在塘泥里经霜覆雪以后才真正粉嫩。再一份干烧大白鲴，如今在大城市吃淡水鱼，也只有武汉鲴子鱼是野生的了！野生鱼就是野生鱼，臭腐了都比刚出水养殖鱼好吃千百倍，那完全就不是一个质量！蔬菜来一份清炒菜薹，要铁锅爆炒，切忌大油锅过油的那腻死个人还把菜薹原本的清香去了，也不要辣椒，只起锅时候撒一把蒜花。下饭菜呢，是炒三丝，肉丝、酸包菜丝、苕粉丝，作料一定要干红椒丝、泡姜片和蒜片。一定，生活就是这样，好味道一定要好原料，假不得的。

蜜姐软硬兼施对领班说："一定告诉厨师是水塔街蜜姐的菜啊，真正汉口人啊！可别一忙就瞎打发，以为是外地游客。"蜜姐边说边塞了一张五元的小费在领班口袋里："菜真好呢，还有酬谢的；菜不好呢，我可要掀台子的啊。"

领班唯唯诺诺地说："蜜姐放心放心！"

逢春在餐桌对面，捧着茶杯，已经惊呆，吃个餐馆，蜜姐都是这般好手段啊！逢春和广大青年一样早就自称吃货，可相比之下，什么吃货？纯粹瞎吃而已。逢春说："哇，好厉害啊！光是听着就口水直流！又没见你做饭，怎么这么有学问啊！难怪大家都说你阿庆嫂，今天果然让我见识了，天啦天啦，你真是一个阿庆嫂啊！”

“阿庆嫂什么意思你懂个屁！”蜜姐看着逢春，被逢春的甜言蜜语吹捧得喜滋滋的，尽管蜜姐就知道逢春的确不懂得阿庆嫂究竟什么意思。年纪轻轻，哪里懂得特定历史语言的含义？蜜姐只说：“我的小姐啊，武汉菜多好吃啊！每个季节都有时鲜啊！我今天点的这几样，绝对是深秋经典，只是菜薹还不够正点，下雪了才真好吃，不过也算一盘头道抢新菜吧。哎呀看来你对吃一无所知，把你生在武汉真是浪费资源。”

逢春就琢磨开了，她想是啊是啊，以前怎么就会瞎吃啊？！

及至菜肴一份一份端上来，逢春扑上去就吃，每一筷子都情不自禁要哇哇叫好。她叫道：“我的妈啊好好吃啊好好吃啊！”她在餐桌下面的一双脚，也忍不住要跟着直跺。逢春还原成了一个活蹦乱跳的小姑娘，把蜜姐乐得合不拢嘴。二人吃得这般放松又贪馋，就无酒不成欢了。蜜姐说：“上酒！”

逢春说：“我不会喝酒。”

蜜姐说：“净说些没志气的话，酒有什么会不会的！”

逢春说：“我真不会喝。”

蜜姐说："喝！酒这个东西，就不存在会不会喝，只有喜欢不喜欢喝，敢喝不敢喝。今天你还不敢吗？"

逢春胆子也被鼓励起来，说："那就——敢！"

一瓶百威啤酒，两只玻璃杯倒了出来，蜜姐逢春一人一杯。干烧大白鲷是鲜辣的，把逢春吃得一双嘴唇红通通满口热气，她也不知道深浅，端起啤酒，咕嘟喝一大口，贪图凉爽，接着又一口把一杯都喝干了。然后拍着自己胸脯，看着蜜姐，觉得自己头不昏来眼不花，自语道："原来啤酒没有问题的。"接着主动为自己倒酒，又把一杯一饮而尽，蜜姐连夺她杯子都没来得及。

逢春说："感觉很好呢。看来我其实有酒量。"接着又吃菜，又喝酒，拍手叫好，说是出娘胎就没有吃得这么痛快这么好。她那一双眼睛，愈发水亮盈盈的动人，年轻就在一双眼睛上头。蜜姐对着手机看看自己眼睛，心里涌出沧桑感，把手机反过来，按在桌子上了。蜜姐吃得不多，几筷子菜吃过，就一手酒杯一手香烟，只喝酒抽烟，就看着逢春吃。看着逢春欢天喜地，蜜姐享受知音之乐，乐得蜜姐时不时要笑出来。啤酒又上了一瓶，蜜姐要逢春慢慢吃慢慢喝。逢春也不再那么饥饿饕餮，却更兴奋，语调都不觉地提高了一倍，节奏也快了许多，用远比平常悦耳动听的声音嚷嚷："是的是的，我要慢慢吃慢慢喝，我要学会享受人生！我要向你学习好多好多东西！"

蜜姐摇摇头说肉麻。现在年轻人，就是这么说话，港台语气加网络语气，一股装嫩感，真肉麻。逢春说装老感也肉麻的啦。于是她们就笑就闹。就在欢天喜地中，二人喝了个交杯酒，正式结拜为干姐妹。不过蜜姐不喜欢“姐姐妹妹”这些个词，嫌酸，一切都在心里比较好。逢春也大有同感，又大呼：“严重同意严重同意！”逢春乐得都腾云驾雾了。

女人要谈人生了。女人一旦做了好朋友，一旦喝到一定程度，总归要谈人生这个话题。蜜姐没有犯晕，没有腾云驾雾，蜜姐要借人生话题，把握好她们俩关系的那个度。逢春还年轻，对自己个人感情还是迷糊的，也许还是男欢女爱更适合她呢？总之，蜜姐得把握这一切。

十六

酒过三巡，蜜姐开始给逢春讲故事。她讲三个影响她一生的人：一个是宋江涛；一个是宋江涛的母亲，蜜姐的婆婆她老人家；一个是某人。

逢春问：“某人是什么人？”

蜜姐说：“另一个男人。我不想说他名字。他名字不重要，也不再存在。我只告诉你，他就是我人生的某人。”

逢春说："好吧那就某人。"

逢春就蛮有兴趣了。逢春以为：噢！噢！噢！蜜姐也有情况呢！

宋江涛是水塔街最豪爽的男人，他的豪爽不是一般的豪爽，那气派简直水塔街是他们家的，只要朋友需要都可以赠人，从街道到住房，无不可以。那时候，水塔街一街的男孩子，有多少在他家吃饭和睡觉。他妈总是用大蒸笼蒸饭，周源就是其中一个。宋家当年在联保里有整整三栋大房子，最后只剩下零落的三间了。就这三间房，朋友结婚没地方，宋江涛挥手就让出一间。这就是宋江涛的无敌魅力。蜜姐与宋江涛在水塔街是青梅竹马一起玩大的，两人之间也没有说过是在谈恋爱，就只是水塔街大人小孩儿都认为他们必然是夫妻。蜜姐十六岁被部队招去做文艺兵，消息传开，巷子口顽童就朝蜜姐喊："宋江涛老婆要当兵了！"宋江涛在家里大摆酒宴为蜜姐送行，当着几大桌子的朋友，宋江涛举杯讲话，说："现在搞反了，1949 年以前是妹送情郎去当兵，1949 年以后是哥送情妹去当兵。蜜丫，站起来，我告诉你，就算你这一去千万里，就算你十年八载才回来，我都等你，回来结婚。"就是这样，一诺千金，宋江涛足足等了八年整，三十岁才结婚。宋江涛就是这样一个男人，他不容得蜜姐以为自己不是他的老婆，水塔街街坊也都不承认还有什么别人家的女儿比蜜姐配宋江涛更合适，他们就是这样佳偶天成。

不错，后来大家也都知道宋江涛的德行，在汉正街窗帘大世界喜欢摸女人屁股捏女人奶子，对蜜姐不忠。没错，宋江涛就是这样一个人，嘻嘻哈哈，大大咧咧，没心没肺，要身边一天到晚有朋友打围，没有人就心慌，招都要招一大堆人，请别人吃了喝了还不晓得那些人姓甚名谁。窗帘大世界的大姑娘小嫂子都喜欢宋江涛。她们需要帮忙，宋江涛是随叫随到，他死都不要让女人没面子的。问题是蜜姐早就了解宋江涛这德行，早就把什么都看在眼里，早就什么都知道。蜜姐也会不高兴也会烦恼也会寂寞也会吵闹，但她更知道，如果宋江涛哪一天发现自己在女人堆里没有了魅力，他宁可一头撞死。蜜姐完全理解。于是蜜姐可以默认，他们夫妇相知到都无须用嘴巴说。名义上说是夫妻，最后做成的是知音。

知音到蜜姐也被某人追求的时候，宋江涛除了爆炸一通，痛苦一阵，后来他居然跑去找到某人，与某人一番推心置腹喝酒谈心，成了哥们儿。后来宋江涛生了癌症，第一个打电话就给某人，要某人答应他照顾蜜姐一辈子。临终之前，宋江涛再一次要求某人答应他，某人说：“我答应。”宋江涛才放心咽气。这就是宋江涛。他没有更好的机会继承父辈在水塔街的宏业，也算不辱家门做了一个豪气冲天的人。这个人就是蜜姐的老公宋江涛。如果时光倒流，一切从头开始，宋江涛肯定还是蜜姐的老公。宋江涛蜜姐夫妻一场，竟从来没有说过“爱”字。他们就是夫妇。夫妇就是夫妇，不可解释，就好比水就叫水，雨就叫雨，冰就叫冰，不能混淆，名称就是本命。夫妻也不见得就是男女。蜜姐和宋江涛，早已不存在男女关系，但他们是夫妻，有共同的儿子和母亲。宋江涛去世了，蜜姐独自一人也要抚养他们的儿子，赡养他们的母亲。原来在中国，夫妻就是这样的，不离婚的，不谈男女的，不顾个人的，就是大家，所有有缘的人，得一起生活下去。

听到这里，好哭的逢春，已潸然泪下。她握住了蜜姐的手，求蜜姐原谅她昨晚臭不懂事的胡说八道。蜜姐淡然一笑，哪里还会计较。

女人的话一多起来，就像放鸽子一样开敞了鸽子笼，一群群鸽子，高高飞出去，又在空中忽地一个回转，飞来飞去，来回旋舞，总是围绕人生这个主题。

宋江涛的母亲，蜜姐的婆婆，被蜜姐在故事中称为“这个女人”。这个女人啊！只能用我们从前在巷子里唱的儿歌来形容她：这个女人不是人，她是神仙下凡尘。她自然也是从大姑娘女学生做过来的，可是对于水塔街街坊邻居来说，她是从嫁到宋家才有的女人，似那董永的从天而降的七仙女，又似那许仙的深山蛇精白娘子。汉口市立女中毕业，就在汉口平安医院做病案管理员做了一辈子。若干年里，宋家住房一再被挤占分割，遭遇不幸，宋江涛父亲跳楼自杀，她都顺其自然，她没有发疯没有发狂，没有哭天抢地，没有自暴自弃。她孤儿寡母不觉得凄惶单薄，她把儿子养得体面豪爽潇洒，就像家中男人还在。儿子拿所剩无几的房子送给朋友结婚，一送就再没有归还，她也无一个字的怨天尤人。几十年来再大再小的事情，这个女人都安静面对，就没有人看见她的惊天动地或者地覆天翻，总是事情该怎样就怎样地顺了过去，不觉得自己有天大委屈。蜜姐有了某人，相好七年够漫长的外遇，这女人分明知道，硬是可以当作不知道一样，连一点儿脸色都不给蜜姐看，也一句夹枪带棒的话没有。不假装不知道，也不说自己知道，让蜜姐一点儿尴尬也没有。

蜜姐讲宋江涛，没有眼泪。讲到她婆婆这里，倒眼睛潮红，水花花碎在睫毛上了。逢春泪水就更多了，从宋江涛那里就开始一路流淌过来。

这个女人啊！她不仅不说蜜姐坏话，还尽把好都放在蜜姐身上。随便给儿了买什么，都是说你妈妈买的。儿子八岁生日，某人陪蜜姐去广东进货，一对情侣就在广州游山玩水，蜜姐完全把儿子那天生日忘记了。晚上忽然接到儿子电话，儿子接通电话就啧啧亲蜜姐，说："妈妈我今天全班最酷，穿上了正宗耐克鞋！谢谢妈妈！妈妈辛苦了！"原来又是这女人背地里做好事，她自己给孙子买耐克鞋说是你妈妈买的，硬是能够把违心的好事做到心甘情愿，不由人不欠她的情！后来宋江涛病逝，只头七一过，这女人就关上房门与蜜姐谈了，说话是极其平和简单，只说："蜜丫你还年轻，有合适的人就不要有顾虑，可以再走一步了。"这可是她自己儿子宋江涛的头七啊，尸骨未寒啊，她就可以这样成全别人。蜜姐把这话一听，就扑通给婆婆跪下了。当时连蜜姐自己都吓一跳，怎么给人下跪了？眼前蜜姐怎么能够离开婆婆去嫁人？！把耕辛里房子带走？！把儿子带走？！就剩下她一个老人一间联保里破旧老房子？在婚姻上，蜜姐是不可以再走一步了！

蜜姐对逢春感叹："你不晓得这从前的人啊，旧社会过来的老人啊，真是仁义道德！真会做人啊！你再硬的心肠，在她面前都只能化成水。"

蜜姐擦鞋店，原来是这个女人整出来的。后来一年年过去，这个女人见蜜姐并无再嫁之意，终日躲在耕辛里小家看韩剧日剧，抽上了烟，胃病又重了，瘦得只剩一把骨头，走路随风飘。这个女人，啥也不多问，当时已经八十岁，却看世界清晰如面，知道怎么挽救蜜姐。就把她自己居住的联保里的一小块地方，请人重新改建了，自己住上阁楼去，硬是挤出来一个小门面。那两扇面对大街封闭了三十八年的大门，由一个八十岁的老人把它朝着大街打开了！从此蜜姐重新开始做生意。

逢春大开眼界了，许多她苦思冥想猜不透的问题，她得到答案了。此一刻，她再想想水塔街联保里和蜜姐擦鞋店，都觉得与昨天完全不同了。逢春再看蜜姐，也觉得与以往完全不同。

蜜姐问："我有什么不同？"

逢春答："哇，你好有内涵好有气魄啊！"

蜜姐说："少肉麻少肉麻，我就是一当兵的人，粗人而已。"

逢春望着蜜姐，两肘子支在餐桌上，两手托腮，目不转睛，似小学生渴求知识，蜜姐的话她一句都怕错过。第二瓶百威啤酒又喝完了，二人都轮流上过两回洗手间了，菜也送回厨房回火了，却稀里糊涂又开了第三瓶酒，两个人频频干杯，碰得脆响，又轻声细语诉说。有男人到窗外假山假水的景点抽烟，都被她们惊动，频频看她们，她们毫不顾忌，也不看别人，眼里都只有彼此。

逢春强烈要求听爱情故事。蜜姐回答："我又没有瞒你，已经夹在里头讲了。"

逢春说："不是三个人吗？这第三个人就只讲了两个字啊：某人。"

蜜姐说："就是'某人'。故事也就是'某人'两个字。这两个字我一生抹不掉，可我把其他情节都抹掉了。"

逢春的追问有一大串："某人怎么追你的？怎么爱你的？你们怎么好上的？某人英俊吗？做什么的？有没有钱？

有没有情趣呢？”

蜜姐说得简单：“就像电影和小说，啥都有一点儿。但是时间最后会告诉你你真的需要什么。某人最伟大的意义是，当一个青梅竹马的婚姻无法证明婚姻的无须，那就需要另外一个男人再给予一次证明。”

“我没有听懂。”逢春说。

蜜姐问：“太绕了？”

逢春说：“嗯，又太文学了，不是平时你的说话。”

蜜姐说：“那你就以后慢慢想吧，我就不再解释了。”

蜜姐稳稳地掌控着全局，她很快就把话题转移到逢春身上了。现在轮到逢春讲她自己的故事了。

逢春嘻嘻笑，说：“我白开水，没有什么经历，你都知道的。”

蜜姐说：“那你给我说个实话，你和源源到底怎么回事？”

逢春愣住了。逢春越是发愣不说，蜜姐越发觉得蹊跷。最后逢春拿不准地问蜜姐：“如果我说出来，算不算损害他的名誉？”

蜜姐说：“这怎么能算？这是咱们姐妹俩说私房话！绝对不能对任何第三个人说的！”

逢春点头同意，想了想，又傻笑，借着酒喝得高，把从来没有勇气对任何人说的话，就说出来了。逢春附在蜜姐耳朵边，悄悄说：“他不喜欢女的！”

蜜姐立刻坐直了。蜜姐大拍脑袋：这可是蜜姐从来没有想到的，可蜜姐又觉得正是这么回事。这个从小就唇红齿白的男孩儿，多年来一直都那么黏糊宋江涛。只不过大家从来都以为那是哥们儿义气啊！逢春又附了过来，添了一句：“自从儿子出生，他就没再和我一起。”说到这里逢春不好意思地把脸捂住，半晌才从指缝里露出眼睛看蜜姐。

蜜姐不敢与逢春对视。她狠狠捶了几下自己额头，说：“对不起，逢春！我哪里想得到这个啊！昨天那小白脸的事，是我对你太狠了！”

“没事啊！我不怪你啊！就在联保里，街坊邻居都盯着，流言蜚语随时会有，你是对的啊！”逢春说。

逢春就是这样乖巧温顺，蜜姐真是受不了。至少蜜姐也得让逢春多一点儿经历，多一些经验，来证明自己的感情啊，这不正与她自己一样吗？蜜姐歉疚地拿手去摩挲一下逢春的脸颊，逢春闭上眼睛承受，又按住蜜姐的手，不让这手离开，久久地捧住她的脸。逢春好像在说梦话，那样轻，那样虚，几乎是没有声音地说：“没事啊。主要是我们不想要任何人知道，外面知道了，孩子将来怎么做人？我不怪周源的，他自己好像也是从前糊涂慢慢才明白的。我只怪他瞎混不好好上班挣钱。我们说好了都尽全力抚养孩子，他还发誓他要好好上班赚钱养家。他却说话不算话，我只生气这个。爱不爱都无所谓了。”

蜜姐说：“傻丫头，你太幼稚了，这可不是没事的啊！活着嘛，爱总是要的！只是你得设法找到属于你自己的爱。也许昨天的故事你还是应该经历一番，否则你永远以为爱是无所谓的。”

逢春说：“昨天我觉得只是一个恍惚啊，似乎已经没有什么感觉了，各种因素造成的吧。蜜姐你认为是爱？”

“不！我只是认为你需要经历。没有经历是无法鉴别的。”

“蜜姐你真好！”

逢春热泪涌出，濡湿了蜜姐的手指，也濡湿了自己的手指。蜜姐将自己的手慢慢抽了出来，望着别处，用沾满逢春泪水的手，去点香烟。借着吸烟，蜜姐不让逢春看见地舔了舔手指上的泪水，咸的，生命之味。

餐馆电灯亮了。外面挂的红灯笼也亮了。这是下午走向黄昏时分，阴天里十分缺少光亮。恰是这温温的灯光最适合两个女子心情，两人就像失散了多年的亲人，在某个深夜里重逢。两人渐渐注意到她们的手，是这样亲密无间地缠在一起，忽然就害臊了，又赶紧散开，心里都觉出一种颤抖。两人都无话了，都腼腆起来。

逢春说出了憋在心里的话，畅快了，捧起酒瓶咕咕地就把剩下的啤酒当水喝了。逢春喝了她有生以来最多的一次酒，她把自己喝倒了。逢春终于歪在座上，脑袋靠着窗框，竟睡了过去，还打起小小呼噜。蜜姐就这样一直看着逢春，又让领班找来一件工作服，盖在逢春身上怕她着凉。餐桌收拾了，重上一壶热茶。蜜姐一杯杯喝茶，对着手机屏幕，涂了口红，发现自己涂口红真是白涂，紫色的嘴唇是口红遮盖不住的。她兀自苦笑，手指抹掉了口红。

两个女人的一顿饭，口口吃的都是心思，是好生漫长。

十七

翌日中午十二点，逢春一如往常，按时到蜜姐擦鞋店上班。从耕辛里出来，横过前五大街，就到联保里。逢春看见老人家在窗口，端一杯茶，面对大街，瘦小身子，白白净净的脸，也没有特意笑，就是慈祥。经过了昨天，逢春今天看老人家就是凡间的观音菩萨，凡人有生老病死，但也是菩萨。逢春看着心里头就得到安逸。

蜜姐坐在店内，一如往常做生意。逢春进店，二人相视一笑，面子上都轻描淡写，却只她俩觉出她们有一份深情厚谊。

下午才三点钟，蜜姐站起来，响亮拍拍巴掌要大家注意，她忽然宣布，说是她家里今天有点儿事情，要提前收工了，马上打烊。蜜姐就是细心，她要大家放心，底薪还是按照全天发给。这是突如其来的喜讯，擦鞋女个个喜出望外，便赶紧收拾工具盒。

逢春纳闷了，她们昨天还在一起吃饭，今天上午还互通短信，笑问对方酒醒了没有，似乎蜜姐家里没有发生任何事情啊。只因过去两天，生活里猛地一个跌宕，大悲大喜大吃大喝大哭大笑，都是她人生的第一次，逢春还是个蒙的。这下更蒙了。直到蜜姐过来提醒她说："喂喂，大家都走了，还不赶快脱下你这身包装？！"

逢春说："我能不能知道你家有什么事啊？"

蜜姐说："脱脱脱，到里屋去，换身正经衣服。出来我就告诉你。"

逢春正在里屋脱掉工作服口罩和手套，就听见店铺里一阵人声响动，是有客来了。忽然又觉得耳熟，便赶紧跑出来，跑出来就一阵浓郁的花香扑鼻，只见蜜姐在应酬骆良骥，正看着骆良骥递上来的名片，骆良骥正给蜜姐点香烟。蜜姐眼皮都不抬，只努起嘴唇，香烟头子自会接火。一只巨大鲜花花篮，放在柜台边，是多头香水百合、红玫瑰和康乃馨什么的，其中几枝红掌，朱红到了极致反而红得呆滞像塑料，一篮鲜花显得土。

逢春突然收住自己的脚步，人就静在了那里，一双眼睛惊奇万分又似小女孩儿清简无邪。这里骆良骥也是猛地抬头见到逢春真人真面，一下子不相信是她，分明也知道就是她，她却又这样超过他的印象与想象。前天逢春一直蹲着不觉得，现在忽然站起来是这样高挑，短短的夹克掐得腰部细细的，只盈盈一握，夹克是黑色，里头毛衫也是黑色，脸就是分外明丽光华，叫人感觉皎月当空，却不知道怎么赞才是好。

蜜姐出来打破僵局，她说："我来介绍一下吧，这是逢春，这是骆良骥。"

从此大家就都知道了姓名。

逢春这才会说话了。她说："你怎么来了？"

骆良骥说："我昨天下午就来过，说是你休息。老板她昨天也不在店里，是她要我今天来啊。"

逢春还是蒙的，说："她怎么会要你今天来？"

蜜姐笑吟吟插嘴道："我怎么就不能请他今天来一来？"

骆良骥也笑了，好像与蜜姐是同谋。只逢春觉得笑不出来。逢春就那样地呆着，面孔静静的，不能适应这样的突然见面。

逢春显然就不是一个什么擦鞋女了，显然就是一个靓丽时尚的城市女孩儿了。骆良骥经不住面前女色是这样出乎意料的美，本来事先预备好要伶牙俐齿的也一下子拘束口拙，左右都不是，没有一个自在。他今天还特意穿了一套更加大牌子的西装，出门照镜子，觉得自己帅，肩膀是肩膀的平阔，腿是腿的笔直，为此他还去做了一个美发来匹配。此时站在逢春面前一发拙，他西装也觉得穿错了，身子发紧，发型也感觉耸得过分，又太油亮会显脏，哪里哪里都有破绽，哪里哪里都是不对。骆良骥怎么就觉得逢春一定看自己不如她的气质好，要不屑的。原来男人在自己喜欢的女子面前一自卑就紧张，一紧张首先也是要怪自己衣服不对。

蜜姐不管他们。蜜姐自己要做磊落人，要做明亮事。她安排骆良骥先坐一坐喝喝茶，要逢春跟她去里屋单独说个话。逢春跟着蜜姐走进里屋，蜜姐脚步没有停下。屋子小，里屋说话不关风，蜜姐带逢春径直穿出后门。后门一出，她们劈面见到长长的弄堂，是联保里最糟糕的部分：路面到处开裂，污水横流，窗户防盗窗上糊满黑色油腻还在突突冒出油烟，也不知是多少年的灰尘蛛网包裹着电线沉沉下坠，丢弃的马桶痰盂和竹床都坏在门前路边，几只盆花也早已经枯死无人收管，二楼横拉竖扯的绳子上挂满各种晾晒的衣服，此处滴水彼处滴水，厚厚鼓鼓的海绵胸罩完全不顾个人隐私地当空挂下来，一下一下蹭着骑自行车人们的头顶，那是一些收购旧电视机洗衣机电脑的男人灰尘扑扑的头顶。蜜姐和逢春都赶紧收回自己的目光，表情依然是司空见惯的表情，心里却总还是一阵刺痛，谁愿意自己居住的城市是这般模样？谁在这里坚守不需要百倍勇气？蜜姐毅然挥挥手，仿佛要将眼前挥开了去，好定心说话。

蜜姐把事情来龙去脉简单交代给了逢春。骆良骥昨天下午来过店里，当时蜜姐儿子给蜜姐发了信息，那是逢春喝高了正睡在餐馆椅子上的时候。蜜姐让儿子告诉骆良骥今天下午三点半再来。蜜姐今天对逢春是耐心和周到的了。

“该经历的，你躲不开。”蜜姐说，“这个人一眼迷上你，天天来店里找，在我们水塔街家门口这样子，很快就会被发现和传开，对大家都不好。你两个人这样子是不对劲的。躲躲闪闪鬼鬼祟祟更不利于互相了解，不如干脆正常交个朋友。人有时候一旦认识了，了解了，就发现其实两人啥关系都没有。逢春啊，你也阅历太少，人际交往经验太少，被欺负和欺骗了都懵懂无知，也不会处理，也是应该多有些经历才好。今天，我给你们当作普通朋友互相介绍了。从今以后就全靠你自己把握了。我可把丑话说在前头：别一上来就上床，就是男女那一套，先做普通朋友。听清楚了吗？”

逢春立即答：“嗯！”

逢春哪里还有别的话？蜜姐为了她，这一番绞尽脑汁的高瞻远瞩，安排得合情合理，是逢春做梦也想不到的。她昨夜还沉醉酒中什么想法都没有，只是甜蜜酣睡，她以为蜜姐也与她一样呢，哪里知道蜜姐暗中设计布置好这一切，蜜姐这个女人，真是有狠。

蜜姐说：“那你还发愣干什么？去吧。”

逢春说："蜜姐！"

蜜姐赶紧用一根手指按住逢春的嘴巴，说："拜托！千万别谢我！你这一谢搞得我好像在拉皮条了。告诉你，我之所以这么处理，首先是在保护我自己。我得在水塔街做人啦。"

逢春不动，又叫一声："蜜姐！"

蜜姐说："去吧去吧，人家等着你呢。交朋结友做事情不能太离谱，互相要有个基本的守时应答。对这个人你还一无所知呢，也就是交个朋友而已，喝喝茶，说说话，吃吃饭。不要以为一个男人爱慕你一下他就是王子你就是公主了，世上没有那么多童话，社会很复杂的。好了，去吧。"

逢春还不动，说："蜜姐，怎么我就觉得已经没有什么感觉了呢？我们昨天不是把这件事情处理掉了吗？为什么在你面前，我觉得我真的很傻。"

蜜姐说："是傻！"蜜姐见逢春不动，自己先就反身进了屋里。

逢春追上蜜姐。急切地告诉她：她的感觉真的是完全变了！刚才一见骆良骥，逢春忽然非常异样，和前天下午擦皮鞋的时候完全不一样。骆良骥前天坐着很高大，现在站着倒矮小了许多。现在一身华丽笔挺的西装，让逢春看到的是他好喜欢显摆。又是油头粉面的，不如前天头发干净爽利的好。就这前后两天，时空一个转换，逢春已经觉出自己前天的梦幻入迷幼稚得可笑。

“蜜姐，不如你替我把他打发走好不好？”逢春说。

蜜姐坚决地摇头。蜜姐问逢春：“别的都是废话，你自己的事情自己处理。你只说就你现状而言，假如你和周源离婚，带这么小一孩子，自己又没有稳定工作和收入，你需要不需要再嫁人？如果是一个各方面不错的高富帅，又主动追你，你会不会动心？不用想，你直接把心里感觉告诉我。”

逢春只得承认：“可能会的。”

“那不结了？！那就去吧。”蜜姐的冷笑就忍不住流露出来了。是啊，逢春这单薄的双肩，怎么挑得动自己的真情真爱？还是要先随俗的好。现实中的孩子要养，家庭要建设，父母要交代，街坊邻居要面子，自己要一个男财女貌，现在社会就流行这个。

逢春犹豫了。是啊，也许呢。也许骆良骥果真是一个好男人呢？也许他们的交往会有好结果呢？那么她的孩子不就有一个称职的爸爸了？以骆良骥对一个擦鞋女的一见钟情，他应该是够真情的够浪漫的。骆良骥事业有成身家不菲，现在社会哪里不是一大群靓女追？逢春又觉得骆良骥这个男人也算是难能可贵，只从前不信有这样的男子，以为只是影视剧在胡编乱造，眼前也还是不信，既然蜜姐又支持，那么就试试看？逢春的亲朋好友都是普通人，都在默默无闻地上班下班，口袋永远缺钱，尤其老公周源又是这样一个说不出去的男人，逢春内心深处，的确渴望有一个崭新世界为她徐徐打开。可是这个崭新世界究竟是什么？在哪里？逢春又实在拿不准。对于逢春来说，她人生中出现了一种全新的状况，全新的情绪，新到她自己都如此生疏，模糊不清，犹豫不定，踌躇不前。

蜜姐索性推了逢春一把，说：“又不是去赴汤蹈火，不就是交个朋友吗？”

蜜姐看逢春一身都是怜惜，那是她自己年轻的影子：三十来岁的女子，最是苦闷的人生阶段——六七年的婚姻，刚够发现老公不是恋爱中那个人，却膝下已经拖了一不知母苦的孩童。爱情究竟在哪里？不知道。机会是否真的来了？不知道。别人说，又还不信，都必须靠自己去经历去摸索。只是对于逢春判断骆良骥“事业有成身家不菲”，蜜姐提出最直接的一点忠告：别让男人给骗了钱。

“现在社会很可笑的是许多男人其实是在骗女人的钱，利用女人对爱情的信赖。所以逢春你给我记住，任何时候，你都绝对不可以倒贴钱的！”

蜜姐说：“我请你认真记住我的一个警句格言：钞票不会表示爱你，但是爱你的人一定会用钞票表示。钞票也不会表示不爱你，但不给你钞票反而使劲拿你钞票的人，一定爱的不是你。”蜜姐从自己银包里拿出一沓钞票和一张收据，说："比如，你在我这里打工，我们亲如姐妹，我就可以不发你薪水吗？有规矩的！不可以的！男女关系同样！"蜜姐似乎顺便提起来的那样轻松，说："来来来，这是你的薪水，到今天为止全部结清。你数一数，签个字，以后就不用再来上什么班了。"

逢春心头一震，终于她彻底懂了。蜜姐还是辞退她了。蜜姐压根儿就没有改变她的决定，只是蜜姐的方式改变了。结局拐了一个弯，还是来了。看来要来的结局总归是要来。蜜姐这个女人啊！真的好狠！

不过现在，逢春再不会吃惊和哭闹了。也就一个昼夜，逢春也彻底改变了。她是得离开蜜姐擦鞋店了。联保里就是联保里，水塔街就是水塔街，汉口就是汉口。一个城市的居民之间，约定俗成的规矩就是规矩，违抗没有意义，会伤害很多无辜的人。蜜姐对逢春，也算够义气的了。

逢春默默接过钞票，没有去数，囫囵塞进夹克口袋，囫囵在收据上签了自己的名字。蜜姐只看着，拿过收据以后，摇摇手算是再见，就兀自登上楼梯，到阁楼间去了。

逢春一直目送蜜姐进阁楼。阁楼房门一开之间白光一闪，里屋又黑了，万物归于静，仿佛鸿蒙初开，逢春见到了一个真的世面。逢春定了定神，掀开帘子，走进店铺，与骆良骥打了一个招呼。生活不由人的，逢春必须开始她新的经历。

十八

女人两个好朋友，与男人不一样，说是朋友真不够恰当，就只能说是闺密。朋友还有缝隙与距离，不管多少年距离或多大的缝隙，都可以忽略不计，依旧还是朋友。闺密是如胶似漆的，但又不是男女性爱的那一种，不在身体上与本能上，不会有私心羞惭，就是互相要对彼此好，要互相照顾与帮助，要互相诉说与倾听，女子力气弱，要一起协力对抗内心的苦痛与纠结，还有男人带来的种种麻烦与打击。闺密情谊真正有义薄云天的气概，互相之间不隐藏秘密，无话不说，连她们的男人，也都是她们的话题，如何养好儿子管好丈夫都会互相出主意想办法，像是共同的义务与责任。又会细腻到丝丝入扣，天天有信息，经常要见面，一个人吃冰激凌都不甜。男人再亲，是她们的儿子、丈夫和父亲，她们自己就是一个整体没有外人。

蜜姐和逢春，最后就成了这样一对闺密。

这是初冬天高地远的一个好天气，太阳明亮如斯，城郭处处风平浪静，世界被晒得暖洋洋。在这样的天气里，汉口江滩最是好地方了。午后时光，蜜姐逢春来到了江滩，二人并肩漫步，穿过层林尽染的秋色，坐在江边看水。太阳照着江面，波光粼粼，那么华丽耀眼。一江雄浑的水缓缓流动，各种船只从容行走，汽笛一两声拖出长长的浑圆的音，都叫人身心能够安静。园林工人正在为防浪林伐去树梢，留下一片片树干，树干又用石灰一律刷白，整齐得威威武武。

看着看着，蜜姐说："威武！"当兵出身的人总还是喜欢队伍的感觉，她拿起手机拍了两张。

逢春说："是啊，威武。"接着说："我还是没有心情拍照。"说完，逢春又发出一声叹息，又说："这段时间，我落了一个好叹气的毛病。"

蜜姐只笑笑，不说话。她知道逢春正经历着与骆良骥的交往，经历着人世间的种种曲折迂回跌宕起伏，无须问结果，都是好事情，男人女人都需要长大和成熟。逢春交往骆良骥，蜜姐私心里也还是吃醋和难受的，只不过她死都不会表露出来。所以蜜姐从来都不问逢春他们的交往细节。逢春要说，蜜姐都不准，她真的不想听。她对男人已经没有兴趣，她只愿意和逢春做一对完全真诚的好闺密。

远处传来一记一记响鞭声，那是打陀螺的人们。武汉人酷爱打陀螺，一年四季都会聚集在一起玩。周源从小到大都迷恋打陀螺。从前宋江涛也打陀螺。周源跟着宋江涛玩，都只道周源爱玩而已，其实是迷恋宋江涛。这般情谊，是都不敢说的，都有意无意瞒住自己也瞒住他人，到最后却苦了一个叫逢春的女孩子。

这一天蜜姐和逢春来到江滩，也是有心要会会周源的。周源现在几乎每天都泡在江滩，和一群男人打陀螺。逢春离婚的决心，终于下定了。蜜姐也支持她，这种不是婚姻的婚姻，到底还是早一些散了的好。没有比父母冷战、长期分居、恶语相向对孩子更糟糕的家庭环境了。逢春现在终于认识到了这一点。为了孩子，也得尽快离婚。

江滩中部有一块平坦广场，人群攘攘，一圈儿一圈儿地，人们都在打陀螺。陀螺有各种大小，鞭子有各种长短。鞭子的抽打声霹雳闪电，声势壮阔。玩陀螺的多是壮汉，老少喜欢蹲旁边观看，都不作声，只听鞭子响，只看陀螺转，个个津津有味，乐此不疲，是他们自己觉得有说不出的意思在其中。蜜姐逢春逐个圈子寻找周源。

逢春看了半天，没情没绪说："只一个陀螺地上转，这有什么好玩的？"

蜜姐说："好玩就是好玩，不问有什么没什么。"

逢春说："你从前也蹲在旁边看？"

蜜姐说："是啊。"

逢春说："真的那么好玩？"

蜜姐说："你看你吧，实话说，托个人身都不好玩！好玩不好玩得看是不是跟着有趣的人。我跟的是宋江涛啊。"

逢春说："啊，是的是的。你有狠！"

说话间，她们几乎同时看见了周源。逢春还没有离婚的老公周源，完全是个单身帅哥的感觉，光着上身，骨架匀称，肌肉结实，一袭低腰牛仔裤挂在胯上，是耻骨都几乎要暴露出来的性感，又面容俊秀，神采奕奕，挥洒自如，又依旧不改儿时的唇红齿白。周源独自抽打着一个四十五斤重的大陀螺，几丈长的鞭子，紧紧握在手里，举臂挥鞭，又稳又有力道地一鞭抽过去，陀螺被抽得疯狂飞旋，疯狂飞旋，身不由己，似一个中了魔停不下来的舞者。周源提着长鞭，立在旁边，注视着它，就像主人看着自己的奴隶。围观周源的观众最多，周源的自我感觉一定好极了。

蜜姐遗憾地说：“说实话，源源真是风流倜傥一表人才啊！”

逢春说：“是的。”逢春说话也还是眼睛一红。又把手机拿出来，要蜜姐给她拍个照，身后背景就是周源打陀螺。逢春说：“这辈子与他，总要留一张真正的合影，算是告别照。”

蜜姐说：“别这样啊！拍照就拍照，用不着搞得这么悲惨。你们又不是什么真夫妻，天生没有夫妻缘的，就当街坊邻居合影留念。”

逢春说：“就你会想。也是，好吧。”逢春就装坦然，拍照的时候，面对镜头做了一个 V 手势。

蜜姐拍完照，周源发现了她们。周源第一个反应是要跑过来，才跑两三步又止住了自己，只朝她们摆了摆手，算是一个会意。逢春也拿手摇摇，算是给了周源一个回答。这对夫妻，没有办法，都只好朝自己喜欢的地方走了。

蜜姐一心要冲淡这种阴郁气氛，也是一心要推动事情发展，她是不会白白与人会面的。蜜姐便兴头头跑过去，说是要玩一把。周源笑着递过鞭子，蜜姐袖子一挽，拉开架势，也抽得像模像样，飒爽英姿的。

周源发出由衷喝彩："好！"

蜜姐说："好吧？咱看来还是好汉不减当年勇嘛。"

周源说："那是啊，蜜姐打陀螺的老祖宗哦。"

蜜姐说："宋江涛手下长大的小屁孩儿，现在长大了啊，能耐了啊，我短信你都不回，人也不去接，自己倒是玩得昏天黑地。"

周源一脸无辜："短信？我从来没有收到过你的短信啊！蜜姐你什么人？我敢？天打五雷轰的。"

周源别的都不提，只发誓没有收到短信。又把别在裤腰的手机拿出来，递给蜜姐。

蜜姐说："我要你手机做什么？无聊！你小子就不要躲闪了，老祖宗啥都知道，你得定个时间，你们一起去街道办事处做个了断。"

周源聪明，瞥了远处站立的逢春一眼，说："好！时间她定。"

蜜姐点点头，把鞭子丢给周源。周源没事人一样，接过鞭子乐呵呵的。

逢春过来拉拉蜜姐，说："走吧走吧，跟他有什么说头？！"

周源对逢春说："什么说头不说头啊？我答应蜜姐了，你给个时间就去办嘛。"

逢春说："那你也要来找我，专门谈谈具体事啊。噢，就在公园，碰巧遇到，一大群人在玩陀螺，你顺便说声随我便？世界上有这么草率处理家庭问题的吗？"

周源瞪着白眼，没话说。又不自在了，频频回头瞅那些等着他玩陀螺的朋友。蜜姐出面打圆场了，她推推周源，说："现在先去玩吧，回头好好想想逢春的话。再好好商量一下孩子的事。"又挽起逢春胳膊，说："我们也去玩吧。公园是玩的地方，这么严肃不合适。"

蜜姐与逢春胳膊挽胳膊，带逢春漫步江边去了。周源自然也就跑回去，继续玩他的陀螺，一十众人，也都兴兴头头看他打。这就是生活。内中有多大不幸与悲哀，面子上也就是这样的纹丝不动。好比长江，漩涡都在深水里，水面只是平静。

蜜姐和逢春沿江逛着，闻着樟树阵阵的香。江边有个妇女来放生乌龟。几男子拢去，建议她在龟背上刻字，刻上"放生"二字，他人再次抓到了，就不会杀了吃掉。妇女想了想，说："算了，不刻，就放生。"有男子就半调戏半认真说："你好不容易十几年养个好大龟，还该多刻几个字：'杀放生龟者死'。"人们笑成一团。妇女也笑呵呵但不再理睬他们，自己捧着龟走上沙滩，郑重朝水边走去。

蜜姐说："呸，男人就是下流。"

逢春不懂，问："哪里下流了？"

蜜姐嘲笑逢春道："你呀，也算结了个婚，生了个子，真是白白结婚生子了，连'养个好大龟'都不知道是流氓话？"

逢春忽地明白了，突然就笑了，恨恨道："真是臭男人！"

一会儿过去，逢春又笑不出来了，总一副闷闷不乐的眉眼。

蜜姐带她走来走去，寻到了那一片巨大的阔叶意杨树林。这是她们的树。她们小时候常来滨江公园玩耍。蜜姐年纪大，先来玩过。逢春年纪轻，后来玩过。先前汉口的小孩子，没有不来滨江公园玩耍的。她们伏在树干上捂住眼睛，玩捉迷藏，放风筝，打陀螺，捉知了。谢天谢地，这些个大树，居然在大砍大伐大拆大建的急风暴雨中被保留下来了一些。现在它们更是老根虬结，高大阔展，直指苍穹，顶天立地，大树下有一只靠背椅，人坐下，显得小小的弱弱的，仿佛这些大树就是要护佑人一样。蜜姐逢春坐上了靠背椅，躲进了森林一样，意杨阔大的树叶左一下右一下往她们身上落，连落叶的声音都是脆生生悦耳。两人放眼望长江，望长江大桥，望一片片树林、一艘艘轮船，天地辽阔，爽朗泰然。有心思难受，这样望望，人会觉得好许多。

许多心里话，不能深入说，说说就触痛，说说就不得不躲避。但两人又喜欢在一起说话。于是蜜姐和逢春，总是故意地有一搭没一搭瞎聊。

蜜姐说："逢春你喜欢武汉吧？"

逢春说："当然。"

蜜姐说："那你说说看，武汉这个城市最大的优点是什么？"

逢春想了半天，说："大！是个真正的大城市。"

蜜姐说："对的！可是，我感觉还应该有更加精确传神的词来形容它。"

逢春说："是啊。"

蜜姐说："还真找不到一个合适的词。"

逢春说："就是啊。"

两人都使劲地想。不过，其实只有蜜姐真的在使劲想，逢春老是走神。逢春正在度过一个愁肠百结茫然失措的人生时刻，周源让她伤心，骆良骥似乎逐渐让她失望，工作也很难找，她刻刻都难熬，她只想叹气，又只想哭，又觉得没有什么大不了的事情，自己应该忍着点儿，应该学会开心，学会享受人生。可是怎么样开心怎么样享受人生呢？

她又不知道。

蜜姐终于想出来了。蜜姐拍拍巴掌，来劲了。“喂喂！”蜜姐说，“来，逢春，我跟你打比方吧。比方在我店子里，只要顾客想买什么，我什么都卖，我就给他两个字：敞（读cǎ）——的！”

蜜姐说：“我请朋友吃饭，他们假装威胁说：瞎点菜了啊。我也就给他们两个字：敞——的！”

蜜姐说：“我对我婆婆报恩的方式，没有甜言蜜语能够说，我只说你都是八九十岁的人了，你想吃点儿什么，想穿点儿什么，想玩点儿什么，想都不要想钱的事：敞——的！”

蜜姐说：“我儿子，我给他也就是只能两个字：敞——的！他就是想吃我的心，我立马拿刀子挖给他，冇得二话！”

蜜姐说：“敞——的！这就是武汉大城市气派，许多城市都是没有这份气派的。我对你，也一样：敞——的！以后只要你需要，蜜姐都会给你。你的离婚，源源那边的事都包在我身上，我保证密不透风，水塔街的街坊邻居，死都不会晓得真实情况。放心吧，没有我搞不定的，只等你开口而已。不就是离个婚吗？当代社会，算什么？我还能看着你把青春都耗进去不成！”

逢春本来是忍了又忍坚决不要哭的，听蜜姐说完这番话，忽然鼻子一酸，眼泪自己就排山倒海出来了。逢春赶紧去捧住自己的脸，泪水又从指头缝里流出来。蜜姐在一旁吸烟，任逢春去哭，只拿出一包面巾纸扔给逢春。噼啪的鞭子声是愈发响亮了，十里江滩回荡有声。一只风筝起来，忽而就腾空老高。紧接着又一只风筝，又一只风筝。旱冰爱好者成群结队呼啸而过。有人在游泳池那边吹萨克斯，是初学，笨拙得可笑又可爱。长江滚滚东流，林风飒飒作响。这是一片多么罕见的巨大的阔叶意杨，与她们一起长大，从她们儿时到现在都与长江相依着，这样的树林让人感觉牢靠。两个女子坐在大树下，在江边，在汉口，在她们的城市她们的家，说话与哭泣。

图书在版编目（CIP）数据

打造 / 池莉著 . -- 石家庄 ：河北教育出版社，
2022.10

（年轮典存丛书 / 邱华栋，杨晓升主编）

ISBN 978-7-5545-7176-7

I. ①打… II. ①池… III. ①中篇小说 - 小说集 - 中国 - 当代 IV. ① I247.5

中国版本图书馆 CIP 数据核字（2022）第 156172 号

年轮典存丛书

书　　名　打　造

DAZAO

作　　者　池　莉

出 版 人　董素山

总 策 划　金丽红　黎　波

责任编辑　汪雅瑛　王旭瑞

特约编辑　张　维　张金红

出　　版　河北出版传媒集团

河北教育出版社　http://www.hbep.com

（石家庄市联盟路 705 号，050061）

印　　制　天津盛辉印刷有限公司

开　　本　787 mm × 1092 mm　1/32

印　　张　10.25

字　　数　196 千字

版　　次　2022 年 10 月第 1 版

印　　次　2022 年 10 月第 1 次印刷

书　　号　ISBN 978-7-5545-7176-7

定　　价　48.00 元
